듀얼드

DUALED

중앙 청소년문고

듀얼드

DUALED

엘시 채프먼 글 | 고정아 옮김

(주) 중앙출판사

생존으로
가치를
증명하라

인간은 언제나 분란을 일으켰고, 결국 또다시 세계대전이 일어나고 말았다.

그러자 위원회에서 떨어져 나온 한 무리는 북아메리카 서부 해안의 북부를 차지하고 거대한 장벽을 쌓아 나머지 세상을 등졌다. 그리고 그 도시에 커시라는 이름을 붙였다.

커시는 마지막으로 남은 전쟁 없는 지역이 되었다. 하지만 장벽 너머의 전쟁이 언제 이곳으로 밀려들어 올지 알 수 없었다.

커시의 위원회는 장벽 밖보다 강해지기 위한 방법을 찾았고, '얼트'라는 놀라운 제도를 만들기에 이르렀다.

커시의 아기들은 모두 유전자 조작으로 태어난다. 유전자 조작을 통해 아기들은 일란성 쌍둥이로 만들어지고, 쌍둥이는 각각 다른 부모의 몸에서 태어나게 된다.

이렇게 태어나 각각의 가정에서 전사로 길러진 두 아이는 서로의 '얼트'가 되며 과제(컴플리션)가 시작되면(과제는 10세에서 20세 사이, 아무 때나 주어진다) 자신과 꼭 닮은 자신의 얼트를 찾아 한 달 안에 죽여야 한다. 그런 지독한 적자생존 시험을 통해 사람을 죽이는 능력을 증명한 사람만이 커시의 성년(컴플릿)이 될 수 있다.

빠른 속도의 전개와 매순간 독자의 허를 찌르는 작가 엘시 채프먼. 손에 땀을 쥐는 긴장 속에 사랑과 낭만까지 엮어 넣은 그녀의 세련된 스릴러가 시작된다.

CHAPTER 1

나는 사랑하는 가족을 거의 다 잃었다.

식당에 앉아 소매의 해어진 솔기를 만지작거리며 계속 같은 생각을 했다. 지나치게 밝은 조명 불빛 아래, 장례식 때마다 입는 검은색 싸구려 재킷은 칙칙하고, 낡고 우글쭈글해 보였다.

테이블 맞은편에는 룩이 멍하니 메뉴를 보고 있었다. 그의 검은 재킷도 멋있지 않았다. 재킷의 어깨가 너무 좁아 팽팽했고, 손목은 소매 밖으로 툭 튀어나왔다. 열일곱 살인 작은오빠 룩은 죽은 큰오빠 에이브보다 키가 더 커졌다. 나도 당연히 떠나기 전의 엠보다 크다.

나는 메뉴판을 내려놓으며 말했다.

"늘 먹는 걸로."

룩은 알 수 없다는 듯 고개를 젓고 나를 올려다보았다.

"그런데 우리는 왜 자꾸 여기 오는 거지? 여긴 도대체 먹을 게 없어."

"큰오빠 때문인 것 같아. 큰오빠는 그리드의 식당 가운데 밸서자를 특히 좋아했잖아. 관성처럼 우리도 여기 계속 오는 것 같아."

"그럴지도 모르겠다. 형의 위장은 무쇠로 만들어졌던 게 분명해."

나는 테이블 위의 포크를 만지작거리면서 포크로 과제를 성공하는 얼트가 있을까 생각해 보았다. 그러니까 궁지에 몰려서 최후의 수단으로…. 만약 우리가 살아남을 운명이라면 포크로도 죽음을 막을 수 있을까?

"올해 전투술 수업은 어때?"

룩의 목소리가 내 번잡한 생각과 주변 소음을 뚫고 날아왔다.

"나는 무기술 수업만 기다리고 있어. 오빠가 벌써 그 수업을 받는 게 정말 부러워."

"전투술이 어때서? 신체운동학보다는 낫잖아."

룩의 흑갈색 눈동자가 재미있다는 표정을 띠었다.

신체와 근육의 움직임을 배우는 신체운동학은 얼트 기술 프로그램의 1단계로 1학년이 배운다. 몸으로 싸우는 법을 배우는 전투술은 2, 3학년이 배운다. 하지만 전투를 할 때 맨몸으로 싸울지 아니면 인간이 만든 무기를 쓸지 선택할 수 있다면 내 선택은 분명하다. 총알은 어떻게 하면 뼈가 부러지지 않게 주먹을 쥘 수 있는지 판단할 겨를도 없이 날아온다. 우리는 무기술 수업에 가서야 총을 조준하고 발사하는 기술, 칼날에 회전을 주는 법, 발레처럼 아름다운 단검술을 배운다.

"맞아, 신체운동학이 제일 형편없어. 그렇다고 2학년 전투술이 아무 영양가 없다는 사실은 변하지 않아."

내가 룩에게 말했다. 나는 이제 열다섯 살로, 얼마 전에 토스고등학교 3학년이 되었다. 커시 시의 교과 과정에서 무기술은 4학년이 되어야 배울 수 있었다.

"뭔가 배울 것이 있는 훈련 수업이 무기술뿐이라는 건 모두가 알아."

"어쨌건 너도 이제 1년만 기다리면 돼."

나는 나이프를 집어 들고 손 근육을 빙글 돌려 단검처럼 잡았다.

"진정해, 웨스트. 브렌이 놀라겠다."

룩이 말하며 우리 쪽으로 오는 여자 종업원에게 손짓했다. 나는 천천히 나이프를 내려놓았다.

"내가 제일 좋아하는 두 손님."

브렌이 미소를 띠고 우리에게 말했다. 하지만 그 눈에 연민이 담겨 있었다.

"아빠 소식 들었어. 어디 편찮으신 데가 있었니?"

나는 고개를 돌렸다. 룩이 예의가 없다고 나를 혼낼 수도 있다. 하지만 나는 거기 대답할 수 없었다.

룩은 길게 느껴지는 침묵 뒤에 대답했다.

"네, 아프셨어요."

그만하면 진실에 가까웠다.

"저는 치킨 샐러드로 할래요."

내가 불쑥 말했다. 저녁 시간이 많이 지나 배가 고픈 것도 잊어가고 있었다. 하지만 어쨌건 여기 왔고, 더 이상 브렌의 질문을 받고 싶지 않았다.

"알았어. 하지만 실제로는 비둘기 고기라는 거 알지? 닭고기는 과제를 완료한 컴플릿에게만 팔 수 있어."

브렌이 안쓰러운 눈길로 나를 보았다.

"언제까지요?"

"몰라. 너희들도 잘 알잖아."

"네, 좋아요."

내가 브렌에게 말했다. 늘 그렇다. 좋은 음식은 컴플릿의 몫이다. 룩과 나 같은 미성년은 찌꺼기나 남은 음식을 받는다. 컴플릿이 되기 전에는 좋은 것을 받을 수 없다.

"치즈버거요."

룩이 브렌에게 말했다.

"금방 가져올게."

브렌이 떠나자 기다렸다는 듯이 내가 말했다.

"대단해. 매번 맛이 달라지기라도 하는 것처럼 계속 그걸 주문하니 말이야. 치즈버거에 고기 대신 대용품이 들어간다는 것쯤은 오빠도 알잖아."

"대용품이 아냐. 그건… 단백질 강화물이야."

나는 룩의 말에 오늘 처음으로 웃었다.

"좋아, 그렇게 생각해. 그러다 오빠는 눈이 세 개가 될지도 몰라."

"액티브가 되었을 때 눈이 세 개면 도움이 될지도 모르지."

갑자기 공중에서 '탕' 하는 소리가 들렸다. 그것은 천둥소리와도 비슷하고 자동차 소음과도 비슷했다. 하지만 커시 시의 주민이기에 나는 그것이 총소리라는 것을 바로 알았다.

소리는 아주 가까웠다.

"누가 과제를 수행했군. 길 건너편에서."

룩이 내 등 뒤로 창밖을 바라보며 내 직감이 옳았음을 말해 주었다.

나는 숨을 참고 고개를 돌려 창밖의 두 얼트를 보았다. 방탄유리창 때문에 그들의 모습은 희미한 가로등 불빛 아래 그림자처럼 흐릿했지만 움직임은 익숙했다. 커시 시민이라면 누구나 아는 움직임이다. 얼트 한 명이 땅 위로 쓰러진다. 다른 얼트가 쪼그려 앉아 쓰러진 얼트의 생존을 확인한다. 그들의 그림자는 어쩌면 사랑하는 애인처럼 보일 수도 있을 것 같았다. 하지만 그들은 애인이 아니다. 그들은 얼트다. 출생과 함께 적이 된 사이. 이제 그 중 한 명이 죽었고, 그것은 살아남은 자가 과제에 성공했다는 뜻이다. 그는 지난 인생을 죄수복처럼 가볍게 던져 버린 채 길을 달려갔다.

숨을 가다듬고 고개를 돌리니 룩은 아직도 창밖을 보고 있었다. 그 표정은 룩의 표정이 아닌 듯 낯설었다. 다른 손님들은 다시 식사와 이야기를 시작했다. 브렌은 구석 자리의 테이블로 식사를 가져가고 있었다.

내가 불쑥 말했다.

"오빠, 나한테 약속 하나 해 줘. 내가 먼저 가면, 그러니까 내가 과제를 성공하지 못하면 나를 위해 한 가지만 해 줘."

그의 눈이 내게 돌아왔다. 그의 머릿속에 아까 그 장면이 계속 돌아가고 있다는 걸 알 수 있었다. 하지만 이제는 우리가 모르는 두 명의 얼트가 아니라 친구들과 그들의 얼트, 나와 내 얼트, 그와 그의 얼트의 모습이었다.

"약속?"

룩이 물었다. 그리고 컵을 들었다가 마시지 않고 도로 내려놓았다.

"오빠한테 과제가 시작되면 얼트를 이기는 것 말고는 아무것도 생각하지 않겠다고. 컴플릿이 되기 전에는 아무 데도 정신 팔지 않겠다고."

그의 입꼬리에 가벼운 미소가 일었다.

"그야 당연하지."

"그리고 엄마 아빠가 오빠한테 원하던 모든 것을 이루겠다고. 예전에 그런 이야기 많이 했잖아. 대학에 가고, 일은 엄청 편한데 돈은 왕창 주는 회사에 취직하고, 결혼하고 늙어서 살찌는 거. 교외 어딘가에 좋은 집을 사고, 원하면 아이들도 낳는 거."

룩이 웃었다. 다시 그의 얼굴이 되었다.

"갑자기 무슨 말이야?"

"오빠도 그런 걸 원하잖아."

"몰라. 어쩌면….'

그가 어깨를 으쓱해 보였다.

"그러니까 오빠가 컴플릿이 되면 원하는 걸 다 이루겠다고 약
속해 줘."

내 말은 다 진심이었다. 갑자기 그에게 이 말을 해야 할 것 같
았다. 룩은 좋은 오빠다. 착하고 머리도 좋다. 마음만 먹으면 재
미있는 말도 잘한다. 거기다 키도 크고 얼굴 생김도 단정하다. 검
은 머리와 눈까지 합하면 룩은 여러 모로 완벽했다. 극복해야 할
장애물은 하나뿐이었다.

그가 두 손을 치켜들고 말했다.

"좋아. 최선을 다할게. 뚱뚱해지는 것만 빼고. 하지만 나만 약
속하라는 법은 없어."

"뭐, 나도? 나도 결혼해서 아이를 낳으라고?"

내가 아는 내 모습 너머의 나, 익숙한 지금의 얼굴에 새로운 깊
이가 더해지는 모습은 상상이 되지 않았다. 중간 키, 마른 몸매,
룩과 같은 검은 눈, 룩보다 좀 더 검고 긴 머리. 높은 광대뼈, 둥근
턱, 엉뚱한 소리를 잘 하는 입.

이제 내가 어깨를 으쓱할 차례였다.

"나는 결혼은 별로."

"아냐, 그거 말고. 네가 하고 싶은 거. 네가 되고 싶은 거. 아마도 그림 그리는 것과 상관 있겠지."

그 말에 나는 자동적으로 손을 내려다보며 손톱 밑에 물감이 남았는지, 손가락 사이에 잉크가 묻었는지 확인해 보았다. 하지만 오늘은 아주 잘 씻었다. 평소보다 훨씬. 오늘 할 일 때문이었는지, 아니면 한 세계가 다른 세계로 섞여드는 걸 막기 위해서였는지는 알 수 없었다.

나는 두 손을 깍지 끼었다. 컴플릿이 되고 난 뒤에야 내가 무얼 하고 싶은지 생각해 볼 것이다.

"나도 아직은 잘 몰라."

내가 마침내 말했다.

"너도 마찬가지면서 나를 들볶는 거야?"

"아냐. 오빠는 더 잘 알 것 같아서. 그냥 그래서 그런 거야."

"나는 이미 약속했으니까, 너도 나한테 약속해야 돼. 내가 먼저 가면."

룩이 말했다.

그가 나만 혼자 남기고 떠난다는 것은 생각만으로도 고통스러웠다. 나는 주먹을 꽉 쥐지 않으려고 종이 냅킨을 접었다 폈다

14

반복했다.

"그래, 공평하게 해야지. 말해 봐."

"네가 과제를 수행할 때… 내가 옆에 없고, 달리 방법이 없으면… 코드에게 도움을 요청하겠다고 약속해."

나는 룩을 보며 눈을 깜박거렸다.

"코드라니? 그게 도대체 무슨 소리야?"

코드는 룩의 가장 친한 친구다. 나는 어릴 때부터 코드를 알았다. 그는 늘 우리 곁에 있었다. 하지만 룩이 이걸 부탁하는 건 어쩌면 코드한테도 이미….

"설마 협력 살해를 말하는 건 아니겠지? 그건 금지된 거잖아. 위원회가 알면…."

"아니, 그걸 말하는 게 아냐."

그가 말했다. 턱이 굳고 표정은 불편해 보였다.

"네 곁을 지켜 주는 사람을 말하는 거야. 웨스트, 너는 너무 고집이 세서 문제야. 뭐든지 너 혼자 할 수 있다고 생각하잖아. 하지만 그 일을 할 때 네가 코드를 외면하면 코드는 기뻐하지 않을 거야."

나는 인상을 찌푸렸다.

"진심이야? 내가 날 지킬 수 없다고 생각해? 내 단검 솜씨는 오빠한테 뒤지지 않아."

"농담하지 마. 아직 더 연습해야 돼. 조준 실력이 형편없어."

"항상 그런 건 아냐. 하지만 알았어. 그건 인정할게. 오빠가 내 총 솜씨가 좋다는 걸 인정해 주면."

좋은 정도가 아니었다. 실제로 내 총 솜씨는 아주 뛰어났다.

룩의 얼굴에 미소가 지나갔다.

"너는 옛날부터 빨리 배웠어. 하지만 그런 문제가 아냐. 다른 사람의 도움을 받는 게 나약해서만은 아니라는 거야. 그러니까 필요하면 코드를 불러. 그리고 다른 사람이 너한테 다가오는 걸 막지 마. 나는 네가 그럴까 봐 걱정돼."

그는 엠과 에이브의 죽음을 생각하고 있었고, 또 언제나 사람들에게 거리를 두는 내 성향을 생각하고 있었다.

"난 안 그래."

거짓말을 했다.

"아냐, 넌 늘 그래, 웨스트."

그가 단호하게 말했지만 목소리는 차갑지 않았다.

"코드한테 말을 안 하지는 않겠다고 약속할게."

그는 눈썹을 치켜올리고 고개를 저으며 웃었다.

"그거면 됐어."

사실 코드는 지금쯤 여기 왔어야 했다.

내가 룩에게 물었다.

"그런데 코드는 왜 아직 안 와? 먼저 집에 들른다고는 했지만 평소에는 이렇게 늦지…."

룩이 나를 지나쳐 문을 바라보았고, 그 표정에 나는 입을 다물었다. 룩이 이런 표정을 짓는 일은 아주 드물었다. 충격과 절망이 합해진 표정. 나는 코드가 내 뒤에 와 있다는 걸 알았다. 식당이 달라진 것 같았다. 코드가 짊어지고 온 무게가 모든 것을 뒤틀어 버렸다.

그는 과제를 받았다. 나는 천천히 그를 돌아보았다.

훤칠하고 호리호리한 몸집에 적당한 근육. 얼굴은 각이 져서 몇 년 전의 부드러움은 흔적도 없었다. 숱이 많은 머리는 내 머리만큼이나 검다. 그는 흑인과 백인 그리고 황인의 느낌까지 전부 가지고 있는 혼혈이다.

그의 눈을 보았을 때, 나는 내 생각이 맞았다는 사실에 참담함을 느꼈다. 연갈색이 섞인 흑갈색 눈동자는 몇 시간 전에 헤어졌을 때와 똑같았다. 하지만 이제 그것은 액티브가 된 얼트의 눈이었다. 그는 이제 미성년이 아니었다. 그의 두 눈동자에 깨알 같은 숫자의 검은 나선이 들어 있었다. 수열 자체는 별 뜻이 없지만,

그것의 존재 자체는 엄청난 의미였다. 그것은 코드의 과제 번호였다. 그리고 커시 시의 철통 같은 장벽 안쪽 어딘가에 있는 그의 얼트도 눈에 똑같은 수열이 생겼을 것이다. 그 눈도, 그 눈이 있는 얼굴도, 그 얼굴이 달린 몸도 코드와 똑같을 사람.

"늦어서 미안."

코드가 의자를 끌어당겨 내 옆자리에 앉았다. 그도 아직 우리 아빠 장례식에 입고 왔던 검은 옷차림이었다. 그는 두 손을 바지 주머니에 넣고 뒤로 기댔다. 얼굴은 이미 시작된 고통으로 어두웠다.

"저기… 금방 올 수가 없었어."

"아냐. 아직 안 늦었어."

그 말이 어찌나 빨리 튀어나갔는지 처음에는 그 말을 내가 했다는 것도 몰랐다.

"말도 안 돼. 테이지 일도 얼마 안 됐는데… 어떻게 이렇게…."

룩이 격양된 목소리로 말했다.

"위원회는 그런 생각 안 해. 그건 고려 사항이 아냐."

코드가 담담한 목소리로 말했다.

테이지는 코드의 동생이다. 두 달 전, 열세 살의 나이로 과제에 실패해서 죽었다. 그리고 코드의 말이 맞았다. 위원회의 과제 부여 체계는 가족의 상황을 고려하지 않는다. 여기 있는 우리 셋이 그 증거였다. 코드의 테이지 그리고 나와 룩의 가족 에이브와 엠. 그들은 모두 과제에 실패해서 이름만 남기고 사라졌다.

브렌이 음식을 가지고 왔고, 코드는 주문을 하겠냐는 질문에 고개만 저었다. 우리 셋을 둘러싼 긴장을 감지한 듯 브렌은 아까처럼 빨리 물러갔다.

"봐도 돼, 코드?"

우리만 남자 내가 그에게 물었다. 그는 말없이 내게 휴대폰을 건넸다. 나는 내 접시를 그의 앞으로 밀고 그의 과제 공지를 열었다. 심장이 쿵쿵 뛰고, 사방이 조여드는 듯 숨도 쉬기 힘들었다.

화면에 떠오른 내용은 섬뜩할 만큼 익숙했다. 이번에는 우리 형제가 아니라 코드의 이름과 주소와 과제 번호라는 차이만 있었다. 화면을 내리며 그 핵심 내용을 읽고 또 읽는 동안 공포가 온몸으로 퍼져 나갔다.

이름 : 코드 리스 제임슨

과제 번호 : 462895103732

과제 개시 일시 : 10월 2일 18:33

과제 만료 일시 : 11월 2일 18:33

얼트 소재지 : 제스로 구 파이어턴 로 45990번지

'생존으로 그대의 가치를 증명하기 바랍니다.'

맨 밑에는 위원회 로고가 있었다. 똑같이 생긴 십대 청소년 둘이 서로를 마주 보는 모습이다. 남녀도 구별되지 않고 인종도 알수 없을 만큼 모호한 얼굴이다. 눈은 검은 나선이다.

코드가 자기 얼트의 손에 죽기 전에 그 얼트를 죽일 시간이 31일주어졌다. 만료일까지 양쪽 다 성공하지 못하면 둘 다 죽는다. 두사람 몸에 똑같이 든 얼트 유전자 시계가 자가 폭발을 일으킨다.

아래쪽에 얼트의 주소가 보였다. 소재지는 위원회가 과제 개시시점에 두 얼트에게 주는 정보 중 하나다. 일을 시작할 최소한의정보이면서 두 사람이 확실히 경쟁할 수 있게 하는 정보이기도했다. 물론 코드의 얼트 역시 그에 대해 똑같은 정보를 갖고 있다.

나는 그의 과제 정보를 다시 한 번 찬찬히 훑었다. 그렇게 단순한 글자와 숫자의 조합이 인생을 뒤흔드는 내용을 담고 있었다.

우리에게 유리한 것은 시간뿐이었다. 그것은 무시할 수 없는사실이었다. 과제를 받은 초기 액티브들은 대개 싸우지도 도망치지도 못하고 얼어붙는다. 그동안 아무리 많은 훈련을 받았어도 그 일이 실제로 닥쳤을 때의 충격과 공포는 사람들을 마비시킨다. 모두 최후의 기한인 스무 살 생일 한 달 전까지 과제를 받지 않기를 바란다. 그리고 어떤 사람들은 그 소망이 너무 강력한 나머지 그렇게 될 거라고 믿기도 한다.

코드의 얼트가 남다른 사람일지도 모르겠지만, 평균적인 소년이라면 아마 지금 과제 공지를 들고 멍하니 거실에 앉아 있을 것이다.

나는 휴대폰을 룩에게 주고 코드를 돌아보았다.

"파이어턴 로는 제스로 구의 동쪽 끝에 있고, 장벽과 나란히 달리는 도로야. 가는 데 시간은 별로 안 걸릴 거야. 지금 바로 떠난다면."

내가 그에게 다그치듯 말했다. 코드가 숨을 내쉬고 말했다.

"진정해, 웨스트. 나는 아직 어떻게 해야 할지 생각하고 있어."

내 뺨이 훅 달아올랐다.

"생각한다고? 지금 농담하는 거야?"

그의 얼굴은 굳어 있었다.

"나는 지금 테이지의 짐을 정리하고 있어. 창고에 넣어두려고 했거든. 이유는 나도 모르겠어. 학교 행정실에서는 온갖 서류를 서명해서 제출하라고 하는데 말야. 그리고 테이지 친구들의 부모님과도 이야기해야 돼…"

그가 말끝을 흐리고 불타는 눈으로 나를 보았다. 두 눈에 새겨진 번호가 거슬리고 낯설었다. 그것은 평생 익숙해질 수 없을 것 같았다. 하지만 이제 그의 피로한 눈자위와 창백한 얼굴, 평소보다 더 두드러진 광대뼈가 보였다.

"지금은 피곤해, 웨스트."

나는 당장 그의 손을 잡고 뛰어가고 싶었지만, 분노를 삼키고 목소리를 누그러뜨렸다.

"가만히 앉아서 기다릴 수는 없어. 우리는 움직여야 돼."

"'우리'가 아냐, 웨스트. 내가 어떻게 되건, 너는 신경 쓰지 마."

"하지만 코드 오빠는 아직 우리 아빠 장례식에서 입었던 옷을 입고 있어. 설마 혼자 획 떠나서 우리를 걱정에 빠뜨리려는 건 아니겠지?"

코드를 밀어내지 말라고 한 룩의 말이 떠올랐다. 나는 거기 약속을 하는 둥 마는 둥 해 놓고서 지금 코드에게 나를 밀어내지 말라고 닦달하고 있었다.

그는 잠시 다른 손님들을 향해 시선을 돌렸지만 그들을 보지는 않았다. 손님 대부분은 스무 살이 넘은 컴플릿이었다. 이번 끼니가 마지막 끼니가 될지 걱정하며 날짜, 시간, 분초를 세지 않는 안전한 사람들이었다.

"그냥 집에 가서 내 할 일을 하고, 운명이 내 편이기를 희망하고 싶어."

코드가 말했다. 패배의 부드러운 총탄 같은 그 말은 어쩐지 격렬한 분노 또는 공포보다 더 불안했다.

"그러면 오빠는 과제 실패자나 마찬가지야. 이건 오빠가 해야 하는 일이야. 대체 왜 그래?"

내가 다그쳤다.

"우리가 늘 이기는 건 아니라고 생각하는 것뿐이야."

"하지만 늘 지는 것도 아니야. 나는 오빠가 포기하지 않았으면 해."

"너라면 언제 포기하겠니?"

그의 얼굴은 딱딱하게 굳어 다른 사람 같았다.

"네 가족 전체가 죽었을 때? 너무 힘들어졌을 때? 룩이 떠나고 너 혼자 남았을 때? 왜냐면 나는 이미 그 상태니까."

나는 몸을 움찔하며 그의 절망에서 물러섰다. 나는 그의 부모님이 교통사고로 돌아가신 일을 잊지 않았다. 하지만 그건 벌써 오래 전, 코드가 어렸을 때의 일이라서 그 분들에 대한 기억은 없었다. 그 후로 코드가 열다섯 살이 될 때까지 코드와 동생 테이지는 친척들이 돌아가면서 맡았다. 열다섯 살이 되자 그는 마침내 테이지를 직접 돌볼 수 있게 되었다.

"시간이 지나면 나아질 거야, 코드."

룩이 조용히 말하고 그에게 휴대폰을 돌려주었다.

코드는 눈을 감았다. 그가 다시 눈을 떴을 때 나는 코드의 눈동자에서 지난날의 기억을 보았다. 마음을 쥐어짜는 듯 아파왔다. 그가 기운 없이 말했다.

"그건 내 잘못이었어. 행정실에서 테이지가 학교에 두고 간 물건이 있다고 전화가 왔을 때 보내지 말았어야 했어. 학교 안에서 과제를 수행하는 건 엄격하게 금지되어 있어서 난 그걸 믿었어. 조금만 생각하면 얼트가 꾸민 일이라는 걸 충분히 알아차릴 수 있었는데."

"그건 네 잘못이…."

룩이 입을 열었지만, 코드가 말을 막았다. 그의 죄책감은 가만히 있기에 너무 컸다.

"테이지의 얼트가 테이지 친구 두 명을 죽였다는 거 내가 말했나? 친구들이 끼어들자 얼트가 가볍게 베어 버렸어. 과제를 성공할 수 있다면 주변부 살해도 신경 쓰지 않았어. 그런 자의 얼트인 것 자체가 테이지의 잘못 같았어. 그게 말이 된다면."

나는 고개를 끄덕였다. 말이 되었다. 공정하건 부당하건, 얼트는 서로의 거울 같은 존재였다. 생각과 성품이 똑같지 않다 해도 일단 겉모습이 똑같기 때문이다. 눈동자 색이 똑같고, 얼굴이 똑같고, 체형이 똑같다. 공통점이 어디까지 뻗어 있을지는 아무도 알 수 없다. 얼트가 아무리 다르다 해도, 위원회가 둘을 밀접하게 엮어 놓았기에 어디까지가 공통점이고 어디서부터 차이가 시작되는지 알기란 불가능했다.

"테이지의 얼트가 잔인했다는 이유로 우리가 테이지까지 다르게 생각하지는 않아."

룩이 말했다.

"너희들을 말하는 게 아니야."

코드가 말했다. 목소리가 둔탁했다.

"그건 그저… 모르겠어. 나는 열일곱 살이야. 어차피 3년 안에는 과제를 해야 하는 상황이었고, 이 일이 금방 올 거라는 걸 알았어. 그렇게 배웠잖아. 이 한 달을 위해 우리는 학교에서 그렇게 훈련을 받고, 또 많은 이야기를 들으니까. 나도 내가 이러는 이유를 모르겠어."

그는 고개를 젓고 쓸쓸한 표정으로 우리를 올려다보았다.

"그건 오빠가 멍청해서 그래."

나는 목소리가 흔들리지 않도록 신경써서 말했다. 우리가 이런 대화를 하고 있다는 것도, 우리가 아직 이 허접스러운 식당에 있다는 것도 믿을 수 없었다. 우리는 당장 나가서 코드의 얼트를 찾아가야 했다.

"테이지 일로 괴로워한다고 달라지는 건 하나도 없어. 테이지도 아마 자기 형이 이렇게 벌벌 떠는 걸 부끄러워할걸."

코드의 눈이 나를 향해 번뜩였다. 그 눈은 어떤 알 수 없는 감정으로 어두워졌고, 그러자 다행스럽게도 번호가 쉽게 보이지 않았다. 그의 눈이 정상과 비슷해지자 나는 과제를 받았건 안 받았건 이 사람은 내가 평생토록 알고 지낸 코드라는 것, 액티브라는 사실을 뛰어넘어 자신만의 개성을 가진 존재라는 것을 다시금 느낄 수 있었다.

"웨스트, 그만해."

룩이 손으로 내 입을 막았다.

"아냐, 안 그만둘 거야. 코드 오빠를 가만 두면 안 돼. 가만있다가는 죽어. 간단한 일이야."

"웨스트…."

"아냐, 룩. 하고 싶은 말 다 하게 내버려 둬. 웨스트가 뭐라고 해도 이미 내가 나한테 했던 말보다 더 지독하지는 않을 거야."

나를 바라보는 코드의 눈이 너무도 강렬해서, 가슴 속이 고통스럽게 오그라들었다.

"컴플리션 제도가 원래 이런 거야."

나는 코드가 내 마음에 고통을 준 사실에 당황스러웠지만 애써 무시하고 말했다.

"더 강하고 더 뛰어난 얼트가 이긴다는 거. 커시의 땅을 차지할 자격을 얻고, 필요하다면 장벽 너머로 나가 방위군으로 싸울 능력을 갖추는 것. 하지만 제대로 싸우지 않으면 게임은 이미 끝난 거야. 그리고 내가 오빠를 그렇게 두지도 않을 거야. 그건 오빠답지 않아."

그가 눈을 찌푸리고 나를 향해 몸을 기울였다.

"그러면 나다운 게 뭐니, 웨스트 그레이어?"

"살아남는 거지."

내가 그를 향해 인상 쓰며 말했다. 그의 입술에 가벼운 미소가 떠올랐다. 평소의 미소는 아니었지만 거의 비슷했다.

"내가 그리울 거라는 말을 이런 식으로 하는 거라면 받아 줄게."

나는 약간일 뿐이었지만 짐을 내려놓는 듯한 느낌이 들었고, 코드가 자기 머릿속에만 있는 어떤 어두운 모퉁이를 돌았다는 것을 알았다.

"그렇게 괴로워해 놓고 겨우 오빠가 그리울 거라는 말이나 듣겠다는 거야? 그런 말은 그냥 부탁만 해도 해 줄 수 있어."

내가 그의 발을 밀었다. 그는 이제야 정말로 웃었고, 그 모습에 내 몸속의 공포가 거의 지워질 뻔했다. 거의. 룩의 목소리가 침묵을 깼다.

"너희 둘이 해결됐으면 가자."

코드는 휴대폰을 들고 일어섰다.

"너희는 오지 마. 너희 아버지 일이 겨우 며칠 전이야."

"차로 데려다 줄 사람이 필요하잖아."

룩이 온화하게 말한 뒤, 음식 값을 테이블에 올려놓고 일어섰다.

"그 동네로 가려면 기차보다 차가 더 빨라."

코드는 나와 룩을 번갈아 바라보았다.

"내가 뭐라고 해도 상관없이 따라올 거야?"

"그래, 미안해."

룩이 말했다. 그 말은 단호했지만 말투가 몹시 가벼워서 그렇게 느껴지지 않았다. 그는 코드를 혼자 보내지 않을 것이다. 룩에게 코드는 에이브 못지않게 친형제 같은 사람이었다.

"가면서 말하면 안 돼?"

내가 식당을 나서면서 그들에게 소리쳤다. 우리는 길 건너편에서 벌어지는 일이 무엇인지 알았다. 과제의 마지막 단계를 보는 게 처음이 아닌데도 나는 멈춰 섰다. 죽은 얼트를 둘러싸고 있는 것은 제스로 구 후처리 팀이었다. 그들은 아까 치열했던 과제만큼이나 깔끔하게 움직여서 시신에 붉은 꼬리표를, 총에 하얀 꼬리표를 붙였다. 그리고 위원회가 얼트 로그의 업데이트를 승인하면 나중에 가족들이 시신과 총을 수합해 간다.

룩과 코드가 나를 따라왔고 우리 셋은 잠시 거기 서 있었다, 모두가 똑같은 생각을 하고 있었기에 말은 필요 없었다. 얼트의 죽음은 우리가 아직 살아 있다는 사실을 되새겨 줄 뿐이었다⋯ 아직까지는. 하지만 우리 차례가 되면⋯ 나는 코드의 팔을 잡았다.

"가자."

우리 차는 모퉁이 너머에 있었다. 그 낡은 차는 에이브의 것이었다. 에이브는 학교에 다니고 훈련을 받고 아버지를 도와 작업장 기계들을 고치면서 그 차를 조금씩 손보았다. 그리고 에이브가 죽은 뒤 룩은 형이 시작한 일을 완성하겠다는 슬픈 열정으로 수리를 마무리했다. 이제 차는 잘 달렸고, 룩은 차를 지극정성으로 아꼈다.

우리는 그리드를 벗어나 장벽을 향해 달렸다. 전기가 흐르는 커시 시의 거대한 장벽이 이빨을 드러낸 채 하늘 높이 솟아 있었다. 밤을 밝히는 붉은 불빛들은 도시 전체에 흩어져 거대한 은색 송전탑 꼭대기와 풍력 발전기의 회전 날개와 넓은 태양열 판의 모서리를 비췄다. 그것들은 도시 전체를 움직이는 정맥이자 신경이다. 그것들이 없다면 커시의 네 개 구(제스로, 개슬라이트, 캘든, 레이턴)는 춥고 어두울 것이다.

코드 휴대폰의 추적 프로그램을 보지 않아도 우리는 목적지가 가까워졌다는 것을 알 수 있었다. 제스로 구는 커시 시의 산업 지구였다. 구 전체에 콘크리트로 지은 큰 공장이 가득하지만, 장벽과 잇닿은 동쪽 끝부분인 이곳은 특히 낡은 공장들이 금속, 플라스틱, 유리만큼이나 많은 배기가스를 만들어 내고 있었다. 녹슨 고철로 지은 흉측한 창고들이 공장 사이사이를 채우고 있는 풍경이 나오다가 그것들도 차츰 사라지면서 쇠퇴한 주택 지대가 나타났다.

가난의 아픔, 결핍의 고통, 불안의 그림자가 사방을 덮고 있었다. 나중에 내가 제스로 구의 중심지인 그리드에서 다시 불안을 느낀다면, 여기 다시 와야 할 것 같았다. 밀치고 부딪치는 그리드의 숨막히는 삶은 이곳에 비하면 아무것도 아니었다.

"이렇게 우울할 수가. 생각해 봐. 네가 여기로 갈 수도 있었어."

룩이 운전석에서 코드를 돌아보며 말했다. 코드는 아무 말도 하지 않았다. 그도 이미 그 생각을 했을 것이다. 커시의 장벽 안에 사는 사람은 누구나 그런 생각을 해 봤을 것이다.

감기 백신이 영구 불임이라는 끔찍한 부작용을 일으키자 위원회가 지속적이고 체계적인 생물학적 프로그램을 도입해서 인류의 멸종을 막아냈다. 하지만 인간은 언제나 분란을 일으켰고, 결국 세계대전이 일어나고 말았다. 그러자 위원회에서 떨어져 나온 한 무리가 북아메리카 서부 해안의 북부를 차지하고 거대한 장벽을 쌓아 나머지 세상을 등졌다. 그리고 그 도시에 커시라는 이름을 붙였다. 그곳은 이 세상에 마지막으로 남은 전쟁 없는 지역이었다.

하지만 도시 내부에서 안전을 누리는 대가로 우리는 외부의 위험을 방어해야 했다. 벽 너머의 전쟁이 언제 이곳으로 밀려들어올지 알 수 없었다. 그래서 우리는 이곳에 사는 대가를 치러야 했다. 대가는 우리 모두가 군인으로 자라나는 것이다. 킬러들의 도시를 정복하기는 쉬운 일이 아닐 것이다.

나머지 세상과 담을 쌓고 한정된 공간과 자원으로 살다 보니 우리에게는 최고의 사람들만이 필요했다. 그래서 위원회는 얼트라는 놀라운 제도를 만들기에 이르렀다. 유전자를 조작해서 두 가정의 부모가 일란성 쌍둥이를 따로 낳게 하는 것이다. 각 부부는 최고의 킬러, 최고의 생존자를 길러내기 위해 노력해야 한다. 자녀가 과제를 받으면(과제는 10세에서 20세 사이, 아무 때나 주어진다) 두 얼트가 서로 겨루어서 한 사람을 죽여야 한다. 그런 지독한 적자생존 시험을 통해 사람을 죽이는 능력을 증명한 사람만이 커시의 성년이 될 수 있다.

이 모든 것이 평화를 위해서였다. 우리는 이 안에서 싸우지만, 대신 바깥세상과 싸우지 않았다.

갑자기 밤하늘에 불꽃이 솟아올라 모든 것을 눈부신 선홍색으로 물들인 뒤 사라졌다. 지글지글 프스스프스스 하는 소리가 아주 조금 더 이어졌다. 창문을 닫은 차 안에서도 혀에 연기의 맛이 느껴지는 것 같았다.

"장벽 너머에서 쏘는 시험 조명탄은 항상 멋있어."

나는 마지막 빛을 찾아서 어둠 속을 훑었다. 그것이 사라지는 모습이 이상하게 불안했다.

"그래, 하지만 그게 저쪽에서 어떻게 사용되는지를 생각해 봐."

룩이 말했다. 그것은 고통의 신호탄이었다.

조명탄이 또 하나 터져 올랐다가 사라졌다. 그 거짓된 아름다움에 잔혹함마저 느껴졌다. 코드의 휴대폰이 울렸다. 그가 화면을 보더니 휴대폰을 주머니에 넣었다.

"저 블록 끝 집이야, 룩."

그가 말했다. 나만큼이나 긴장한 목소리였다.

"어느 집?"

룩이 물었다.

"모퉁이 집, 왼쪽의."

내가 허리를 펼 때 룩이 차를 길가에 대고 시동을 껐다. 조명탄이 꺼지고 난 뒤 남은 소리가 귀에 왱왱 울렸다.

그 집은 주변의 집들과 아무런 차이가 없었다. 자갈이 깔린 자동차 진입로, 칠이 벗겨진 지붕, 꺼진 툇마루. 가로등 일부가 꺼졌지만 싸구려 시멘트 외장 벽에 공장 배기가스가 만든 지저분한 얼룩이 보였다.

공기가 신경을 건드렸다. 불길했다. 때로 그런 불안함과 절박함은 어떤 훈련도 도달할 수 없는 힘을 준다. 무기술이 기초 단계라고 해도 처절함이 총과 칼과 주먹에 결정적인 힘을 더해 줄 수 있다.

과제에 성공하면 우리는 마침내 위원회가 광고하는 것들을 얻을 수 있다. 고등교육, 고임금 직업, 결혼하고 아이를 낳을 권리.

나는 너무 긴장한 나머지 어딘가 탁 부러질 것 같았다. 룩과 코드도 마찬가지였다. 어깨 근육이 뻣뻣했다. 공포와 기대가 한껏

고조되어 있었다. 모든 과제가 이런 느낌일까? 바닥이 보이지 않는 절벽 아래로 뛰어내리기 직전 같은 그런 느낌.

그늘진 어둠 속에서 코드가 "시각." 하고 짧게 명령했고, 그의 손목시계가 대답했다.

23:00

"벌써 자고 있을까?"

그가 물었다. 룩은 집을 바라보았다.

"창문에 불빛이 없어, 아니면 블라인드에 가려 있든지."

코드는 인상을 찌푸리고 말했다.

"저기 또 다른 사람들이 있을지 몰라."

"모르지. 하지만 그 애는 너하고 비슷해. 열일곱 살, 가족과 함께 살고, 학생이고. 물론 오늘부터는 아니지만. 그 친구가 실습생으로 일하고 있다고 해도 그런 일은 대개 아침에 시작해. 그러니까 아직 달아날 곳을 구하지 못했을 확률이 높아."

"그 친구가 혼자가 아니라면…."

코드가 무슨 말을 하려는지 알았다. 그는 테이지의 친구들을 생각하고 있었다. 컴플리션의 포화에 희생된 친구들을.

"그건 네가 어떻게 할 수 없는 일이야."

룩이 말했다. 그 목소리는 담담했지만 거기에는 우리 엄마의 기억이 떠돌았다. 우리 엄마도 작년 가을 그 불운한 시각에 식품점에 갔다가 유탄에 맞아 주변부 살해를 당했다. 나는 엄마의 기억을 옆으로 치웠다. 엄마가 죽었다는 사실이 코드의 길을 막을 수는 없었다. 나는 코드의 좌석 등받이를 잡고 침착하려 애쓰며 말했다.

"혼자가 아닐 수도 있지."

"단층집, 침실은 많아야 세 개일 거야."

룩이 집을 훑어보면서 말했다.

"전면 창문은 거실 창문이야. 그 옆의 작은 창문은 부엌이나 식당 창문일 거야. 그리고 옆쪽에는 반투명 유리로 되어 있어."

그가 목을 빼며 말했고, 내가 대답했다.

"그건 화장실이야."

커시의 집들은 다 똑같다. 상점들은 컴플리션의 피해를 막기 위해 방탄유리를 달지만 주택 창문은 대개 일반 유리로 되어 있다. 룩이 말했다.

"뒤로 돌아가서 얼트의 방이 어디인지 알아봐야 될 것 같아. 잘하면 창문이 열려 있을 수도 있어. 안 그러면 뒷문으로 가야 해."

그리고 그는 뒷거울로 나를 보았다.

"너는 약속한 대로 여기 있어. 그리고 우리가 나오면 시동을 걸어."

나는 얼굴이 굳었다.

"그건 약속한 게 아니야. 오빠들이 결정한 거지."

"그거나 그거나 똑같아."

"급하게 떠날 필요는 없어. 누가 보복 살해를 하러 오빠들을 쫓아오지는 않을 테니까. 위원회는 그런 일을 허락하지 않아."

보복 살해는 몇십 년 전에 성행해서 결국 위원회가 끼어들어 막았다. 보복 살해는 과제와 컴플리션 제도를 뿌리부터 흔든다. 그리고 승리한 얼트가 바로 죽어 버리는 건 엄청난 낭비였다. 위원회는 과제에 성공한 얼트는 강하고 똑똑하고 유능한 자들이라 살아남아야 한다고 말한다. 반면에 허약하고 멍청하고 무능한 얼트들은 죽어도 괜찮다는 것이다. 보복 살해를 한 사람은 기회를 박탈당한다. 승진의 기회도 없고, 결혼, 출산도 하지 못한다. 그래서 얼트의 가족이나 친구가 보복을 꾀할 가능성은 많지 않았고, 나는 룩과 코드가 내 도움을 받아들이게 하려고 따지고 들었다.

"웨스트, 너는 안 돼. 거기다 나는 총이 한 자루밖에 없어."

룩이 내 말을 무시하고 말했다.

"오빠가 총을 갖고 있는 것 자체가 잘못이야."

내가 항변했다. 협력 살해(우연이든 아니든)는 보복 살해와 같은 처벌을 받는다. 조기 살해도 있다. 조기 살해는 불법 살해 중 가장 드문 형태다. 조기 살해는 두 얼트가 과제 시작 전인 미성년 시절에 만났을 때 둘 중 하나가 컴플리션을 시도하는 것이다. 이런 일이 자주 일어난다면 커시는 장벽 너머와 다를 바가 없을 것이다. 그래서 협력 살해, 보복 살해, 조기 살해는 즉각 처벌을 받는다.

"오빠도 총을 쓰면 안 돼."

내가 말하자 룩이 한쪽 눈썹을 치켜올렸다.

"너도 마찬가지야."

"그러면 코드 오빠한테 총을 줘. 오빠가 그걸 갖고 있는 건 너무 위험해."

"코드에게 총을 주라고? 코드의 총 솜씨는 커시에서 거꾸로 일등인걸."

룩이 코드를 보았다.

"고마워."

코드가 말했다.

룩은 어깨를 으쓱하고 웃었다.

"미안해, 하지만 알다시피 너는 칼이 특기잖아."

룩은 다시 뒷거울로 나를 보았다.

"어떤 상황이 닥칠지 몰라. 내가 총을 가진 것 자체가 문제가 되지는 않아. 그저 겁주는 용도로만 쓴다면."

"그러면 나는 도주 차량 운전사네."

나는 내 목소리가 싫었다. 너무 어린애 같고 징징거렸다. 하지만 나도 이번 과제에 쓸모 있는 어른이고 싶었다. 사랑하는 사람들이 죽는 동안 나는 항상 아무 쓸모가 없었다.

"그래, 맞아."

룩이 자동차 문을 열고 시계를 풀어서 내게 주었다.

"이걸 갖고 있어. 이게 있으면 자꾸 휴대폰을 확인하지 않아도 돼."

"운전사는 필요 없어! 그리고 나는 아직 운전할 나이도 안 됐어."

나는 그의 등 뒤에 대고 소리치며 시계를 자동차 계기반에 던졌다.

"네가 엄마 아빠 몰래 자동차를 끌고 나가는 걸 여러 번 봤는걸. 모른척하고 있었을 뿐이야."

"갑자기 법을 지키고 싶어졌다면 어떻게 할 거야?"

룩은 숨을 훅 쉬었다. 내 목이라도 조르고 싶은 것 같았다.

"웨스트, 나는 너랑 같이 들어가기가 싫어. 네가 다칠까 봐 겁나. 그리고 우리는 너를 걱정할 여유가 없어."

"오빠는 너무 꽉 막혔어."

내가 투덜거렸다.

"마음대로 생각해. 어쨌건 너는 걸리적거리기만 할 거야. 여기에도 반박할래?"

"나는 내가 알아서 챙길 수 있어."

룩은 내가 여기 앉아서 그와 코드가 살아 나오기를 기다리는 게 얼마나 힘든 일일지 왜 모르는 걸까?

"그건 나도 알아. 어쨌건 여기 있어."

그 말과 함께 룩은 자동차에서 내려 어둠 속으로 사라졌고, 나는 그의 뒤통수에 대고 욕을 했다. 코드가 나를 돌아보며 미소 지었다. 눈은 웃지 않았다. 그의 마음은 이미 집 안으로 달려가고 있었다.

"화난다고 우리를 버리고 가지는 마. 걸어가려면 머니까."

그가 말했다. 코드의 공포에 비하면 내 답답함은 아무것도 아니었다. 나도 두려움이 되살아나서 심장이 쿵쿵 뛰었다.

"알았어, 어쨌건 너무 오래 기다리게 하지 마."

내가 차분하게 말했다. 창턱에 매달려 있으면서 손이 아프지 않은 척하는 것 같았다.

"내가 몰래 차를 운전하고 다닌다는 룩 오빠 말은 거짓말이 아니거든."

그는 손을 뻗어서 언제나처럼 장난스럽게 내 머리를 헝클어뜨리려고 하다가 내 뺨에 붙은 검은 머리칼을 쓸어내더니 말했다.

"네가 안 오는 게 좋았겠지만, 그래도 같이 와 줘서 기뻐."

그리고 내가 무슨 말을 할 새도 없이 떠났다.

나는 앞을 더 잘 보기 위해 앞좌석으로 갔다. 키가 큰 편이 아니라서 후드 너머 그렇게 많은 것이 보이지는 않았다. 룩은 다리가 길어서 의자를 뒤로 멀찌감치 물려 놓았다. 나는 짜증스럽게 좌석을 최대한 앞으로 당겼다.

이제 아무것도 생각하지 않고 기다리려 했지만 그건 불가능했다. 이미 깨어서 소리를 지르는 생각들을 입다물게 할 수는 없었다. 룩과 코드를 떠나보내는 일은 내가 그때까지 한 일들 가운데 손에 꼽을 만큼 어려운 일이었다.

우리 가족이 처음부터 나와 룩만 있던 건 아니다. 우리 부모님은 위원회에 네 번이나 갔다. 처음에는 에이브를 위해, 다음에는 룩, 다음에는 나, 그리고 마지막으로 엠을 위해. 우리는 커시의 가족 치고는 식구가 많았다. 이곳은 대개 아이가 둘이다. 하지만 부모님은 우리를 키우는 데 드는 비용을 생각하지 않고 우리에게 기회를 주고 싶어 했다.

우리 중에 가장 먼저 떠난 것은 에이브였다. 그는 미성년 액티브에게 술을 팔던 그리드의 클럽 슬링어 뒤에서 피를 흘리며 죽었다. 몸속에 들어간 알코올 때문에 뛰어난 칼 솜씨를 발휘하지 못했다. 그리고 엠… 나는 에이브가 죽은 이후 어떤 일도 견딜 수 있을 줄 알았지만 엠이 죽자 다시 한 번 나락으로 떨어졌다. 엠은 겨우 열한 살이었고, 과제를 준비하는 첫 해였다. 하지만 엠의 얼트는 룩과 나도 예상하지 못할 만큼 빨랐다. 우리가 엠의 컴플리션 방법을 궁리하는 동안, 엠의 얼트가 친구네 집에 가려고 집을 나서던 엠을 습격했다. 엠은 내 품에서 피를 흘리며 죽었다. 내가 어찌나 지독하게 비명을 질렀는지 같은 블록에 사는 코드가 달려왔다. 그는 내 옆에 주저앉아서 나를 꼭 끌어안고 팔을 풀지 않았다. 룩이 내게서 엠을 떼어낸 뒤에도 코드는 팔을 풀지 않았다.

개 짖는 소리가 정적을 깨면서 내 기억도 흩어졌다. 어떤 남자가 개에게 조용하라고 소리쳤다.

나는 불안하게 주변을 둘러보았다. 저 개는 어느 집 개일까? 코드의 얼트 집은 아닐 것이다. 룩과 코드가 발각되었다면, 내 귀에 들리는 게 개 짖는 소리만은 아닐 것이다.

"시각."

내가 큰 소리로 물었다. 룩의 시계가 대답했다.

23:15

생각했던 것보다 시간은 많이 지나지 않았다. 온갖 시나리오가 눈앞에 펼쳐졌지만 그 중에 좋은 것은 없었다. 룩과 코드는 무엇을 하고 있을까? 왜 이렇게 오래 걸리는 걸까? 지금쯤이면 돌아와야 하지 않나? 나는 손을 가만히 두기 싫어서 룩의 시계를 손목에 차고, 자동차의 거울들을 만지작거리고, 창문을 열어 환기를 시켰다.

멀리서 희미한 목소리들이 들렸다. 알아들을 수는 없었다. 하지만 그 리듬과 박자는 고함 소리 같았다. 소리는 코드의 얼트의 집에서 났다. 나는 아무 생각 없이 차 문을 그냥 열어둔 채 차에서 달려 나갔다.

달빛 아래 보이는 잔디밭은 뾰족한 가시풀로 얼룩덜룩했다. 가시풀이 운동화와 발목에 들러붙어서 나를 찌르며 내 길을 막으려고 했다. 공포가 입 안에 얼얼한 쇠 맛을 안겨 주더니, 내가 집 뒤편에 이를 때까지 떠나지 않았다.

흐릿한 어둠 속에 지저분한 마당이 보였다. 앙상한 나무의 낮은 가지에 초라한 타이어 그네가 매달려 있다. 가지들은 갈고리

발톱 같고, 줄기는 뛰쳐나가려고 웅크린 몸 같았다. 마당 안쪽에 길게 자란 뻣뻣한 풀들 틈에 세발자전거가 있었다.

어린아이. 이 집에 어린아이가 있다. 머릿속에 경보가 울렸다. 코드의 고통스런 얼굴이 다시 떠올랐다. 그가 테이지 친구들의 주변부 살해를 이야기하던 모습도 떠올랐다.

'오빠들, 이 집에 아이가 있다는 거 알고 있어?'

집 뒤쪽에 오니 사람들 목소리가 더 크게 들렸다. 말다툼 소리가 뒷문 틈새로 새어나왔다. 뒷문은 잠겨 있지 않았다. 나는 내가 할 수 있는 유일한 일을 했다. 그러니까 문을 열고 안으로 들어갔다. 안쪽은 어두웠다. 공기는 답답하고 잠에 싸인 듯했다. 집 안은 아주 비좁은 느낌이었다. 눈 닿는 곳마다 모퉁이가 있고 가구가 있었다. 이 집에 무슨 일이 있다는 것은 오직 귀가 알려 주었다.

소리가 들리는 곳은 복도 안쪽 방이었다. 뒷문 앞에서 그 방문 앞까지 가는 데 수천 년이 걸리는 것 같았다. 그 앞에 이르자 모든 것이 보였다. 열린 블라인드로 들어오는 서늘한 달빛이 방 안의 참혹상을 그대로 보여 주었다.

낡은 카펫, 담뱃불 자국과 얼룩이 가득한 침구. 침대 옆 협탁의 더러운 주사 바늘들. 그리고 사람들. 많은 사람이 너무 작은 공간에 있었다. 룩은 방바닥에 누워 있고, 옆구리에 칼자루가 튀어나와 있었다. 손에는 총을 잡고 있었다. 총은 방 가운데 선 코드의 얼트를 겨냥했다. 그리고 얼트의 총은 룩을 겨냥했다. 코드는 그 뒤에 서서 한 팔로 얼트의 목을 조르고 있었다. 그리고 남은 한 팔로 그와 몹시 닮은 얼굴에 접이칼 끝을 대고 있었다. 두 얼굴 사이에 다른 점이라면 얼트가 눈도 더 차갑고, 몸도 아드레날린과 저 주사 바늘 속 물질들에 중독되어 여위었다는 점뿐이었다.

"이 손 놔. 안 그러면 저 놈은 죽어!"

얼트의 목소리는 흡연자의 걸걸한 목소리였지만, 그래도 코드와 너무나 닮아 있었다. 그는 룩에게서 눈길을 떼지 않았다. 손도 흔들리지 않았다. 최악의 용기, 약 기운이 만드는 용기였다. 그것은 두려움도 의심도 몰랐다. 룩의 얼굴은 사납고 분노에 차 있었다.

"그러지 마, 코드! 저 놈 말 듣지 마!"

얼트의 으르렁거리는 듯한 웃음소리에 나는 뼛속까지 오싹해졌다. 그리고 거기서 코드의 목소리를 듣는 것은 정말로 고약했다.

"시간이 없어, 친구. 너는 지금 피를 흘리고 있어."

코드의 얼트가 룩에게 말했다.

"그래도 너를 먼저 죽일 시간은 충분해."

"협력 살해를 하겠다고? 아니, 그럴 수는 없어. 그러면 네 인생은 진짜로 끝나."

얼트가 비웃으며 고개를 저었다.

"그러면 나는 더 이상 잃을 게 없군."

룩이 말했다. 목소리가 아주 차분했다. 어떻게 저럴 수 있지?

"그러면 쏴. 뭘 기다리는 거야? 쏴!"

"시끄러! 어서 총 내려놔."

코드의 외침이 방을 울렸다. 그는 손목을 돌려 칼날을 얼트의 관자놀이로 올렸다.

"네가 생각할 겨를도 없이 내가 먼저 총을 쏠 거야!"

그의 얼트가 말했다.

코드는 칼날을 비틀었다. 그 동작은 우아해 보였다.

"내려 놔."

그때 누가 내 엉덩이를 툭 쳐서 나는 깜짝 놀랐다. 꼬마애였다. 대여섯 살 정도밖에 되지 않았다. 잠옷 차림에 머리는 자다 일어나 부스스했고 얼굴이 어딘가 친숙했다. 그때 코드의 동생 테이지가 떠올랐다. 아이는 실제로 테이지와 코드를 모두 닮았다. 이상하면서도 꼭 맞는 말이었다. 그 뒤로 몇 초 동안은 완전한 혼돈이었다. 아이가 방 안으로 머뭇거리며 들어갔다. 나는 본능적으로 아이를 잡으려고 손을 뻗었다.

"안 돼!"

내 목소리는 너무 가늘고 너무 높았다. 거기 담긴 히스테리에 모두가 나를 돌아보았다. 룩과 코드는 당황한 표정이 되었다.

"웨스트?"

룩의 눈이 달빛에 휘둥그레졌다. 그의 팔이 약간 내려와서 이제 조준이 어긋났다.

"너 뭐하는… 어서 여기서…."

그는 말을 맺지 못했고, 경고는 중간에 잘렸다. 코드의 얼트가 방아쇠를 당겼기 때문이다.

총알은 룩의 가슴에 정확히 꽂혔다.

"룩우우우욱!"

내 비명 소리가 울렸다. 다른 것은 생각할 수 없었다.

어스름한 빛 속에서 코드의 얼굴이 경련했다. 그 눈이 고통으로 발광하는 것 같았다. 그는 숨도 쉬지 않고 얼트의 머리카락을 확 당겨 얼트가 총을 돌리기 전에 칼로 목을 그어 버렸다.

희미한 비명에 뒤이어 카펫 위로 피가 쿨렁쿨렁 쏟아졌다.

코드는 얼트의 몸을 바닥에 떨구었다. 그런 뒤 우리는 함께 룩에게 다가갔다.

룩의 힘겨운 숨은 몸 깊은 곳에서 나오는 것 같았다. 피가 가슴을 빨갛게 물들이고 방바닥으로 철철 흘러내렸다. 얼굴에는 핏기가 없었다.

"룩…."

어떻게 이런 일이. 우리는 잘못한 게 없었다. 이렇게 끝날 수는 없었다. 내가 아는 것은 상처를 눌러야 한다는 게 전부라서 상처에 손바닥을 댔다. 하지만 그게 소용없는 일이라는 걸 잘 알았다. 총알은 너무도 정확히 맞았고, 그 지점은 너무도 치명적이었다.

룩은 내 손을 가슴에서 밀어냈다. 그리고 자신의 총을 내 손에 밀어 넣었다. 그가 손을 거두지 않아서 나는 그것을 받을 수밖에 없었다.

"조심히 써… 웨스트."

그가 숨을 헐떡였다. 그리고 희미한 미소를 지었다.

"너는 언제나… 너무 빨리 움직였어."

총은 너무 무겁고, 기억하던 것보다 훨씬 크게 느껴졌다. 때가 되면 내가 내 얼트에게 이 총을 쏠 수 있을까? 한 순간도 망설이지 않고?

"내가 너무 늦었어."

코드의 눈이 멍했다. 이제 과제 번호는 사라졌다. 본래의 눈으로 돌아왔다.

"룩, 내가 너무 늦었어."

"아냐. 너는 잘했어. 그리고 너는… 이제 안전해."

룩이 속삭였다. 입에 붉은 거품이 일고 힘없는 기침이 나왔다. 총알이 폐도 뚫은 것 같았다. 하지만 그 생각은 희미하고 사소하고 순식간에 지나갔다. 이제 아무 소용없었다.

"부탁이야 코드, 웨스트 곁에 있어 줘. 웨스트에게 네가 필요할 때."

룩이 코드에게 말했다. 숨이 걸렸다. 코드가 고개를 끄덕였다.

"잊지 않을게."

"사랑해, 오빠."

내가 말했다. 내가 목소리의 떨림을 막기 위해 할 수 있는 일은 그게 전부였다. 나는 눈앞을 가리는 눈물을 닦으며, 눈물의 존재에, 그 쓸모없음에 분노했다.

"오빠, 내 말 들려?"

그가 다시 기침했다. 붉은 거품이 더 나왔다.

"들려, 웨스트."

그러더니 힘겹게 숨을 들이쉬고 말했다.

"나도 사랑해."

그리고 그는 죽었다.

코드가 고꾸라지는 내 몸을 잡았다. 자기 고통 위에 내 고통을 모조리 흡수하겠다는 듯이. 내가 포기하려는 모든 것을.

시간이 의미 없는 덩어리로, 이해할 수 없는 얼룩처럼 흘러갔다. 몇 초였을 수도 있고, 몇 분이었을 수도 있고, 몇 시간이었을 수도 있었다. 다른 도시, 다른 세상이라면 이런 일은 아예 없었을지도 모른다.

마비감. 희미한 의식 속에 꼬마 소년이 코드의 얼트 곁에 앉아 있는 모습이 보였다. 형의 목을 닦아 주느라 작은 손이 피범벅이었다.

나는 코드와 함께 룩의 시신을 들었다. 그리고 그를 코드의 어깨에 걸쳐 주었다. 소방관이 인명을 구조할 때처럼. 하지만 룩은 이제 구조할 수 없었다. 그리고 우리는 그곳을 떠났다. 집 밖으로 비틀비틀 걸어 나와 차에 올라탔다. 그곳에서 벌어진 일을 거기 두고 떠나고 싶었지만, 그럴 수 없다는 것을 알았다.

CHAPTER 2

이제 집은 텅 비었다. 하지만 식구들의 유령은 복도를 걷고 방들을 채웠으며, 그들의 목소리는 내 귀에 울렸다. 룩의 장례를 치른 지 이틀이 지났고, 나는 아무것도 할 수 없었다.

나는 계속 소파에 누워서 자다 깨다 다시 자기를 반복했다. 나도 코드의 얼트처럼 약에 취한 느낌이었다. 흥분이 아니라 몽롱하고 서글픈 나른함을 주는 약에. 어느 쪽이 더 현실 도피인지 모르겠다.

휴대폰이 울렸다. 코드라는 걸 알았지만 받았다. 더 이상 피할 수는 없었다.

"여보세요."

내 목소리는 메마르고 꺼칠했다. 이제 대화할 사람이 곁에 없다는 사실은 너무도 이상했다.

"안녕, 웨스트."

코드의 목소리에 나는 목이 메었다.

"안녕."

"더 일찍 전화하려고 했는데, 네가 계속 자고 있을 거 같아서."

"맞아, 그랬어."

잠시 침묵.

"지금도 자고 있는 거나 마찬가지야."

잠이 들면 이 모든 현실을 모른 척할 수 있으니까. 내가 룩의 죽음에 기여했다는 것도… 코드의 얼트가 룩을 죽였다는 것도….

"같이 그리드에 나갈래? 내가 차로 데리러 갈게. 하고 싶은 거 아무거나 하자. 점심은 어때?"

코드의 목소리는 부드러웠다. 나를 자극하는 말을 피하려고 조심하는 것이 느껴졌다. 그는 나를 너무 잘 알았다. 그는 오랜 시간 동안 나의 좋은 모습도 나쁜 모습도 다 보았다. 나는 그날 식당에서 코드를 가까이 두라고 했던 룩과의 약속을 떠올리지 않을 수 없었다.

갑자기 두 사람이 먼저 그 일을 이야기했을지 모른다는 생각에 속이 뒤틀렸다. 나를 그렇게 약하게 보았다는 데 화가 나기도 했지만, 어쩌면 그들이 맞았을지 모른다는 생각에 쓸쓸한 느낌도 들었다.

"아냐, 오빠. 집을 청소하고 있었어. 룩 오빠의 방을."

차분하게 말했지만 거짓말이었다. 그의 방에는 손도 대지 않았다. 아직 거기 들어갈 수 없었다. 하지만 머릿속에 가장 먼저 떠오른 게 그 생각이었고, 코드에게 진실을 말하기보다는 어떤 거짓말이라도 하는 게 나았다. 진실은 내가 아무것도 하지 않는다는 것이었다. 여기 있지만 다른 곳을 헤매며 떠난 식구들과 집을 떠도는 게 전부였다.

"내가 도와줄게. 아니면 그냥 곁에 있어 줄게."

그의 목소리에는 안타까운 희망이 담겨 있었다.

"아냐, 괜찮아."

잠시 침묵이 흘렀다.

"뭘 좀 먹어야지. 너는 지금… 과자나 시리얼이나 그런 것만 먹고 있을 것 같아."

내가 마지막으로 무언가를 먹은 게 언제인지도 기억나지 않았다. 아직도 배 속이 엉켜 있었다. 코드가 룩의 장례식에서 더듬거리며 추모의 말을 한 뒤로 계속 그랬다.

"괜찮아. 나도 요리할 줄 알아."

솜씨는 형편없지만. 그리고 지금 그게 상관있는 것도 아니지만.

"웨스트, 널 만나고 싶어."

휴대폰 너머로도 그의 걱정이 뚜렷이 느껴졌다. 나는 눈을 꼭 감고 코드의 얼굴을 떠올렸다. 그것은 전과 달랐다. 아주 오래 전부터 알던 친숙한 얼굴에서 지금 나를 부르며 무언가 더 있다고 말하는 얼굴로.

그러더니 그 얼굴이 그의 얼트의 얼굴, 룩을 죽인 자의 얼굴이 되었다. 나는 눈을 번쩍 떴다.

"웨스트?"

코드의 목소리가 좀 더 거칠어졌다.

"5분이면 거기 갈…."

"아냐, 지금은 싫어. 내일 이야기해."

그가 한숨을 쉬었다.

"그러면 학교에 간다는 말이구나?"

질문이 아니라 확인이었다. 질문을 하면 그것이 선택 사항일 뿐임을 일깨워 줄 거라는 듯이. 나는 열다섯 살이기 때문에 학교를 떠나 실습생으로 일할 수 있었다. 하지만 나는 학교에도 일하러 가는 것도 생각하지 않았다. 다만 시간을 채울 무언가가 필요했다.

"응, 갈 거야. 그럼 안녕."

그 말을 하고 나는 전화를 끊었다.

집 안에 다시 침묵이 찾아왔지만, 그 침묵은 과거의 기억들로 시끄러웠다. 코드의 말이 옳았다. 나는 집 밖으로 나가야 했다. 하지만 코드와 함께는 아니었다. 적어도 아직은 아니었다. 지금 그를 보면 그의 얼굴에서 다른 얼굴을 볼 것 같아 겁났다.

나는 현관을 열고 밖으로 나갔다. 그리고 어디로 가는지도 모르고 그냥 걸었다. 하지만 버릇처럼 블록과 블록을 지나서 어느새 그리드로 돌아와 있었다.

우리 식구는 제스로 구 서부의 교외 지역에 살았지만, 우리 심장의 일부는 언제나 그리드에 남아서 우리를 그곳으로 불렀다. 제스로 구의 중심지인 그리드는 면적이 1.5평방킬로미터 정도밖에 되지 않는 작은 지역이다. 그곳은 느린 사람이나 순진한 사람을 참아 주지 않았다. 관용도 여유도 없다. 우리 사남매는 그곳에서 본능을 갈고닦았다. 그곳은 우리의 놀이터이자 모의 전쟁터, 우리의 훈련장이었다.

나는 눈앞의 건물을 올려다보았다. 커시공립도서관. 이곳은 지난날의 역사인 종이책을 가장 많이 보관하고 있는 곳이다. 그 절반은 장벽 너머에서 가져온 것이다. 위원회는 철의 장벽을 쌓기 전에 이미 그것을 위원회의 재산으로 선언했다. 오래지 않아 종이책들을 위원회의 비밀 구역으로 옮긴다는 이야기가 있었다. 이곳의 종이책은 누구나 읽을 수 있지만 대부분은 거기 손을 대지 않았다. 서점에서는 구부릴 수도 있고 손바닥만하게 접을 수도 있는 플렉시리더를 판다. 종이책에서는 과거의 냄새, 다른 세계의 냄새가 났다.

정문 옆에는 놋쇠 현판이 붙어 있었다. 현판의 글씨는 세련된 필체였지만, 거기 담긴 목소리는 권위적이었다.

'모두의 안전과 행복을 위해 타인의 컴플리션을 방해하지 마십시오. 감사합니다. 위원회.'

건물 안에 들어가자 오랜 세월 쌓인 먼지 냄새가 코를 습격했다. 나는 위안과 혼란을 동시에 느꼈다. 종이책에 적힌 이야기는 늘 평화로운 느낌을 주어서, 그것들이 전쟁에 시달리는 장벽 너머에서 왔다는 사실이 이상하게 느껴졌다. 하지만 나는 이야기에 빠지려고 여기 온 게 아니다. 적어도 오늘은 아니었다. 그런 일은 불가능했다.

이 층의 '얼트의 역사' 섹션에 올라가 서가 사이에 파묻혔을 때 나는 소리 없이 울었다. 뜨거운 눈물과 절망이 눈앞을 캄캄하게 가로막았다. 나는 이미 결론이 난 질문을 계속하며 바꿀 수 없는 것을 바꾸어 보려고 했다.

'왜 나 혼자 남겨두고 간 거야? 나는 왜 아직 여기 남아 있는 거야?'

책 한 권이 바닥에 털썩 떨어졌다. 이어 두 번째 책이 떨어졌다. 나는 평소와 달리 책을 마구 대했다. 사람들이 내게 소중한 것을 함부로 다룬 것처럼 나도 조심하고 싶지 않았다.

나는 계속해서 책을 바닥에 떨어뜨렸다. 내게 아무 쓸모없는 그 정보 더미가 내 발치에 계속 떨어져 쌓였다. 그것은 끝나지 않은 역사, 아직도 계속되고 앞으로도 계속될 역사였다. 그때 누군가 내 손을 잡아서 책을 더 이상 끌어내리지 못하게 했다. 나는 고개를 들었다. 두 눈이 불타오르고 입술이 바르르 떨렸다.

'누가….'

남자였다. 누가 봐도 강해 보이는 단단한 체구의 남자가 내 앞에 서 있었다. 하지만 그 사람의 힘은 덩치나 체중이 아니라 빠르고 간결한 움직임에서 느낄 수 있었다. 삭발한 적갈색 머리, 피부 곳곳의 희미한 흉터. 그의 얼굴은 짜증으로 굳어 있었지만, 파란 눈동자에는 다른 것이 가득했다. 슬픔과 아주 가깝고… 이해라는 감정과는 더욱 가까운 것이었다.

"그만. 도서관을 어지럽히면 안 돼."

그가 낮은 목소리로 말했다.

나는 그에게서 내 손을 빼냈다.

"네. 그래서요?"

"일 층의 사일러스 선생님이 보시면 별로 기뻐하시지 않을 거다. 다시 제자리에 돌려놓으렴."

"다 하고 나서 돌려놓을게요."

나는 긴 한숨을 내쉬었다.

"다 하려면 아직 멀었지?"

나는 책 한 권을 발로 찼다. 몸이 움찔했지만, 그것이 꺼끌거리는 나무 바닥을 미끄러져 가는 모습, 낡은 표지가 더 닳는 모습이 통쾌했다.

"오빠들하고 닮았구나."

남자의 말에 나는 깜짝 놀랐다.

오빠들? 이 사람이 우리 오빠들을 어떻게 아는 걸까.

"네?"

"말한 대로야. 오빠들하고 닮았다고."

나는 허리를 숙여 책을 다시 꽂기 시작했다. 어떤 행동을 해서든 남자의 말을 막아야 했다. 나는 간섭받기 싫었다. 이 사람이 나를 어떻게 알건 간에, 나는 이 사람을 만난 적이 없었다.

남자가 말을 이었다.

"에이브가 4학년, 5학년 때 내게서 무기술을 배웠지. 그리고 룩도. 너도 곧 내 수업에서 볼 수 있을까?"

나는 그를 가만히 바라보았다. 그리고 이 사람이 토스 고등학교의 무기술 교사라는 것을 알았다. 그의 이름은 베어였다. 그의 이름은 모두가 알았다. 그의 수업이 학교에서 가장 인기 있어서뿐만 아니라 그의 높은 명성 때문이었다. 그는 토스 고등학교 전체, 아니 어쩌면 커시 전체에서 가장 강한 컴플릿이었다. 전설에 따르면 그는 열 살 때 맨손으로 자신의 얼트를 죽이고 차분하게 후처리 팀이 와서 시신을 가져갈 때까지 기다렸다고 한다.

나는 3학년이고 친구들도 대부분 3학년이라서 고학년 교실 쪽으로는 갈 일이 별로 없었기 때문에 그의 얼굴은 알지 못했다. 하지만 그를 직접 보니 그의 수업이 왜 그렇게 인기가 있는지 알 것 같았다. 그는 눈빛이 남달랐다. 그에게서는 제대로 싸우는 법을 배울 수 있을 것 같았다. 그러다 죽는다고 해도. 더 말할 필요가 없었다.

"일 년 후요."

내가 말했다.

"뭐라고?"

"일 년 후에야 무기술을 배울 수 있어요. 저는 아직 3학년이거든요."

"일 년 후라."

베어의 눈이 얼음처럼 빛났다.

"그때까지는 분노를 잘 활용하는 법을 배워두는 게 좋을 것 같다. 전투술이 스트레스 해소를 도와주지는 않는 것 같으니 말이다."

나는 내가 그렇게 쉽게 미끼를 문 데 부아가 치밀어 얼굴을 찌푸렸다.

"선생님이 오빠들을 가르치셨을지는 몰라도 제 선생님은 아니에요. 아직은요."

베어는 희미한 미소를 띠며 말했다.

"그래, 아직은 아니지. 맞아."

나는 아무 말도 하지 않았다. 우리의 대화는 이어지지 않았고, 품안의 책 더미가 무겁게 느껴졌다. 나는 책 더미를 서가에 올려 놓으려고 돌아섰다.

"그러면 앞으로는 준비가 될 것 같니?"

베어가 물었다. 나는 자리가 맞는지도 살피지 않고 책 한 권을 다른 책들 사이에 밀어 넣었다. 이 서가도 어쨌건 절반이 얼트의 역사를 다루는 서가이기에 크게 어긋나지 않을 것 같았다.

"그 책들은 너에게 아무런 도움이 안 돼."

그가 말했다. 나는 그를 돌아보지 않고 또 한 권을 꽂았다. 내가 계속 무시하면 가지 않을까? 그의 학생이 된 다음에 그를 만나도 될 것이다.

베어는 내 품안의 책 더미에서 책을 한 권 집어 들어 표지를 훑어보았다. 그의 손에는 얼굴보다 흉터가 더 많았다. 그가 누구인지 알고서 보니 그 흉터가 모두 전투의 상처라는 걸 알 수 있었다. 여러해 동안 사람들에게 생명을 지키는 법을 가르친 표시였다.

"여기 이 책?"

그가 책을 들어올렸다. 《감기 백신, 무엇이 문제였나?》라는 제목이 보였다.

"더없이 지루하지. 백신의 문제를 100쪽도 넘게 이야기해. 안정제의 문제였을까? 정제 방법이 문제였을까? 분리 기술이 문제였을까?"

그는 고개를 저었다.

"그게 무슨 상관이야? 이미 늦었는걸."

그는 책을 서가에 밀어 넣고 내 품의 책 더미에서 다시 한 권을 집어 들었다.

"이건 어떨까?"

《검투사 게임의 부활》.

"그래, 이건 오랜 옛날 사람들이 스포츠로 서로를 죽이던 시절에 대해 이야기해 주고 있지. 하지만 그런 뒤 곧바로 위원회가 어떻게 그 게임을 새롭게 들여왔는지를 설명해. 여기서는 옹색한 경기장 대신 도시 전체가 전장이야. 위원회는 미성년들을 겨루게 해서 허약한 성인이 자원과 시간을 낭비하지 못하도록 했어."

나는 그를 바라보았다. 그의 말을 끊기도 두려웠고, 끊지 않기도 두려웠다.

"그러니까 강한 자, 똑똑한 자, 과제에 성공한 자만 살아남게 해서 이 사회를 킬러들의 사회로 만들었지. 모두 다 안보라는 이름 아래."

베어는 《검투사 게임의 부활》을 첫 번째 책 옆에 밀어 넣었다.

그는 거기서 그치지 않았다. 분노와 혐오가 담긴 표정으로 《얼트 코드의 작동법》을 집어 들고는 나를 힐끔 곁눈질로 보았다.

"이 책은 필수 도서지만 페인트가 마르는 걸 지켜보는 것보다 더 지루해."

나는 가만히 있을 수 없었다. 입술이 참지 못하고 말을 뱉었다.

"네, 아주 지루해요."

얼트 코드에 대해 배우는 것은 심화 생물학, 화학, 수학을 배우는 것과 비슷했다. 흥미가 없다면 그냥 또 하나의 과목일 뿐이다. 부부가 아기를 원하면, 위원회가 그들의 유전자 지도를 결합해서 새로운 유전자 지도를 만들어 낸다. 그 다음에 아기를 원하는 다른 부부가 똑같은 과정을 거친다. 그러면 위원회가 두 아기의 유전자 지도로 얼트 코드를 만든다. 그 인공 유전 물질은 똑같은 신체 특징을 만들도록 명령한다. 그렇게 해서 얼트들은 서로 쌍둥이처럼 닮게 되고 서로를 쉽게 알아볼 수 있다.

하지만 얼트 코드는 가끔 자기 영역을 넘어 다른 유전자에게도 명령을 한다. 그래서 얼트들은 때로 반사, 두뇌 패턴, 언어 유창성까지 비슷하다. 자기 자신과 싸우는 것, 그리고 거기서 이기는 방법을 찾는 것은 군인에게도 힘든 일이다.

베어는 《얼트 코드의 작동법》을 옆으로 치우고 《얼트의 기원》을 집어 들었다.

"헛소리."

《영혼을 다해 너의 얼트와 싸워라》.

"잠꼬대 같은 책."

잘못된 일 같았지만, 웃음이 가슴 속에 피어올랐다.

그는 이제 《위원회를 넘어-과제의 분석》을 손에 들었다.

"이 책은 쓰레기야. 수백 번을 말해도 모자라."

저쪽에서 고함 소리가 들리더니 우당탕탕 발소리가 이어졌다. 소리는 우리 쪽으로 왔는데, 속도가 너무 빨라서 우리는 그걸 피할 겨를이 없었다. 컴플리션이었다. 수많은 사람들이 북적이는 이곳 그리드에서 어느 정도 시간을 보내다 보면 컴플리션 현장을 목격하지 않을 수가 없다. 순간적 유쾌함은 곧 불쾌함에 자리를 내주었다.

"사일러스 선생님이 더 화가 나시겠는데요?"

내가 베어에게 말했다.

나는 남은 책을 서가의 빈 공간에 밀어 넣었다. 그런 뒤 몸을 낮추어 서가에 몸을 기댔다. 컴플리션 현장을 만났을 때에 대비한 훈련을 자동으로 수행하고 있었다. 몸을 낮추고 조용히 피하라, 아니면 최대한 낮은 자세를 유지하고 침묵을 지켜라.

총소리. 발소리. 서가가 흔들리고 책이 떨어졌다.

베어는 움찔하는 기색도 없이 서가 사이에 서 있었다. 듣는 데 집중해서 눈빛이 허공에 걸렸고, 두 팔은 팔짱을 끼고 있었다.

"몸을 낮추셔야 돼요."

내가 말했다. 다급하고 답답한 목소리였다.

"안 그러면 다쳐요. 컴플리션 현장 수칙 몰라요?"

"나는 안 다쳐."

내가 기대앉은 서가 맞은편에서 와지끈 뚝딱 소리가 나자 나는 벌떡 일어났다.

"알겠어? 그 친구들은 저기 있어."

그가 한쪽 눈썹을 치켜 올리며 말했다. 나는 다시 웅크려 앉았다. 좋아, 서 있고 싶다면 서 있으라지. 무슨 일이 생겨도 내 잘못은 아니야. 하지만 나는 그럴 수 없었다. 거기 가만히 서 있는 것은 사격 표적이 되기를 자원하는 거나 마찬가지였다.

한 얼트가 칼을 휘둘렀고, 그의 상대는 고통에 신음했다. 하지만 칼을 든 얼트는 컴플리션을 얼른 끝내고 싶지 않은 듯 찌르고 긁을 뿐이었다. 그러더니 총소리가 울리면서 칼을 들고 있던 얼트가 비명을 질렀다. 금속 서가 밑으로 피가 흘러 내 쪽으로 왔다. 나는 물러섰지만 피는 계속 흘러왔다. 무언가 살아 있는 것에 닿기 전에는 멈추고 싶지 않은 생명체 같았다.

총알은 동맥에 맞았지만 치명적 부위는 아니었다. 그는 시간이 한참 지나야 죽을 것이다. 이제 누가 더 피를 많이 흘리느냐의 문제가 되었다. 결론이 어떻게 날지는 알 수 없었다.

"저들은 계속 저렇게 버틸 작정인가?"

베어가 말했다. 답답한 듯 발뒤꿈치로 몸을 흔들고 있었다.

"저 친구들이 내 학생이었다면 부끄러웠을 거야."

그들이 그의 말을 들었을 것 같지는 않지만 그 일은 오래가지 않았다. 총을 가진 쪽이 결국 정확한 한 방을 쏘았고, 위원회의 기록부에 또 하나의 컴플리션이 올라갔다. 살아남은 얼트가 상대의 죽음을 확인하러 걸어가는 운동화 발소리가 들렸다. 그러더니 새 컴플릿, 얼트 전투의 승리자는 비틀거리며 그곳을 떠났다.

나는 베어를 건너다보며 지금 인사를 하고 가도 될까 안 될까를 생각해 보았다. 서가 저편의 피 냄새에 속이 울렁거렸다.

"무기에 대해서는 배울 게 많아."

베어가 바닥의 피를 피해 옆걸음을 치면서 조용히 말했다.

"그걸 제대로 다루는 법, 그러니까 효과를 극대화하고 고통을 최소화하는 법을 배워야지. 이 모든 역사 책들은 그 사실을 바꾸지 못해."

그는 주변의 책들을 가리켰다.

"역사를 아무리 배워도 그건 바뀌지 않아. 이런 책들은 우리가 잠결에 듣는 옛날이야기와 다를 바 없어."

그는 그 말을 하면서 고갯짓을 했다.

"잘 가렴, 웨스트 그레이어."

나는 놀라서 눈을 찌푸렸다. 어떻게.

"나는 학생들 이름을 다 외운단다."

그가 놀란 내 얼굴을 보고 말했다.

"저는 선생님 학생이 아닌데요."

내가 말했다.

"아직은 아니지, 네가 말한 대로."

그는 얼굴을 찌푸리며 가볍게 말했다.

"행정실에서 재능 있는 학생의… 선행 참관을 문제 삼지 않을 거라고 봐."

나는 입이 벌어졌다.

"저 말씀하시는 거예요?"

"내일 방과 후에 5학년 교실로 오렴."

그가 말하고 돌아서서 걸어갔다.

"저는 아직 그러겠다고 말씀드리지 않았어요."

베어가 나를 돌아보았다.

"그럴 필요 없어. 대답이 얼굴에 씌어 있는걸. 하지만 마음을 바꿔도 기분 나빠하지 않을 테니 걱정 말아라."

그는 몇 걸음 더 걷다가 돌아서서 말했다.

"오빠들 일은 안타깝게 생각한다. 좋은 아이들이었는데."

그러더니 그는 모퉁이를 돌아 사라졌다. 왔을 때처럼 빠르게.

나를 죽은 얼트와 책과 새로운 질문들 틈에 남겨두고.

룩.

나는 잠시 그를 잊을 수 있었다. 그가 죽지 않은 것처럼, 그의 과제가 아직 끝나지 않은 것처럼. 하지만 베어의 마지막 말은 나의 상처를 쑤셨고, 슬픔은 다시 통증으로 변했다. 내 머리는 계속 사태를 판단하려고 노력했다.

무기술. 내일.

땅거미를 뚫고 천천히 집으로 걸어갔다. 나뭇잎들이 발목을 휘감아 돌며 발밑에 밟혔다. 룩의 얼굴도 엠의 얼굴처럼 계속 내 곁에, 그늘 속에 있었고, 아무리 태양이 밝게 빛나도 사라지지 않았다. 언제쯤 되어야 심장 박동이 아프지 않을까. 허파는 언제 다시 제대로 숨을 쉬어서 물에 빠진 듯한 이 느낌을 없애 줄까.

다음 날 방과 후에 찾아갔을 때 베어의 교실에서는 아직도 학생들이 나오고 있었다. 5학년 수업이었고, 룩의 친구였던 사람들을 빼면 아는 사람은 없었다. 그들은 내 곁을 지나갔고 나는 그들의 얼굴을 훑으며, 시간이 얼마 남지 않았다는 느낌은 어떨까 생각해 보았다. 점점 스무 살에 가까워지는 느낌은.

교실 안에 베어의 목소리가 쩌렁쩌렁 울렸다. 나가기 전에 무기를 모두 반납하라고 외치는 소리였다. 금속과 강철이 쩔그렁거리며 부딪혔다.

　나는 기다리는 게 싫었다. 초조해지는 것은 더 싫었다. 자꾸 가방끈을 만지작거리지 않도록 두 손을 주머니 깊숙이 찔러 넣었다.

　'내가 오빠들하고 전혀 다르면 어떻게 하지? 내가 룩이 말해준 것과 다르면 어떻게 해? 베어가 넌 분명히 약한 얼트야 하고 말한다면?'

　"왔구나."

　베어가 책상에 걸터앉으며 말했다.

　그는 어제만큼이나 위협적이었다. 밝은 불빛 아래서 보니 흉터들이 더 선명하게 드러났다. 그의 손에는 장검이 들려 있었다. 90센티미터 길이의 반짝이는 강철. 책상 위에도 장검이 또 한 자루 있었다.

　"저건 위원회가 승인하는 종류가 아닌 것 같은데요."

　내 목소리는 뻣뻣하고 어색했다.

　"확인했어. 장검에 대한 규칙은 언급되어 있지 않아."

　그는 칼날을 시험하듯 자기 앞에서 슥 휘둘렀다.

　"액티브가 장검을 허리에 차고 다니면 사람들이 겁먹을 거예요."

　"맞아. 모든 사람이 그런 요란한 모습을 좋아하지는 않을 거야."

　위원회는 구경꾼 문제 때문에 총을 사용할 것을 권장했다. 주먹질과 거친 폭력보다는 총을 사용한 정확한 공격이 깔끔했기 때문이다. 목표는 효율이지 길고 쓸데없는 고통이 아니었다. 총 다음으로 권장하는 것은 칼날이 있는 무기이지만 총에 비할 바는 아니었다. 마지막이 육박전이었다. 육박전은 제대로 하면 치명적이지만, 지저분해지기 쉽고 개인적인 감정이 얽힐 수 있다. 하지만 과제 자체가 더없이 복잡한 개인감정을 일으킨다는 것을 위원회는 모르는 걸까.

"그러면 장검은 무엇에 쓰는 건가요?"

내가 여기 온 것이 잘한 일인지 의구심을 품고 물었다. 내가 기대한 건… 사실 내가 뭘 기대했는지도 몰랐지만 이건 아니었다.

"무기가 아무리 아름답다고 해도 살상용이라는 사실은 변함없어. 그러니 장검이 안 될 이유가 뭐가 있니?"

그의 표정에 나는 방어 태세가 되었다.

"그냥 무의미해 보여서요. 그러니까 과제에는 총을 써도 되고 단검을 써도 되잖아요."

내가 천천히 말했다. 커시 시에서 무기의 판매는 엄격하게 통제되지만 액티브가 무기를 구입할 때는 눈동자 스캔만 받을 뿐 질문은 거의 받지 않는다.

"배워서 무의미한 무기는 없어. 제각기 반사, 협응, 근력을 키워 주니까. 얼트를 물리치는 데는 그 세 가지가 다 필요해."

베어가 말한 뒤 칼자루를 앞으로 해서 내게 장검을 건넸다.

나는 장검을 받아들었다.

매끄럽게 휘어진 금속은 보기보다 무거웠고, 나는 긴 칼날을 훑어보면서 매끄러운 모양새와 균형에 감탄했다.

베어는 책상 위에 남아 있는 장검을 집어 들었다. 내 것보다 약간 길었지만 예리한 광택은 똑같았다. 그의 엄격한 얼굴에 한쪽 입꼬리가 올라갔다.

"시험해 보지 않겠니, 웨스트 그레이어?"

나는 그를 바라보았다.

"정말요?"

나는 곧바로 가방을 등 뒤의 책상에 던졌다. 그런 뒤 두 손으로 칼 손잡이의 부드러운 가죽을 꽉 움켜잡았다.

정신을 집중하자 그의 눈동자 색이 더 흐려졌다.

"내가 널 부른 건 수업 도구를 정돈할 사람이 필요해서가 아니야. 고개 들어."

그가 휘익 소리를 내며 우리 사이의 공기를 갈랐다. 나도 장검을 휘익 휘둘렀다. 내가 번득이는 빛과 비틀리는 은색을 막을 수 있는 방법은 그것뿐이었다. 내 시야는 베어와 챙챙 부딪히는 두 개의 철로 좁아졌다. 내 숨소리가 들렸다. 내 땀 냄새도 났다. 강하고 깨끗한 그 냄새는 내가 죽지 않으려고 최선을 다한다는 증거였다. 나는 기술보다 반사 신경으로 움직였다. 막고 또 막는 사이에 생각을 할 겨를은 없었다.

"몸을 빨리 세워. 안 그러면 무방비 상태가 돼."

그가 소리쳤다.

나는 베어의 장검 주변을 돌면서 공격을 시도했다. 하지만 그것은 발 빠른 동물을 꼬챙이에 꿰려는 것 같았고, 장검은 시간이 지날수록 무거워졌다. 팔이 아팠다.

베어는 어떻게 저렇게 편안한 표정이지?

갑자기 그가 물러섰다. 그리고 오른손을 떼고 왼손으로만 장검을 들었다.

"이제 왼손만 써."

나는 땀을 흘리며 머리를 뒤로 넘겼다. 내 왼손이 약한 것은 우리 둘 다 알았다.

"안 돼요. 그건 못해요."

"네 얼트는 자비롭게 경고해 주지 않는다는 걸 잊지 마."

그가 몸을 날렸고, 장검이 내 목 몇 센티미터 옆을 지나갔다.

"조심…하…"

나는 말을 더듬으며 장검을 제대로 잡으려고 했지만 왼손에는 벌써 경련이 일었다.

다시 한 번 획.

"다시 묻겠다. 네 얼트가 너한테 그런 여유를 줄까?"

베어의 목소리는 장검만큼이나 날카로웠다.

"여기 네 생명이 걸렸다고 생각해, 그레이어."

그리고 우리는 춤을 추었다. 단조한 칼날이 챙챙 소리를 요란하게 울리며 부딪혔고, 그 소리 하나하나가 우리가 얼마나 죽음에 가까운지를 알려 주었다.

"너는 나를 죽이려고 해야 돼, 장검로 장난을 치는 게 아니라!"

내 칼이 한 번 엉뚱한 곳을 헤매자 베어가 소리쳤다.

"전 지금 왼손으로 하고 있어요! 더 이상 어떻게 하나요?"

내가 소리치고 그의 장검을 피해 옆으로 돌았다. 팔에 불이 붙은 것 같았고, 가슴도 오그라들었다. 그때 베어가 갑자기 멈추었다. 내 장검이 그의 어깨를 아슬아슬하게 빗나가는데도 움찔하지 않았다. 얼굴은 차가웠다.

"나는 네가 네 얼트를 죽이기 위해 최선을 다할 거라고 생각한다. 그리고 너도 네 얼트가 그럴 거라고 생각해야 해."

그는 장검을 옆으로 내렸다.

나도 똑같이 하면서 숨을 최대한 다스리려고 했다.

"너는 이 수업에 잘 맞을 거야. 내년에 볼 수 있기 바란다."

베어가 말했다.

물론 나는 이 수업을 들을 것이다. 나에게는 과외 교습을 받을 돈이 없었다. 그리고 베어의 수업은 비싼 외부 교습에 뒤지지 않을 것이다. 하지만 한 가지 생각이 들었다.

"그 전에 일이 생기지 않으면요."

베어가 얼굴을 찌푸렸다.

"컴플리션 말이로구나."

내가 고개를 끄덕였다. 베어는 아무 말도 하지 않았다. 그러더니 칼집에 장검을 넣어 책상 위에 올려놓고 돌아서서 나를 보았다. 그는 팔짱을 끼고 책상에 기댔다.

"스트라이커에 대해 아는 게 있니?"

날씨에 대해 묻는 듯 가벼운 말투였다. 하지만 나는 그 질문에 깜짝 놀랐다. 왜 나에게 스트라이커에 대해 묻는 것일까?

스트라이커는 전문 킬러, 즉 돈을 받고 다른 사람들의 얼트를 죽여 주는 사람을 말한다. 그들은 비밀리에 활동하고, 계약 단위로 일하며, 맡은 일에 충실하다. 직접 만난 적은 없지만 그렇다고 한다. 위원회도 사람들 눈이 닿지 않는 곳에 있지만, 스트라이커는 더욱 수수께끼 같은 존재들이었다.

"응?"

베어가 물었다.

"몰라요. 그저 다른 사람들하고 비슷한 추측만 할 뿐이에요."

나는 어깨를 으쓱하고 장검을 그의 책상에 내려놓았다.

"소문은 많이 들었지만 사실인지 어쩐지 몰라요. 누가 그 사람들에게 과제를 맡겼다면 비밀로 할 테니까요. 그러니 정말로 있는지 없는지도 모르죠. 일종의 도시 전설 같은….."

"그러니까 내가 열 살 때 맨손으로 얼트를 목 졸라 죽였다는 이야기처럼?"

나는 불편해서 시선을 돌렸다. 당연히 그는 모든 이야기를 들었을 것이다.

베어가 주머니에서 명함을 꺼냈다. 한동안 가지고 다닌 듯 구겨지고 낡은 명함이었다. 그가 그것을 내게 건네며 말했다.

"그 사람들은 도시 전설이 아니야."

명함에는 전화번호가 적혀 있었다.

"이 번호로 전화를 하라는 거예요? 그리고…"

나는 다시 명함을 내려다보았다.

"다이어? 이 사람이 누구죠?"

"내… 옛 친구지."

베어가 잠시 망설이다 대답했다.

"몇 가지 견해 차이로… 결국 헤어졌지만. 그 친구가 너를 도와줄 수 있을 거라고 생각한다. 네가 도움을 원한다면."

"무슨 도움요?"

"너는 아직 나이가 어려서 무기술 수업을 들을 수 없어. 그리고 외부 교습을 받을 돈도 없지. 그러니 어쩌면 다이어가 최고의 훈련 기회를 줄 수 있을지도 몰라."

그의 말뜻이 이해되자 등골이 오싹했다.

"이 사람은 스트라이커잖아요. 선생님 친구, 다이어라는 사람."

베어는 천천히 고개를 저었다.

"아니, 다이어는 그 자들을 고용할 뿐이야."

"하지만 스트라이커는 조직에 속하지 않고 단독으로 일한다고 들었는데요."

"그건 맞아. 하지만 그 사람들도 의뢰를 받아야 일을 할 수 있어."

"그러니까 포주 같은 거네요."

베어의 입술 끝이 비틀어졌다.

"다이어는 중개인이라는 말을 더 좋아할 거다, 그레이어."

"왜 저한테 이걸 주시는 거죠?"

갑자기 그것이 너무 무거워 옆 책상에 내려놓았다. 나는 선택의 갈림길에 서 있었고, 그 길은 출구 없는 어둠으로 이어질 것만 같았다.

베어는 선뜻 대답하지 않았고 나는 다행이라고 여겼다. 마음한 구석에서 호기심을 느끼고 있는 이때에, 대답이 없다면 돌아설 수 있을 것 같았기 때문이다. 그 순간 베어가 말했다.

"위원회가 뭐라고 말하건 이 제도가 완벽한 건 아냐. 세상은 흑과 백으로 단순하게 나뉘지 않아. 다이어도 똑같이 말할 거다. 아마 그 친구는 나보다 자유롭게 말하겠지만. 우리는 둘 다 자연의 섭리를 비틀었어. 내 훈련 방식은 제도 안에 있고, 그 친구의 방식은 그렇지 않다는 점이 다를 뿐이지. 그리고 내가 그 친구의 일에 동의하지는 않지만, 그런 미친 짓에도 이유가 있다고 생각해. 웨스트 그레이어, 너는 재능이 있고 용기가 있어. 과제를 수행하는 데 도움이 될 수 있다면, 어떤 식으로 실력을 키우는지가 문제가 된다고 생각하니?"

나는 다시 명함을 집어 들었다. 많이 낡았지만 번호는 똑똑히 알아볼 수 있었다.

"하지만 무작정 가지는 마."

베어의 눈길은 흔들리지 않았고, 그것은 내 의구심을 확인해 주었다. 그 길은 한번 가면 돌아올 수 없는 길이라는 것.

"과제를 계속 반복하는 건 힘들 수 있어. 그게 네 과제가 아니라도. 어쩌면 네 과제가 아니기 때문에 더 힘들거야. 지금 스트라이커의 부정 컴플리션은 많지 않아서 위원회는 별로 신경 쓰지 않고 있어. 적어도 그들이 아는 한은 많지 않아. 하지만 그렇다고 영원히 모른다는 보장은 없지. 그리고 결국 그들이 알게 돼서 네가 잡힌다면… 어쨌건 가볍게 선택할 수 있는 일은 아니야."

"네, 알겠어요."

내가 할 수 있는 대답은 그게 전부였다.

베어는 교실 한쪽의 캐비닛 앞으로 가서 종이 상자를 꺼내고 그 안에 무기를 던져 넣었다. 무기들은 하나하나가 다 초현실적이었다. 단도, 쌍절곤, 표창, 그리고 어떤 것들은 정체도 알 수 없었다.

교구들이 큰 소리로 쨍그랑거렸지만, 나는 그보다 더 큰 소리로 말했다. 그 말은 못 알아들을 수도 또 취소할 수도 없었다.

"뭐라고?"

그가 물었지만, 그의 신중한 표정은 내 말을 알아들었음을 일러 주었다. 그는 상자를 품에 안고 서 있었다.

"선생님이 맨손으로 얼트를 죽인 게 사실인가요?"

그 질문을 다시 하는 것은 아주 바보같이 느껴졌고, 나는 오빠들에게 속았을 때 같은 느낌이 들었다. 하지만 그 질문을 한 것은 베어가 전투술도 신체운동학도 아닌 '무기술' 교사였기 때문이었다. 잠시 침묵이 흐른 뒤에 그가 대답했다.

"그래, 사실이야."

나는 혼란을 감추지 못했다.

"그러면 왜 무기술을 가르치나요? 선생님이 무기 없이 컴플리션을 하셨다면 우리에게 무기 사용법을 가르치는 이유는 뭔가요?"

"그 친구의 목을 조를 때, 그게 좋은 방법이 아니라는 걸 알았기 때문이야."

베어가 담담하게 말했다.

나는 얼트와 싸우는 열 살의 베어를 떠올려 보았지만 잘 되지 않았다. 물론 그게 중요한 건 아니었다. 그 역시 그 장면을 수백 번 되새겨 보았을 것이다. 베어는 품에 안은 상자를 들썩였다.

"다이어에게 연락을 한다면, 미리 알아두렴. 그 친구는 심한 말도 잘하고 상처를 줄 수도 있어. 하지만 그 친구가 미워하는 건 네가 아니야."

"그럼 위원회라는 건가요?"

베어는 나를 침착하게 바라보았다.

"아까 말했듯이 제도가 항상 원하는 대로 돌아가는 건 아니야."

그는 어제 도서관에서처럼 가볍게 고갯짓을 했고, 나는 이야기가 끝났다는 것을 알았다.

"만나서 즐거웠다. 1년 후에 살아서 만나자."

그런 뒤 그는 교실을 나갔다. 무거운 발소리가 복도 저편으로 사라졌다.

나는 빈 교실에 서 있었다. 그리고 윙윙 울리는 머리로 스트라이커에 대해 들은 이야기를 모두 떠올려 보려고 했다. 별로 없었다. 아이들의 상상력과 온갖 소문이 만들어낸 환상들뿐이었다. 하지만 무엇보다 분명한 것은 내가 그런 이야기에 반감을 느끼지 않았다는 것이었다.

"웨스트."

문 앞에서 누가 내 이름을 불렀을 때, 나는 깜짝 놀란 나머지 다이어의 명함을 떨어뜨렸다. 하지만 나는 이미 그게 누구인지 알았고, 명함을 집으려고 허리를 굽히는 시간을 이용해서 마음을 다스렸다.

돌아서서 코드의 얼굴을 보니 기분이 좋기도 나쁘기도 했다. 그를 알고 지낸 오랜 세월 동안 이런 느낌은 처음이었다. 불안하고, 어색하고, 사라진 것을 되살리고 싶은 달콤하고도 고통스러운 열망. 왜 하필 그의 얼트가 우리를 갈라놓아야 했을까?

"여기서 뭐하는 거야?"

그가 물었다. 표정에서 나를 의심하고 있다는 걸 느낄 수 있었다. 그는 잠시 고개를 돌려 복도의 누군가에게 인사했다. 그의 친구 러시였다. 러시는 룩의 친구이기도 했다. 러시는 작년에 과제에 성공했다.

"오빠야말로 여기서 뭐하는 거야?"

코드가 다시 내게 고개를 돌릴 때 내가 물었다. 그가 베어와 나의 대화를 들었는지, 들었다면 어디까지 들었는지 궁금했다. 만약 코드가 '스트라이커'라는 말을 들었다면….

"사물함에 두고 간 물건을 찾으러 왔어. 복도 맞은편이 사물함이거든. 그런데 네 목소리가 들려서."

그의 눈동자는 너무 캄캄해서 읽을 수 없었다.

나는 명함을 바지 주머니에 넣고 싶었지만 그러면 그가 그게 무언지 물을까 봐 걱정이 되었다. 나는 주먹을 쥐었고, 명함이 손안에서 구겨졌다.

"베어 선생님이 무기술 수업에 대해서 하고 싶은 말씀이 있다고 하셨어. 그러니까 내년에 받을 수업…."

"알아. 이야기 들었어."

그 목소리에는 비난이 섞여 있었고 나는 입이 말랐다.

"집까지 태워다 줄래, 오빠?"

내가 불쑥 말하고 가방을 어깨에 뗐다. 그리고 가방 끈을 만지 작거리며 명함을 더 꽉 찌그러뜨렸다.

"그래, 가자."

코드가 마침내 말했다. 그런 뒤 어색하게 명함을 감추고 있는 내 손을 잡아서 주먹을 폈다. 그리고 명함을 보지 않고 반듯하게 펴서 도로 나에게 주었다.

"잘 넣어 둬. 혹시 잃어버려서 다른 사람이 발견하면 큰일 날 테니까."

그의 목소리는 낮고, 지나칠 만큼 차분했다.

나는 명함을 주머니에 넣었다. 뭐라고 말해야 할지 알 수 없 었다.

코드가 갑자기 책상에 앉아서 나를 앞으로 끌어당겼다. 내 손은 계속 그의 손에 잡혀 있었다. 우리의 얼굴은 서로의 코앞에 있었 고 나는 숨을 쉴 수 없었다. 심장이 느리게 펄떡거렸다.

"사실이 아니라고 말해 줘, 웨스트."

그가 말했다. 이것은 그가 정말 화났다는 신호였다. 눈은 불을 뿐지만 목소리는 차분한 것. 그 효과는 언제나 그렇듯 소리치며 화를 내는 것보다 더 불안했다. 나는 간신히 고개만 저을 수 있었다. 자칫하면 그가 비집고 들어와서 나 대신 결정을 할지도 몰랐다.

"너 진심이야? 정말로 그 사람한테 전화해서 스트라이커가 될 거야?"

코드의 턱이 굳었다.

"나도 내가 무슨 일을 할지 몰라."

내가 간신히 말했다. 내 손을 감싼 그의 손이 따뜻해서 생각을 하기가 힘들었다.

"발각되면 위원회가 널 어떻게 할지 알아? 너는 어쩌면… 아, 말도 하기 싫다."

"나를 죽이겠지."

다른 가능성이 없었기에 나는 그렇게 말했다.

"스트라이커가 과제에 끼어드는 건 우리 사회의 기본 제도를 흔드니까. 약한 자가 도태되고 강한 자만 남게 하는 거, 장벽이 뚫릴 때를 대비해서."

코드가 내 말에 동의하고 말을 이었다.

"컴플리션 제도는 우리를 보호하는 제도야. 왜 거기 저항하는 거니? 다른 방법이 있었다면 위원회가 이미 그 방법을 택하지 않았겠어?"

"나도 내 생각을 몰라. 그것 때문이 아니라는 것밖에. 나는 아무것에도 저항하지 않아."

잠시 침묵이 흘렀다.

"레이턴 구에 있는 위원회 본부에 가면 무료 상담을 받을 수 있어. 그게 도움이 될 거라 생각한다면. 여기 그리드에도 지소가 있어."

"아냐, 안 돼."

그건 불가능했다. 모르는 사람에게 내가 받아들이는 건 고사하고 생각조차 하기 싫은 일을 이야기하는 것은 불가능했다.

"가만히 있는 게 그렇게 힘드니, 웨스트? 과제를 받으면 네가 이길 거라고 믿는 게?"

코드가 조용히 물었다.

그의 말에 내 맥박이 고동쳤고, 그 리듬이 모든 감각을 감쌌다.

"만약 내가 진다면? 다시 한 번 모든 게 잘못되면 어떻게 해?"

코드는 내 다른 손도 잡아서 나를 더 바짝 끌어당겼다. 그의 얼굴이 일그러졌다.

"내 컴플리션 말하는 거지? 그렇지? 룩의 일 때문에 가만히 있지 못하는 거지?"

'그리고 내 곁에도 있지 못하고.'

그의 눈이 소리 없이 말했다.

나는 목이 아팠지만 간신히 말했다.

"오빠 잘못이 아니라는 거 알아. 하지만 자꾸 생각이 나. 오빠의 얼트였고, 오빠랑… 너무 닮았어. 오빠가 룩 오빠하고 그렇게 친한 사이가 아니었다면, 룩 오빠가 거기 가지도 않았을 거야."

코드의 눈이 멍해졌다. 그의 얼굴에 슬픔이 가득했다.

"미안하다, 웨스트. 룩을 죽게 만들어서. 가만히 앉아서 얼트가 찾아올 때까지 기다리지 않은 것도. 하지만 무엇보다…"

"오, 오빠가 가만히 있으라는 건 아니었어. 나는…"

내가 그의 말을 자르고 더듬거리며 말했다. 그 생각 자체가 몸속을 할퀴는 것 같았다. 우리 두 사람 사이는 왜 이렇게 어긋난 걸까?

"…무엇보다 그러면서도 계속 네 곁에 있으려고 해서. 다시 모든 일이 엉망이 될지라도."

그가 나를 가만히 바라보았다.

"나한테 기회를 주면 안 되겠니?"

너무 가까웠다. 그가 너무 가까워졌다. 그가 룩의 부탁 때문에 항상 내 곁에 있어야 한다고 생각한다면, 그래서 그에게 무슨 일이 생긴다면… 그냥 내 곁에 서 있기만 할지라도…

나는 두 손을 빼내고 뒤로 물러섰다.

"나와 베어 선생님이 이야기하는 걸 들었다면, 베어 선생님이 한 말도 들었겠지?"

내가 말하며, 그가 다시 내 손을 잡지 못하도록 팔짱을 끼었다.

"스트라이커 일은 최고의 훈련이 될 거라는 말. 그러면 오빠는 내 곁을 지켜야 한다는 의무감을 느낄 필요가 없어. 룩 오빠가 오빠에게…그 일이 있기 전에 그런 부탁을 했다는 거 알아."

"망할 베어! 너한테 그런 소리를 하다니."

코드가 소리치고 내 손목을 노려보았다. 손목에 이미 문신이 새겨지기라도 한 것처럼. 스트라이커는 영구 문신을 새긴다는 소문이 있다. 수갑처럼. 그는 얼굴이 어두워졌다. 분노, 슬픔, 그리고 또 무언가로.

"내가 네 얼트에게 당하는 일을 막기 위해 네가 킬러가 될 필요는 없어. 그리고 내가 이러는 게 룩 때문만은 아니야, 웨스트. 우리도 친구잖아."

나는 억지로 어깨를 으쓱했다. 그리고 그의 시선을 피해 그의 어깨 너머를 바라보았다.

"태워 달라고 한 말 취소할게. 마스든과 토라가 지금 추가 시험을 보고 있어. 금방 끝날 거고 그러면…"

"웨스트!"

"걔네들하고 같이 걸어갈 거야."

"…너를 태워다 주고 싶어."

코드가 한숨을 쉬며 말했다.

나는 어떻게 해야 할지 몰랐다. 어떤 결정도 잘못된 결정이 될 것 같았다. 그래서 그가 일어나 내가 움직이기를 기다릴 때, 그를 흘낏 보고 교실을 나갔다. 그가 따라 나왔고, 우리는 곧 주차장에 있는 그의 차에 탔다.

내 인생에서 가장 긴 10분이었다. 나는 옆좌석에 앉아서 그에게서 되도록 멀찍이 몸을 피한 채 그가 더 이상 아무것도 묻지 않기를, 내가 거기 대답할 필요가 없기를 바랐다. 나는 지금 내 정신을 믿을 수 없었다. 그가 우리 둘 모두를 위해 가만히 있기를 바랄 뿐이었다. 그게 내가 원하는 것이라고 되뇌었다.

하지만 그 일이 이렇게 힘들 줄은 몰랐다.

그가 우리 집 앞에 차를 세웠을 때, 나는 온 신경이 너덜너덜해진 것 같았다. 인사하려고 그를 돌아보는데, 그가 차에서 뛰어내려 우리 집으로 걸어갔다.

"오빠, 뭐하는 거야?"

나는 차에서 내려 그를 따라갔다. 그가 나를 쉽게 보내 주지 않을 것을 알았어야 했다.

나는 그가 서 있는 현관 계단으로 갔다. 발치에 아빠의 화분들이 있었다. 꽃은 다 진 지 오래였다. 룩의 자전거가 벽에 기대어 있었다. 사방에 죽은 자들의 흔적이 있었다.

"뭐하는 거야?"

내가 코드에게 묻고 다시 말했다.

"나 바빠."

거짓말이었다. 이제 내 주변에는 아무도 없었다. 시간은 오직 나의 것이었다.

코드는 나를 보았다. 그가 떠나길 바라는 내 마음 따위는 상관하지 않는다는 표정이었다.

"네가 정말 그 일을 할 생각이라면, 나한테 한 가지 약속해 줘. 그러니까… 친구로서."

그가 힘겹게 말했다.

나는 심장 박동이 빨라졌지만 무시하고 말했다.

"나는 오빠한테 약속 같은 거 안 해."

"나는 그냥 한 가지가 궁금할 뿐이야. 그걸 알려 주면 이 일은 너한테 맡겨 둘게."

코드는 돌연 짧은 미소를 지었다. 입술을 가볍게 스치고 지나갔지만, 고통이 역력한 미소였다.

"내가 너에게 이래라 저래라 하는 게 싫은 거지?"

'오빠는 내가 지켜 줘야 할 유일한 사람이라서 이러는 거야.'

하지만 그에게 아무 말도 할 수 없어서 나는 암호를 입력하고 현관을 열었다.

"여기서 기다려."

그가 말하고 위층으로 올라갔다. 그는 우리 집을 자기 집만큼 잘 알았다. 그의 집과 우리 집은 겨우 다섯 집 거리이다. 여섯 살 때 그의 가족이 이 동네에 이사 온 뒤로, 매일 그가 우리 집에 있거나 룩이 그의 집에 있거나 했다. 룩이 죽기 전까지는.

그가 우리 집에서 환영 받지 못하는 건 이번이 처음일 거라는 생각에 아픔이 밀려왔다. 나 때문이었다.

코드는 금세 다시 내려왔고 나는 가만히 있기 싫어서 부엌에 들어가 마실 것을 준비했다. 그는 손에 룩의 총을 들고 있었다. 룩의 책상에서 가져온 것이었다. 룩이 총을 늘 거기 두었다는 걸 그는 알고 있었다.

나는 무릎이 흔들려 가까운 의자에 주저앉았다.

"그걸로 뭐하려는 거야?"

내 목소리는 희미하게 떨렸다.

룩이 죽은 뒤 코드는 나를 위해 그 총을 청소해 주었다. 그래도 나는 룩의 총을 오래 들고 있을 수가 없었다. 여러 번 닦아내도 계속 룩의 피로 끈끈한 것만 같았기 때문이다. 코드는 분명 총을 제대로 청소했다. 광택 없는 표면은 매끈하고 차가워 보였으며, 무엇보다 핏자국이 전혀 없었다.

그런데도 내 눈에는 왜 자꾸 핏자국이 보이는 걸까? 머릿속에서 기억은 왜 반복되는 걸까? 사방으로 쿨렁쿨렁 퍼지는 피, 말라서 검게 변한 피. 그 끈끈한 핏자국에 찍힌 우리의 지문, 그 붉은 소용돌이꼴.

나는 눈을 감고 숨을 들이마셨다. 그리고 내쉬었다.

다시 눈을 떠보니 총은 그저 총일 뿐이었다. 코드가 안전하게 들고 있는. 그 이상도 그 이하도 아니었다.

코드가 총의 손잡이를 앞으로 해서 내게 건넸다. 받지 않을 수 없었다. 총도 못 잡는다면 어떻게 스트라이커가 될 수 있을까? 코드는 나를 보며 연약함의 신호를 찾고 있었다.

총은 생각보다 훨씬 편안하게 손바닥에 들어왔다. 룩과 함께 팔과 눈과 자세를 훈련하며 보낸 많은 날들이 떠올랐다. 그 시간들은 이제 너무 아득해서 사실이 아닌 것 같았다. 하지만 어떤 일들은 몸에 영원한 기억을 남긴다.

"보여 줘."

코드가 말했다. 목소리가 딱딱해서 그의 목소리 같지 않았다.

"뭘?"

그는 부엌 안쪽 벽을 가리켰다.

"저길 쏴 봐. 네가 얼마나 잘하는지 보고 싶어."

나는 손가락이 굳었다. 방아쇠에 손가락을 걸기 싫었고, 손바닥이 갑자기 땀에 젖었다. 팔이 떨려 왔다.

"걱정 안 해도 돼. 나는 괜찮아."

"그럼 나를 위해 보여 줘."

"그게 뭐가 다른데?"

"너한테 아무 의미 없는 얼트 때문에 괴로움에 빠져 있는 것과 너 자신의 얼트에게 도전하는 것만큼이나 다르지."

"그러면 그걸로 만족하겠다고 약속하겠어?"

내가 그에게 물었다.

코드는 오랫동안 대답하지 않았다. 그러더니 마지못해 나직하게 말했다.

"그렇다고 대답하면 거짓말이 될 거야. 하지만 그런 척하도록 노력은 할게."

그는 아직도 총을 들고 있는 내 손을 자기 손으로 잡아 감쌌다. 우리는 함께 총을 잡은 모양새가 되었다.

"이 손 놔, 코드."

그는 놓지 않았다. 대신 총을 맞은편 벽에 겨누고 방아쇠를 당겼다.

폐쇄된 공간에서 총소리는 천둥소리 같았다. 희고 매끈한 벽에 검고 작은 구멍이 뚫렸다.

코드는 총에서 손을 떼고 말했다.

"저 구멍을 겨냥해서 쏴 봐."

"오빠는 지금 우리 집 부엌에 구멍을 냈어."

내가 조용히 말했다. 하지만 그런 뒤 말 없이 총을 들어 조준했다. 너무 빗나가지 않기를 소망했다. 실력이 약간만 녹슬었어도 코드는 만족하지 않을 것이다.

하지만 두 번째 총알은 첫 번째 총알 2센티미터 안쪽에 박혔다. 두 개의 불길한 눈동자가 우리를 바라보았다.

나는 총을 가볍게 식탁에 내려놓았다. 손이 다시 떨려서 다른 손으로 잡아 진정시켰다. 운이 좋았다는 생각도 들었지만, 그런 건 상관없었다.

"이만하면 됐어?"

내가 건조하게 말했다.

코드가 고개를 끄덕였다. 그의 몸에 낙심이 가득했다. 얼굴은 굳었지만, 어쨌거나 약간의 안심도 어렸다. 그는 자신이 나를 저버렸다고 생각하지 않을 수 있다는 데 만족해야 할 것이다. 내가 스트라이커가 되는 것을 막지 못하는 것이 룩의 소망을 저버리는 일이 아니라고.

나는 갑자기 가슴이 뭉클해져서 그의 손을 잡았다. 죄책감이 얼마나 힘든지 나는 안다. 가슴에 묵직한 돌덩이가 얹혀서 숨을 쉬기 힘든 것 같다고 할까. 다른 점이라면 죄책감은 끝없이 이어진다는 점뿐이다. 그에게서 그런 감정을 덜어 주는 것은 '걱정 마, 나는 스트라이커가 되지 않을 거야'라고 말하는 것과 거의 같을지도 모른다. 거의.

나는 내가 나의 악몽을 다룰 수 있다고 믿고 싶었다. 어둠 속에서 나와서 빛 속에서도 가만히 있지 못하는 그 악몽들을. 하지만 문제는 거기에 그치지 않았다. 코드가 너무 가까이 다가오고 있었다… 나의 얼트… 우리 사이에 벌어질 전투. 내가 만약 그마저 잃는다면 내게는 아무것도 남지 않을 것이다.

나는 그렇게 이기적이었다. 우리 둘 모두에게 이기적이었다.

스트라이커가 되면 나는 할 일이 생겨서 바빠질 테고 슬픔에 허우적거리지 않을 것이다. 그리고 살아남을 기술을 익힐 수 있을 것이다.

"코드, 나는 괜찮아. 오빠도 괜찮을 거야."

내 목소리는 크게 흔들렸다.

그가 한숨을 쉬었다. 그러더니 키를 낮추어 나와 눈높이를 맞추고 검은 눈동자로 내 얼굴을 훑었다.

"결심했구나, 그렇지?"

그가 물었다. 그의 손이 내 손을 부드럽게 잡았고, 내 손의 긴장이 약간 누그러들었다.

그 말이 맞았다. 나는 결심했다. 그 결심은 내가 명함을 받아 간직한 순간에 이루어졌다.

"응. 오빠가 무슨 말을 해도 내 결심은 안 바뀌어."

내가 고개를 끄덕이며 말했다. 그리고 나도 모르게 그의 머리를 만졌다. 그의 부드러운 갈색 머리가 내 손가락 사이에 미끄러졌다.

"미안해."

코드는 잠시 나를 바라보았다. 변하기 전의 내 모습을 기억해 두려는 듯이. 그에게 나는 언제나 변함없을 거라고 말하고 싶었지만 그러지 못했다. 그게 사실일지 나도 몰랐기 때문이다.

그가 내 뺨을 만지며 갈라진 목소리로 말했다.

"나중에 보자, 웨스트."

그리고 몸을 일으켜 잠시 뒷걸음질을 치다가 떠나갔다. 현관이
닫히고 자동차가 떠나는 소리가 들렸다.

'안녕, 코드 오빠.'

스트라이커가 되는 건 액티브가 되는 것과 크게 다르지 않다.
그것은 약간을 포기하고 많은 것을 얻는 것이다.

그런데 나는 왜 벌써 너무 많은 것을 포기한 느낌이 드는 걸
까?

CHAPTER 3

건물 앞에 서자 정신이 멍해졌다. 어린 시절 '얼트' 놀이를 하면서 이 건물 앞을 수백 번은 지나갔다. 불안하거나 기분이 거칠어진 날이면 '스트라이커' 놀이를 했다.

나는 손에 쥔 명함을 들여다보며 이름이 맞는지, 주소를 제대로 적었는지 확인했다.

실수는 없었다. 나는 명함을 가방에 넣고 재킷 주머니의 총을 만져 보았다. 총은 무게만으로도 존재를 확실하게 알렸지만, 나는 벌써 몇 번이나 주머니에 손을 넣고 그것을 확인했다. 오늘 아침 집을 나오기 직전에야 이것을 가지고 오기로 결심했는데, 그 이유는 아직도 몰랐다. 이곳은 위험하지 않았다. 그리고 다이어

같은 사람을 만나면서 아직 내 것이라기보다 룩의 것에 더 가까운 총을 가지고 가는 것은 맨손으로 가는 것과 다를 바가 없었다.

음악 상점은 주변의 상점들과 다른 점이 없어 보였다. 물결 진 정면 창문에는 오래된 장식 낙서가 희미해져 있었고, 창턱에는 씹다 버린 껌이 가득했다. 싸구려 내부 조명. 물걸레로 쉽게 닦을 수 있는 회색 리놀륨 바닥재. 그리고 강철 틀이 받치고 있는 문에 상점 이름이 적혀 있었다.

'다이어 네이션.'

나는 문을 열고 안으로 들어갔다. 한 인생에서 다른 인생으로.

가게에는 손님들이 꽤 많았다. 대부분은 플러그인 스테이션에서 고막에 심은 음악 재생기로 전송할 음악을 고르고 있었다. 아직도 외부 기기를 사용하는 사람들을 위한 다운로드 스테이션도 있었다. 그리고 음반을 모으는 골수 수집가들을 위한 진열대도 있었다. 콘크리트 벽에는 밴드들의 홀로그램이 가득했다.

카마이퀘이사이, 핑거프로젝트, 먼치.

하지만 이곳은 그리드이기에 스테이션들은 바닥에 한 번, 서로에게 한 번 이중으로 고정되어 있었다. 진열대는 서 있기는 했지만 사망이 임박한 듯 낡아 보였다. 홀로그램들은 몇 초에 한 번씩 반짝거렸다.

나는 매장에 흐르는 노래를 들었다. 엠이 좋아하던 노래였다. 엠이 죽은 뒤 그 노래를 듣는 것은 그때가 처음이었고, 소리가 가슴에 가시처럼 박혀 왔다.

"뭘 도와드릴까?"

뒤쪽에서 누군가 물었다.

이마에서 식은땀이 흘렀다. 깊은 숨을 쉬고 그에게 돌아섰다.

뚱뚱하고 둔한 체격에 이목구비가 큼직큼직한 남자였다. 명찰에 파란 글씨로 '헤스터'라는 이름이 적혀 있었다.

그는 컴플릿이란 사실도 믿기 힘들 만큼 부드러운 모습이었다. 만약 이 사람이 스트라이커라면, 사람들이 상상하는 스트라이커의 패러디 버전 같았다.

"이 밴드 음악이 여기 있는지 보려고 하는데, 스테이션 줄이 아주 기네요."

나는 그가 나를 다이어에게 데려다 줄 사람이라는 것을 알고 말했다.

"나쁜 일이 아니지. 장사가 잘 되는 거니까. 밴드 이름이 뭐지?"

그가 웃으며 말했다.

지금이었다. 돌아서서 나가려면 지금 나가야 했다. 코드의 얼굴이 선명하게 떠올랐다. 하지만 그는 죽어가고 있었다. 룩처럼, 다른 모든 사람처럼. 나는 그를 품에 안고 그의 생명이 빠져나가는 것을 느꼈다.

내 잘못 때문에.

"이봐 학생?"

헤스터가 내 얼굴 앞에 손을 흔들었다.

의구심은 흩어졌다. 미지의 세계에 대한 두려움은 이미 아는 세계에 대한 두려움과 비교할 수 없었다. 내가 알고 있는 것이 가장 두려웠다.

"밴드 이름은 스트라이커스예요."

나는 나직하게 말하고 그를 차분히 바라보았다.

헤스터는 조용해졌다. 손은 공중을 휘젓던 동작을 멈추었고, 눈은 살짝 커졌다가 가늘어졌다. 갑자기 그는 그렇게 나약해 보이지 않았다.

"다시 말해 봐."

부탁이 아니라 명령이었다.

나는 명령에 답했다.

"스트라이커스를 찾고 있어요."

그는 내 대답에 더욱 화가 난 것 같았다. 그는 나를 계속 바라보면서 고개를 저었다.

"스트라이커스는 좀 더… 성숙한 사람들을 위한 밴드야. 스무 살이 넘은 사람들. 과제를 마친 사람들. 먼저 컴플릿이 돼야 해. 알겠어?"

나는 공포의 물결이 밀어닥치는 것을 꾹 눌렀다. 눈이나 말로 공포를 드러내면 안 된다. 공포는 나약함의 표시였다.

"명함에는 그런 말이 없던데요."

내가 지적했다.

"그건 상식이지."

"전화를 받은 분도 그런 말은 안 했어요, 여기로 오면 된다고 일러 주신 분요."

"그게 아마 나였을 거다. 네가 십대라는 걸 알았다면 아무 말도 안 했을 거야."

두꺼운 입술이 희미한 웃음을 지었다.

"그 밴드 말야. 그 음악은 조금 강해. 너같이 어린 여학생한테 는 안 맞아."

여기까지 와서 그만둘 수는 없었다. 나는 잠시 무감각을, 그것 이 주는 안전함과 안도감을 맛보았다. 오늘 아침에 내가 침대에 서 몸을 일으킬 수 있던 것은 오직 이 기회를 이용해서 머릿속의 폭풍을 잠재우겠다는 소망 때문이었다.

"5분만요. 5분만 허락해 주세요."

내가 부탁했다.

"안 돼. 그럴 수 없어. 다이어는 바쁜 사람이야. 그 분한테 미성년을 보내서 시간을 낭비시킬 수는 없어."

"그 분을 만나기 전에는 안 나갈 거예요."

나는 일부러 거칠게 말했다. 문지기에 지나지 않을 이 사람에게 애걸복걸하고 싶지는 않았다.

"나가, 내쫓기 전에."

헤스터의 눈빛이 왼쪽 오른쪽을 돌아보며 매장의 손님들을 살폈다. 사람들이 이런 대화를 듣는 것은 원하지 않는다는 눈빛이었다.

"아뇨, 안 나가요. 저는 그 분을 만나겠어요."

내가 다시 말했다.

"이제 문 닫을 때가 다 됐으니까 쓸데없이 고집 피우지 말고 나가다오."

그는 나를 돌려세우려고 내 어깨로 손을 뻗었다.

모든 일이 아주 빠르게 일어났다. 내가 가능할 거라 생각했던 것보다 더 빠르게. 무수한 연습의 시간들은 적어도 이 순간에는 효과를 발휘했다.

나는 팔을 휘둘러 그의 손을 떨쳤다. 그런 뒤 그의 가슴을 강타했다. 하지만 그렇게 건장한 남자가 쉽게 쓰러진 것은 내 힘보다는 충격 때문이었을 것이다.

그는 바닥에서 나를 올려다보았다. 얼굴이 붉으락푸르락했고, 표정은 무시무시했다.

"됐어. 그만해. 나는…"

내 손은 주머니에 들어가 총을 잡았다.

"헤스터, 무슨 일이지?"

굵고 거친 목소리가 들렸다. 모래로 자갈을 긁는 듯한 소리였다.

돌아보니 키가 아주 크고 덩치도 아주 큰 남자가 서 있었다. 파란 눈동자의 작은 눈, 갈색이 섞인 짧은 금발 머리, 같은 색깔의 염소수염.

이 사람의 덩치는 헤스터처럼 지방질이 아니라는 걸 한눈에 알 수 있었다. 그것은 순전히 근육이었다. 그는 가게의 다른 손님들이 우리를 보지 못하도록 막아섰고, 나는 안쪽에 갇힌 모양이 되었다.

"이, 이 꼬마가 소장님을 보러 왔대요. 밴드에 대해 물으면서요."

헤스터가 더듬거리며 말했다. 목소리에 분노가 담겨 있었다.

"하지만 너무 어려서 안 된다고 했더니 소동을 피웠습니다."

다이어는 대놓고 나를 훑어보았다. 그의 생각을 짐작할 수 없었기에 나는 불안했다. 그가 나에게 기회를 줄지, 나를 쫓아낼지, 아니면 내가 상상도 하지 못한 반응(금지된 것을 알아 버린 자들에게 일어나는 온갖 일들)을 보일지.

"너는 언제나 그렇게 동작이 빠르니?"

그가 물었다. 단도직입적인 질문이었다.

나는 내가 어떤지 몰랐지만 대답했다.

"네, 늘 빨라요."

잠시 침묵이 흘렀고, 그가 가볍게 고개를 끄덕였다.

"좋아. 아래층으로 가자. 여기서 소란을 피우면 안 돼."

다이어는 상점을 훑어보고 누구도 신경을 쓰고 있지 않다는 걸 확인했다.

"헤스터, 자네 자리로 돌아가."

헤스터는 마침내 일어섰다.

"다이어, 이건 미친 짓, 바보 같은 짓이에요. 이런 햇병아리는⋯."

"이 정도 햇병아리는 문제없어."

다이어가 나를 돌아보며 손짓했다.

"이쪽으로."

계단은 뒤쪽 구석에 있었고, 좁고 어두컴컴했다. 발걸음 하나 하나가 나를 데리고 이제 게임이 아니라 현실이 된 세계로 내려 갔다.

아래층도 똑같은 콘크리트 구조였지만, 축축하고 젖은 흙 냄새 가 났다. 마당을 아주 깊게 파서 한 번도 햇볕을 쬐지 못한 흙을 뒤집었을 때 나는 냄새였다. 창문도 없었고, 알전구 세 개만 천장 에서 내려와 흔들렸다. 몇 개의 금속 의자와 흠집 난 금속 테이블 한 개가 콘크리트 바닥에 놓여 있었다. 이런 분위기와 어울리지 않게 다양한 종류의 최신 태블릿들이 짐작도 하기 어려운 기계 들과 연결되어 있었다.

그리고 한 여자가 빈 테이블에 앉아서 내가 들어오는 것을 바 라보았다. 여자는 거칠기는 다이어와 비슷하고, 상냥하기는 헤스 터와 비슷해 보였다. 검은 머리에 검은 피부였고, 예리한 눈은 녹 색이었다. 여자 앞에는 종이 상자가 놓여 있었다.

다이어는 바닥을 긁으며 여자 맞은편의 의자를 끌어내고 말 했다.

"앉아."

"베어가 보낸 애야?"

여자의 목소리는 부드러웠다. 나는 여자의 눈길을 받으며 자리에 앉았다. 공격 직전의 뱀과 같은 시선이었다.

"우리가 이렇게 어린애까지 들이는 줄 몰랐는걸."

"그런 게 아냐."

다이어가 여자의 옆에 앉아서 찌푸린 얼굴로 나를 보며 염소 수염을 쓰다듬었다.

"이름은? 나이는 몇 살이지?"

"이름은 웨스트 그레이어예요."

나는 총알처럼 말했다. 그래야 했다. 아직도 거절당할 가능성이 있었다.

"나이는 열다섯이에요. 그렇게 어리지는 않아요."

그는 앓는 소리를 냈다.

"아직 과제를 컴플리션하지 않았겠구나."

"네, 아직요."

손이 나도 모르게 자꾸만 꽉 쥐어져서 나는 손을 내려 허벅지 밑에 넣었다.

"언제 액티브가 될지 모르는 처지에 스트라이커가 되려고 하는 이유는 뭐니? 네 나이 때 아이들은 자기 얼트를 죽일 생각에 바빠서 남의 얼트를 신경 쓸 수가 없어. 그건 당연한 일이지. 의뢰 받은 타격을 한 번이라도 실패하면 과제를 실패하는 것과 똑같은 결과가 벌어지니까."

나는 고개를 끄덕였다.

"알아요. 제가 여기 온 건 강해지기 위해서예요. 그리고…"

나는 말을 멈추었다. 앞에 앉은 두 사람의 얼굴은 가면처럼 딱딱하고 이미 나를 반쯤 거절하고 있었다. 내 고통을 이야기해 봤자 그들에게 아무 의미 없을 게 뻔했다. 심지어 내가 이 일을 감당할 수 없다는 인상을 줄지도 몰랐다.

"베어 선생님이 말씀하셨듯이, 훈련은…."

다이어가 고개를 저었다. 그의 입술이 얇아졌다.

"베어 그 친구가 나한테 미성년을 보낸 건 잘못이야."

그의 파란 눈이 불빛 아래 유리처럼 반짝였다.

"하지만 그 친구가 내가 하는 일을 인정해 준 건 이번이 처음이야. 그 친구가 너한테서 뭘 보고 그 오랜 침묵을 깬 거니, 그레이어?"

나는 그가 무슨 대답을 듣고 싶은지 몰라서 눈을 깜박였다.

"몰라요."

여자가 빙긋이 웃었다. 그러자 여자의 얼굴이 더욱 섬뜩해졌다.

"너는 네가 들어오려는 세계에 대해 아무것도 몰라."

여자가 말했고, 내가 뻣뻣하게 대답했다.

"저는 여기 분들이 스트라이커들을 고용해서 얼트를 죽인다는 것을 알아요. 사람들은 그런 일에 대해 말하지 않아요. 특히 스트라이커에게 일을 의뢰하는 사람들은 더욱 침묵하죠. 그리고 여기 분들은 지금까지 위원회의 감시망을 잘 피했고, 아직 스트라이커는 한 명도 잡힌 적 없다는 것도 알아요. 만약 잡혔다면 위원회는 여기 분들이나 스트라이커를 죽였을 테고, 세상에 그 사실을 알렸을 테니까요."

"하지만 너는 아직 네 얼트, 네 컴플리션에 대해서 아는 게 없잖아. 네가 죽거나 죽이는 상황이 되면 어떻게 해야 하는지."

여자의 말은 틀렸다. 나는 얼트와 컴플리션에 대해 모든 걸 알았다. 그런 일이 주변의 모든 사람에게 일어난다면 그것은 자신의 일과 다를 바 없어진다.

다이어가 말했다.

"그게 바로 내가 의구심을 품는 이유야. 넌 아직 과제를 수행하지도 않았는데, 일에 어떻게 반응할지 우리가 어떻게 알겠니? 네가 일을 제대로 할 확률만큼 달아날 확률도 커. 달아나는 것보다 더 나쁜 건 사태를 엉망으로 만들어서 위원회를 개입시키는 거지."

"스트라이커가 되는 데 시험을 봐야 하는 줄 몰랐네요. 이런 바보 같은 질문들에 대답해야 하는 줄도요."

내가 차가운 목소리로 말했다.

"하지만 저는 베어 선생님이 저를 보냈다는 사실만으로도 충분하다고 생각합니다."

내 입에서 베어의 이름이 나오자 다이어의 표정이 어두워졌다. 나는 두 사람의 사이가 왜 나빠졌는지 이해할 수 없었다. 둘 다 위원회와 컴플리션 제도에 반대했고, 둘 다 얼트들에게 최고의 생존 기회를 주었다. 물론 그 안에서 각자의 대응방식은 다르지만…. 그들이 서로를 미워하는 이유가 그것인가? 베어는 다이어가 너무 벗어났다고 여기고, 다이어는 베어가 몸을 사린다고 생각하는 건가?

"시험은 없어. 그리고 이유를 댈 필요도 없어. 그냥 궁금해서 그런 거야."

다이어가 마침내, 변함없이 차분한 목소리로 말했다.

"좋아요. 저는 돈이 필요해요."

"거짓말."

여자가 바로 말했다.

"이 일은 제가 할 수 있는 어떤 일보다 보수가 높아요. 저는 아직 컴플리션을 안 했으니까요."

내 말에 담긴 두 가지 내용 가운데 확실한 것은 하나뿐이었다. 미성년은 같은 일을 해도 컴플릿보다 보수가 적은 건 사실이다. 하지만 스트라이커가 대부분의 직업보다 보수가 좋다는 것은 소문으로 들은 것이다. 물론 일을 잘하면.

"너 같은 어린아이가 무슨 돈이 그렇게 필요하니? 과외 교습? 스트라이커가 될 거라면 그런 건 필요 없어."

다이어가 물었다.

"중개료만 받을 수 있다면 상관하실 거 없지 않나요? 제가 과제를 받아서 일을 그만두어야 할 때도 돈을 받겠다는 건 아니에요. 그리고 제가 액티브 얼트가 되면 새로운 일은 다른 스트라이커에게 넘겨주시면 되잖아요."

그는 천천히 고개를 끄덕였다.

"맞아. 네가 잘 알고 있는지 궁금했어. 지금까지 미성년이나 액티브 얼트가 여기 들어온 적은 한 번도 없었으니까."

몇 초 간 흐르는 침묵 속에 그의 말을 되새겼다. 내가 최초라는 사실은 짜릿한 기쁨보다 불안을 안겨 주었다.

마침내 내가 말했다.

"베어 선생님 말로는 소장님이 이 일을 하시는 건 위원회에 반대하기 때문이라던데요. 제도가 항상 옳지는 않다고. 이 얼트가 아니라 저 얼트가 죽어야 하는 이유는 없다고."

"자기 손으로 남을 죽일 능력이 없다는 이유로 생존의 기회를 박탈당하는 건 부당한 일이야."

"하지만 그 제도 덕분에 커시는 지금까지 유지되고 있잖아요. 약한 자를 도태시켜서요."

"군사력과 전쟁의 면에서는 강하지. 하지만 우리와 기계가 다른 점, 그러니까 우리의 인간적인 면들은 어떻게 되고 있니? 균형이 필요해. 약하다는 것이 누군가를 죽이고는 살아갈 수 없는 것을 말한다면 어쩌면 약한 게 좋은 건지도 몰라. 총이나 칼을 잘 다루는 사람만이 가치 있는 사람은 아니야."

"제도 자체를 뒤틀어 버릴 생각이시라면, 그러니까 강한 얼트 대신 약한 얼트가 이기도록 할 생각이라면, 왜 돈을 받으시는 건가요?"

내가 추궁하듯 물었다.

다이어의 얼굴이 굳었다. 그의 눈에 조롱만 남고 다른 것은 모두 사라졌다. 그는 튀어나가려는 말을 막고, 자기 말의 근거를 찾기 위해 분노로 돌아가는 것 같았다. 그는 누구를 잃었기에 이런 견해를 갖게 된 걸까? 그 일은 얼마나 고약했을까?

그가 말했다.

"자기가 죽느냐 사느냐 하는 문제야. 죽이지 않으면 자신이 죽어. 가족에게 시체를 남겨 주고 싶지 않다면 돈을 내야 해. 나는 계속 돈을 받을 거야."

나도 똑같이 될까? 나도 다이어처럼 차가워져서 그가 스트라이커들을 고용해서 자신의 유령을 몰아내듯이 남의 얼트들을 죽이는 일로 내 유령을 몰아내게 될까? 하지만 내가 살아갈 수 있다면 그런 것들이 중요할까?

"내 말을 이해해? 그레이어?"

다이어의 질문에 정신이 돌아왔다.

"스트라이커가 되는 데 어떤 일이 따르든지 이해하고 받아들일 수 있겠어?"

"네. 전부요."

나는 그의 시선을 받았다.

"그 일을 알게 되면 사람들은 너를 미워할 거야."

그는 에둘러 표현하지 않았다. 지금 이 순간부터 달라질 내 인생을 그대로 말했다.

"위원회뿐이 아니야. 미성년, 액티브, 컴플릿들도…. 어쩌면 네게 일을 의뢰하는 얼트마저. 널 보면 자신의 무능력이 떠오르니까. 네 문신을 보는 사람은 누구나 네가 제도를 우롱한다는 걸 알아. 네가 어떤 대의를 위해서가 아니라 스스로 원해서 죽인다는 것도.”

“네.”

나는 그 말밖에 할 수 없었다.

“좋아. 일을 그르치지 마라.”

그걸로 끝이었다.

나는 통과했다.

“장비는 있어?”

다이어가 여자에게 물었다.

여자가 고개를 끄덕였지만, 그녀는 다이어의 결정을 마음에 들어 하지 않는 것 같았다. 나는 도무지 알 수 없는, 새로운 유형의 스트라이커였다. 자기 과제도 컴플리션하지 않은 10대 스트라이커. 내가 스트라이커가 된다는 흥분에 사로잡혀 이 사람들의 시간을 낭비하고 있는 걸까? 실제로 위험이 닥치면 바로 내뺄 거면서? 아니면 살인의 기회와 도덕적 무감각에 추동되어 끝없이 난폭해질까? 그리고 마침내 내게 과제가 닥치면 이 새로운 관점은 내 손을 묶어 버릴까 아니면 내게 힘을 줄까?

다이어가 나갔고, 여자는 흠집 가득한 탁자 위로 종이 상자를 밀어서 우리 사이에 놓았다. 그녀가 종이 상자의 뚜껑을 열었고, 나는 거기 무엇이 있는지 이미 알고 있었기에 마음을 다잡고 안을 들여다보았다.

　문신 총. 총알은 아니지만 다른 것이 내 살을 파고들 것이다. 다이어가 말한 대가다.

　여자가 말했다.

　"이 총은 두 가지 작업을 할 거야. 먼저 레이저를 쏘아서 네 피부 속에 문신의 길을 낼 거야. 그런 뒤 거기 입자 잉크를 흘려 넣을 거야. 잉크 성분에는 위치 추적 장치가 있어. 네가 수수료를 잊어서 우리가 너한테 연락해야 할 때를 대비한 거야. 우리만의 추적 시스템이지."

　여자의 입꼬리가 올라갔다. 나를 안심시키는 것이 아니라 내 복종을 즐긴다는 미소였다. 자신이 이 일에 동의하지 않는다 해도.

　"하세요."

　내가 여자에게 말했다.

　여자의 미소는 프라이팬의 기름처럼 미끄러졌다.

　"아플 거야. 비명을 지르면 네 입에 재갈을 물릴 거야."

　나는 비명을 지르지 않았다. 눈물이 흘러서 뺨을 적셨다. 눈물은 불꽃처럼 뜨거웠다. 불에 의한 첫 시련이었다.

　다 끝났을 때, 살이 타는 냄새는 내 코뿐 아니라 옷과 머리카락에도 스며 있었다. 나는 손목을 돌리며 스트라이커 문신을 살펴보았다.

희미한 회색 잉크로 구불구불한 선 두 개가 새겨졌다. 나는 아플 것을 예상하면서 그 중 하나를 손가락으로 만져 보았다. 여자가 상처는 바로 나을 거라고 말했다. 내 피부 안에는 잉크와 추적 장치뿐 아니라 상당량의 치료제(상처를 안에서 치료하는 고기능 입자)도 들었다고.

나는 얼굴을 찌푸렸다. 통증이 갑자기 사라진 것도 놀라웠지만, 손목의 느낌 자체가 없다는 것이 더 놀라웠다. 마비감은 손바닥까지 빠르게 퍼졌다.

나는 두 손을 구부리고 주먹을 쥐었다. 더 세게 눌러 보았다. 여전히 아무 느낌이 없었다.

다이어가 황소처럼 느릿느릿 다시 들어오면서 말했다.

"처음에는 그래. 하지만 대부분의 감각은 다시 돌아올 거야."

"대부분이라고요? 전부가 아니고요? 왜 미리 말씀해 주시지 않았나요?"

이제 다시는 내가 알던 방식으로 무기를 쓸 수 없을지 모른다는 두려움이 온몸에 퍼졌다. 오빠들과 함께 훈련한 그 모든 시간을 망쳐 버렸다는.

그는 어깨를 으쓱했다. 그 동작은 화물차처럼 우람한 사람치고는 우아했다.

"미리 알았으면 마음을 바꿨겠니?"

아니, 그러지 않았을 것이다. 나는 다시 문신을 보았다. 손목을 감싼 가늘고 검은 소용돌이가 과제 번호의 나선과 비슷한 느낌을 주었다.

다이어가 냉정하게 말했다.

"문신을 조심해. 잉크를 더 흐리게 할 수는 없었어. 잘 가리고 다녀야 해. 그건 네가 죽은 뒤에야 작동을 멈출 거야. 피가 순환을 멈추면 추적 장치가 자동으로 멈춰. 그러면 위원회에서 우리를 찾을 수 없지."

"왜 하필 손목이죠? 눈에 덜 띄는 곳, 숨기기 쉬운 곳에 할 수도 있잖아요."

내가 물었다.

"그걸 없애려면 자신의 가장 소중한 재산을 잘라내야 하니까. 우리를 배신하지 못하게 하는 하나의 장치야. 손이 없는 스트라이커는 아무 소용없으니까."

그는 의자를 끌어내서 다시 내 맞은편에 앉았다.

"이제 실무로 들어가자. 너는 언제든지 연락이 가능해야 돼. 특별한 경우를 빼면 우리는 고객을 그 시점에서 가능한 누구하고라도 연결해 주거든. 만약 그게 너라면 너는 필요한 모든 정보를 문자로 받게 될 거야. 고객의 연락처, 사진, 과제 번호, 얼트의 소재지 같은 것. 추적 기간에 따라서 때로 직장, 일상 동선, 행동 패턴도 받을 수 있어. 그러면 너는 고객에게 연락해서 보수를 불러. 실습생들의 한 달 수입 정도가 기본이고 거기서 더 올라가. 우리는 네가 받는 돈의 25퍼센트를 떼니까 그만큼을 반드시 입금해야 해. 컴플리션에 주어지는 시간은 24시간이야. 작업 방식은 너에게 달려 있지만 위원회가 권하는 대로 빠르고 깨끗하고 조용하게 하는 것이 좋아."

말을 끝내고 다이어는 웃었지만, 그 뒤에 비치는 어두움은 내가 하나의 그림자를 떠나 다른 그림자로 옮겨 왔다는 것을 알려주었다.

"웃기지? 우리하고 위원회가 너에게 똑같은 것을 원한다는 게."

"네, 그런 것 같네요."

나는 다리의 흔들림이 나를 쓰러뜨리지 않기를 바라며 일어섰다. 전구보다 밝은 빛을 당장 보고 싶었다.

"제가 전에 전화했을 때 제 휴대폰 번호는 받으셨죠?"

내가 무슨 말을 해야 초현실적인 분위기를 풍기지 않을 수 있었을까? 그런 말은 없었다.

다이어는 테이블에 앉은 채 내가 나가는 것을 지켜보았다.

"타격 의뢰를 받을 번호?"

"달리 뭐가 또 있나요?"

이제 손목과 손바닥이 약간 아팠다. 피부 살짝 아래쪽에서 가벼운 진동이 일었다.

"그레이어."

나는 문 앞에 있었다.

"네?"

"첫 번째 의뢰가 들어왔다."

심장이 목으로 튀어 오를 것처럼 숨이 막히고, 입 안에 공포의 맛이 가득 찼다.

'지금은 아니에요. 아직 준비가 안 됐어요.'

하지만 나는 천천히 돌아서서 테이블로 돌아갔다.

"말씀해 주세요."

다이어의 눈이 가늘어진 채 차가운 청색 불꽃을 튀겼다.

"우리는 발부터 차근차근 적시지 않고 바로 깊은 물로 들어간다. 네가 제대로 헤엄쳐 나올 수 있기를 바란다."

"그러면 이게 시험인가요? 문신만으로는 부족해서?"

내가 건조하게 갈라지는 목소리로 물었다.

"사람을 죽이는 것에 비하면 문신은 애들 장난이지. 그러니 내가 틀리고 베어가 옳다고 증명해다오. 가는 길에 휴대폰을 확인해 보렴."

나는 이제 시작이라는 것을 알았다.

그 소녀의 집은 제스로 구의 아래쪽, 제스로 구와 남쪽의 레이턴 구가 만나는 부분에 있었다. 그 동네는 조용한 곳으로, 제스로 구의 다른 교외 지역과 평균 수입이 비슷했다. 몇몇 건물 외벽과 잔디밭이 새로이 꾸며진 모습을 보면 경제 수준이 높아 보일 수 있지만 그래도 레이턴 구 같은 금융 중심지와는 비교가 되지 않는다.

아마 그래서 그녀는 스트라이커를 고용할 수 없었을 것이다. 물론 돈이 유일한 이유는 아니겠지만. 원칙, 자부심, 고집, 자신감, 무감각…. 이 모든 것이 작용했을 것이다. 하지만 결국 그 어떤 것도 중요하지 않았다. 그러건 저러건 내가 여기 왔기 때문이다.

나는 그 집 옆쪽으로 돌아갔다. 거기에는 회양목 덤불이 있었다. 덤불이 빽빽해서 몸을 숨기기에도 좋고 밖을 보기도 좋았으며, 소녀가 집에 들어오거나 나가는 것을 기다리기도 좋았다.

어쨌건 나는 덤불에 의지해 숨어 있기로 했다. 개시된 지 얼마 안 된 과제였고(휴대폰에 찍힌 정보에 따르면 아직 24시간도 채 되지 않았다) 만약 그 소녀가 초기 액티브의 전형적인 행동 패턴에 따른다면 아직은 집에 있을 확률이 높았다. 아마 집에서 어디 숨을지 어떻게 싸울지 준비를 하고 있을 것이다. 어느 쪽이건 나는 이미 시작했다.

작업 정보는 어이없을 만큼 짧았다. 처음에 나는 다이어가 왜 고객에게 먼저 자세한 내용을 알아오라고 추궁하지 않았는지 의아했지만, 다시 생각해 보니 그가 나를 위해 이 일을 쉽게 만들어 줄 일은 없었다. 그도 위원회처럼 내가 이 일을 완수하지 못하고 죽어도 아무런 상관이 없는 것이다.

나는 재킷 주머니에 든 총을 만졌다. 실제로 그걸 몇 번 쏘아 봤건 그 기능을 잊을 수는 없었다. 그 총을 쏘면 나는 나를 버리고 나 자신보다 스트라이커에 가까워지게 될 것이다.

다른 주머니에는 칼이 있었다. 청바지 오른쪽 앞주머니에도 칼이 있고 뒷주머니에도 칼이 있었다. 나는 지나칠 정도로 불안했고, 이 일이 어떻게 펼쳐질지 몰랐다.

오후가 천천히 지나갔다. 1초 1초가 꽉 차서 쉽게 흘러가지 않왔다. 분도 늘어지고 시간도 걸음이 느렸다. 그렇게 오랜 시간을 가만히 기다려 본 적은 없었다. 마치 중력에 맞서 싸우는 기분이었다. 내 몸의 모든 부분이 소리치며 저항했다.

눈이 말라서 따끔거렸다. 왼쪽 다리 전체와 오른발에 감각이 없었다. 그렇게 사방을 쑤시는 느낌은 처음이었다.

그리고 허기도 졌다. 배 속에 물결이 부풀어 오르는 듯한 텅 빈 고통이었다.

나는 머릿속으로 천천히 지난 전투술 수업을 훑으며, 도움이 될 만한 것을 찾아보았다. 인체에 대한 내용 중 잠복의 정신적 고통, '움직이지 않는' 고통을 다룬 것이 있는지를.

하지만 떠오르지 않았다.

'집중해, 웨스트, 너 말고 다른 모든 것에. 무감각한 스트라이커가 돼야 해.'

하지만 고통스런 근육과 떨리는 뼈, 곤두선 신경과 허기진 현기증으로 내 존재가 이루어진 것 같을 때, 그렇게 하는 것은 불가능했다.

전형적인 늦가을 날씨였다. 태양이 하늘에 낮게 내려왔을 때 현관이 열렸다가 닫히고 발소리가 들렸다.

나는 눈을 크게 떴다. 입이 마르고 맥박이 폭풍 속의 깃발처럼 펄럭였다.

하지만 발소리가 다가왔을 때 소녀의 발걸음이 아니라는 것을 알 수 있었다. 걸음이 너무 흐트러져 있었고, 초기 액티브다운 두려움이 없었다.

여자가 길가에 서 있는 차를 향해 걸어갔다. 겉모습으로 보건대 내 타격 대상의 엄마 같았다. 고객의 사진과 생김이 몹시 비슷했다.

현관문이 다시 열렸다.

"엄마, 왜 나는 밖에 못….”

애교 있고 새침한 열네 살 소녀의 목소리에 내 어깨가 굳었다. 저 소녀였다.

"린디, 문 닫고 안에 있어! 지금은 내 인내심을 시험할 때가 아니야!”

여자의 목소리는 분노와 두려움에 차 있었다.

"하지만 지루해요! 하루 종일 집에 있기 싫어요! 왜 밖에 못나가게 하….”

"죽는 것보다는 지루한 게 나아! 과제를 받은 지 아직 하루도 안 지났는데 벌써 나를 이렇게 힘들게 하니?”

"엄마를 힘들게 하는 게 아니….”

"도대체 어떻게 말해야 과제가 피할 수 있는 일이 아니라는 걸 이해하겠니? 이건 셔츠 반품처럼 간단한 일이 아니야."

"나는 바보가 아니에요, 엄마."

"린디."

깊은 한숨이 우리 엄마를 연상시켰다. 우리와 싸우고 우리를 달래고 하던 엄마.

"금방 돌아올게. 그런 다음에 같이 의논해 보자."

"좋아요. 하지만 어쨌건 나는 제이브를 부를 거예요! 엄마가 뭐라고 해도 나는 내 남자친구를 만날 거예요."

"그냥 안에 있어, 린디! 그리고 문 잠가!"

문이 다시 닫혔고, 여자는 차를 타고 떠났다.

나는 총을 들고 일어섰다. 엄마가 돌아오기 전에 집 안에 들어 갈까 아니면 그냥 벨을 누르고 여자아이가 생각 없이 문을 열어 주기를 기다려 볼까 생각하는데, 문이 다시 열렸다.

나의 타격 대상이 집을 나와서 마당을 달려갔다. 소녀의 엄마는 이미 따라잡을 수 없는 거리로 달려가고 있었다.

"엄마, 기다려요! 깜박하고…."

소녀는 길 중간에 서서 엄마가 떠난 방향을 보며 두 손을 허리에 짚고 숨을 헐떡였다.

"아, 짜증나."

그 말은 우리 둘 사이의 거리를 뚫고서도 놀라울 만큼 또렷하게 들렸고, 나는 이곳이 얼마나 조용하고 평화로운지 새삼 깨달았다. 머릿속에 온갖 생각이 춤을 추었다. 그리고 옳건 그르건 나는 여기서는 총소리가 너무 클 거라고 판단했다. 이 조용한 밤, 이 동네의 가족들에게는.

나는 총을 왼손으로 옮겨 잡고, 바지 앞주머니에서 접이칼을 꺼내서 칼날을 폈다.

그러느라 시간이 걸렸다. 빨리 움직였다면, 저 소녀가 비교적 가까운 거리에 등을 돌리고 있을 때 던질 수 있었을 것이다. 그러면 소녀는 무슨 일인지도 모르고 죽었을 테고, 나는 그 얼굴도 못 보았을 것이다.

하지만 소녀는 돌아서서 집으로 들어가다가 나를 보았다. 그 얼굴은 내 고객과 똑같았다. 내가 휴대폰으로 보고 외워둔 얼굴과.

놀라서 휘둥그레진 큰 눈은 예쁜 담갈색이었다. 그 안에 과제 번호가 검은 나선형으로 박혀 있었다. 연한 금발 머리는 꽁지머리로 묶고, 온갖 끈과 깃털로 모양을 냈다. 소녀는 청바지와 한쪽 어깨가 드러난 티셔츠를 입고 있었고, 양팔 모두 우정 팔찌로 손목에서 팔꿈치까지 무지개처럼 감아 놓았다.

소녀는 칼을 얼른 보지는 못했다. 소녀의 입술에서 나의 존재에 대한 의문이 보였다. 하지만 소녀는 곧 반짝이는 칼끝을 보고 얼굴이 새하얘졌다. 커진 두 눈은 공포를 담은 웅덩이 같았다. 소녀는 입을 벌리고 '아!' 하는 모양을 지었지만 내 귓속에 들리는 건 피 소리뿐이었다. 세상은 나와 소녀가 마주한 짧은 거리를 빼고 완전히 사라졌다.

소녀는 달아나려는 듯 뒤로 비틀비틀 물러서며 돌아서려고 했다.

그리고 나는 내 손에 있던 것을 던졌다. 그 금속을 날릴 때 하루 동안 멈춰 있던 내 팔의 근육들이 다시 생명을 얻었다.

칼은 소녀의 가슴을 꿰뚫었고, 깊이 박혀 움직이지 않았다. 소녀는 비틀거리다 상처 난 몸과 금발 머리와 청바지가 뒤엉킨 채 쓰러졌다. 셔츠 앞자락에 넓게 퍼진 핏자국은 땅거미 지는 바닥에 검은색으로 물들었다.

나는 거기 얼어붙어 서 있었다. 그렇게 서 있는 것이 유체 이탈처럼 초현실적으로 느껴졌다. 나는 방금 첫 번째 타격을 수행한 것이다. 첫 번째 얼트를 죽였다. 스트라이커로서 첫 임무를 완수했다… 그리고 아무 느낌도 없었다.

그때 어느 집에서 남자가 걸어 나왔다. 뚱뚱하고 겨드랑이가 얼룩진 셔츠를 입고 있었다. 자신이 살아 있는 것이 얼마나 행운인지 잊은 컴플릿이었다.

그는 발치의 시체를 보고 나를 보았다. 그리고 내 왼손의 총을 보았다. 그의 눈이 가늘어졌다.

"너는 이 애의 얼트가 아니구나. 넌 뭐냐?"

그가 퉁명스럽게 말하고 내 손을 다시 들여다보더니 알겠다는 표정을 지었다. 나는 두려움에 몸이 흔들렸다.

나는 문신을 가리라는 다이어의 경고도 잊었다. 소매를 잡아내리려고 했지만 이미 늦었다.

"너는 그, 스트라이커로구나."

그의 목소리에 혐오감이 가득했다.

나는 총을 넣고 두 손을 재킷 주머니에 넣었다.

"네."

달리 할 수 있는 말이 없었다.

"다른 데서 할 수도 있었잖아. 여기는 주거지야. 어린애들이 살아."

"죄송해요."

나는 나쁜 일을 하다가 걸린 어린아이 같았다.

그가 시신을 찬찬히 살펴보다가 뒤로 펄쩍 물러섰다.

"이런, 안 죽었어."

그 말에 내가 고개를 번쩍 들고 물었다.

"뭐라고요?"

"안 죽었어."

그 목소리에는 분노와 충격이 담겨 있었다. 스트라이커가 실패하는 이야기를 들은 적이 없다는 것 같았다.

"여기 와서 직접 봐."

나는 그의 말을 확인하기 위해 납처럼 무거운 다리를 멀리 끌고 갈 필요도 없었다. 소녀는 아직도 숨을 쉬었지만 그 숨은 연약했다. 얕고 띄엄띄엄했다. 칼 손잡이가 바르르 흔들렸다. 칼이 폐에 박혔구나. 이번에도 몇 센티미터 벗어난 것이다.

"끝내."

그는 이제 화가 나 있었다. 목소리가 차가웠다.

"네? 끝내라고요?"

내가 멍한 목소리로 되물었다.

"그러면 이렇게 둘 거니? 나더러 마무리하라고? 나는 오래 전에 이미 내 몫의 일을 했어. 나는 스트라이커도 아니고. 위원회하고 부딪히는 일은 질색이야. 내가 너하고 이야기했다는 것만 알아도 위원회가 나를 쫓아올 거다."

나는 한 걸음을 더 가서 소녀를 내려다보았다. 소녀의 얼굴을 다시 보는 일은 정말로 원하지 않았지만, 내 뜻과 반대로 다시 소녀의 눈과 마주쳤다.

소녀는 나를 빤히 바라보고 있었다. 눈동자에는 내가 그 가슴에 칼을 던졌을 때와 마찬가지로 진한 검은색 수열이 박혀 있었다. 이제 소녀의 눈에는 고통과 두려움이, 그리고 무엇보다 자신이 죽어간다는, 그것을 기다리는 것밖에 할 일이 없다는 인식이 있었다.

나는 다시 총을 꺼냈다. 그리고 이번에는 실수하지 않았다.

"아, 이런. 너무 잔인해, 잔인해."

뚱뚱한 남자가 한탄하며 손으로 입을 닦았다. 얼굴은 창백했고, 피부는 땀으로 번들거렸다.

나는 할 말이 없었다. 내가 무슨 말을 해도 그의 기억을 지울 수는 없었다. 나는 천천히 돌아서서 그곳을 떠나려고 했다. 칼을 회수하려는 생각도 하지 못했다. 피뿐 아니라 실패와 다름없는 성공으로 얼룩진 칼을.

남자가 뒤에서 소리쳤다.

"이봐, 이 아이는 어떻게 할 거야? 후처리 팀을 불러야 하잖아. 나더러 하라는 거야? 더러운 스트라이커들!"

나는 뛰어서 도망쳤다. 내 안의 살인자에게서 벗어나려는 듯이. 나 자신이라는 존재를 더 이상 견딜 수 없다는 듯이.

"너 같은 인간들 때문에 우리 사회 전체가 위험해지는 거야!"

그의 목소리가 마침내 희미해졌다. 군인의 풍모와는 거리가 먼 그 남자의 모습에 머리가 빙글빙글 돌았다. 그런 사람이 살아남은 것이 위원회의 의도가 실현된 것이고 다이어의 편법의 결과가 아니라는 사실이 혼란스러웠다. 어떻게 한쪽이 다른 쪽보다 낫다고 할 수 있을까?

길과 길이 뒤섞이고 블록과 블록이 엉겨서 내가 어디를 가는지도 알 수 없었다. 하지만 어디건 상관없었다. 내 눈앞에는 밝은 갈색 눈동자와 연한 금발 머리밖에 보이지 않았다. 그것이 끝없는 도로와 집과 텅 빈 얼굴들과 뒤섞였다. 결국 나는 지쳐서 멈춰섰고, 길가에 주저앉아 숨을 헐떡거렸다. 그리고 고개를 숙여 배 속에 든 것을 토했다.

내가 거기 얼마나 오래 있었는지 모른다. 가로등이 하나둘 켜지는 것을 보자 나는 날이 저물고 있다는 것을 깨달았다. 하늘은 잿빛이 되었고, 장벽의 아치형 테두리가 그 위로 솟아 있었다. 제스로 구의 공장들에서 연기가 솟았다. 그 아래쪽에는 집들이 조용히, 그늘 속 깊숙이 자리잡고 있었다. 바람에 나뭇가지가 흔들렸다. 차고들은 차들이 돌아오기를 기다렸다.

특별한 것 하나 없이 지극히 평범한 동네였다. 그리고 내 머릿속에는 평생 처음 보았던 컴플리션의 기억이 떠올랐다. 그곳도 바로 이런 동네였다. 그 조용한 배경막 앞에서 펼쳐진 그날의 일은 내 기억 속에 생생히 남아 있었다.

"웨스트, 일어나!"

이불 속으로 손이 들어와 내 다리를 흔들었고 나는 그 손을 찼다. 아직 너무 이른 시각이었다.

"일어나, 나가야 돼. 엄마하고 아빠가 일어나기 전에."

룩이 내 귀에 대고 거칠게 속삭였다.

정신이 번쩍 들었다. 기대와 불안에 벌써 가슴이 조였다. 그때까지 나는 컴플리션 현장의 일부를 본 적은 있지만 처음부터 끝까지 본 적은 없었다.

새벽녘, 분홍빛 섞인 잿빛 속에 나는 같은 침대에서 자는 엠의 조용한 몸을 보았다.

나는 룩을 다시 보고 큰 소리로 속삭였다.

"왜 옷을 입었어? 에이브 오빠가 오빠는 집에서 엠을 보고 있으라고 했잖아."

그는 어깨를 으쓱하고 말했다.

"엠은 아직 자고 있어. 우리가 가도 몰라. 그리고 나는 그런 현장을 처음 보는 것도 아니야."

룩은 2년 전인 아홉 살 때 이미 아빠가 컴플리션 현장에 데리고 갔다. 이제 내 차례였다. 내가 액티브가 될 나이에 가까워졌기 때문이다. 에이브가 나를 데려가기로 했다.

나는 침대에서 발을 내렸다. 조용히 움직여야 했기에 청바지와 후드 스웨터를 입고 잤다. 부모님은 우리끼리 가는 것을 허락하지 않을 것이고, 만약 우리가 주변부 살해의 가능성을 잘 따져 보았다면, 우리도 가고 싶어 하지 않았을 것이다. 하지만 미성년인 우리는 어린아이들답게 죽음을 깊게 생각하지 않았다. 얼트 말고는 우리를 해칠 것이 없고, 그 일은 그날 일어나지는 않는다고 생각했다.

"좋아. 하지만 에이브 오빠가 반대해도 버텨야 돼."

계단을 내려가면서 내가 룩에게 말했다.

"형은 반대하지 않을 거야. 우리가 컴플리션을 언제 다시 제대로 볼지 어떻게 알아? 미리 아는 이런 경우가 아니면 불가능하지."

"이건 재미로 보는 게 아니야, 룩."

내가 운동화를 신으며 말했다.

희미한 빛 속에서도 그가 나에게 눈을 굴리는 모습이 보였다.

"내 말뜻 알잖아, 웨스트."

그의 말뜻은 알았지만 얼트가 죽는 일이 크게 슬프지 않다는 게 기분 좋지 않았다. 얼트가 낯선 사람들일 때는 슬픔을 느끼기 어려웠다. 그런 일은 현실이면서도 현실이 아니었다. 그리고 아직 두 오빠 모두 과제를 받지 않았기 때문에 컴플리션을 보는 일은 그저 경험을 쌓고 기술을 익히는 것과 같았다.

우리는 어스름한 새벽빛 속에 도둑처럼 조용히 뒷문으로 나갔다. 우리가 어느 날 과제를 받고 액티브가 되면 그렇게 움직일 것이라 생각하며.

에이브는 이미 밖에서 기다리고 있었다. 코드도 있었다. 놀라운 일은 아니었다. 코드는 두 오빠 모두와 친했고, 나와 엠과도 잘 놀아 주었다. 하지만 룩과 동갑이고 둘 다 전자 제품에 대한 관심이 많아서 주로 룩과 어울렸다. 거기다 집도 아주 가까웠다.

코드는 내 머리에서 후드를 벗겼다. 안 빗은 내 머리가 까치집이 되었다.

"안녕, 공주님."

그가 빙긋 웃고 손마디로 내 정수리를 콩 때렸다.

나는 그의 어깨를 때리며 얼굴을 찌푸렸다. 그리고 머리를 매

만졌다.

"여기서 뭐하는 거야, 코드 오빠? 집에는 안 가?"

"갔다 온 거야."

"아, 그래."

나는 신경 쓰지 않았다. 코드라면 같이 있어도 괜찮았다… 대개의 경우는.

에이브는 얼굴을 찌푸리고 있었다. 에이브는 열세 살로 우리와 마찬가지로 아직 어렸지만, 때로는 아주 어른 같아 보였다.

"룩, 너는 엠을 봐야지."

"자고 있어서 괜찮아. 나도 가고 싶어. 코드는 데리고 가면서 왜 나는 안 돼?"

룩이 불만스럽게 말했다.

"누군가 엠을 돌봐야 돼. 코드를 부른 건 웨스트가 너무 충격 받을까 봐서야."

"오빠."

나는 팔꿈치로 에이브의 옆구리를 찔렀다.

"…그리고 그런 웨스트를 나 혼자 집에 데리고 오는 건 좀 힘들 테니까."

"나는 아기가 아냐, 에이브 오빠!"

"엠은 몇 시간 안에는 안 일어나. 형, 제발…."

룩이 말했다.

에이브는 눈을 가늘게 뜨고 룩을 보더니 한숨을 쉬었다.

"좋아. 하지만 엄마 아빠한테 우리가 엠을 혼자 두고 떠난 게 걸리면 네가 다 책임져야 해."

룩이 키득거렸다.

"어쨌건 형은 나를 못 막아."

에이브는 그 말을 못 들은 척하고 나를 보았다. 흑갈색 눈동자가 아주 진지했다.

"준비됐어, 웨스트?"

나는 펄떡거리는 가슴을 다스리며 고개를 끄덕였다.

"응."

"그럼 가자."

그는 긴 다리로 경중경중 앞서갔고, 나는 룩과 코드와 나란히 걸었다.

"오빠네 이모는 오빠가 여기 있는 거 모르시지?"

내가 코드에게 물었다.

그는 고개를 끄덕였다.

"응, 몰라. 알게 되면 가만있지 않으실 거야."

"테이지는 아직⋯."

내가 말을 하다 말았다. 테이지가 아직 컴플리션 현장을 볼 준비가 안 되었다는 것은 아니었다. 테이지는 아직 사람들과 어울릴 준비가 안 되었을 것이다. 테이지와 코드의 부모님은 그해 봄에 돌아가셨고, 테이지는 아직 힘들어했다. 테이지의 마음은 아직도 그 차에 갇혀 있는 것처럼, 차가 갑자기 중앙 분리대를 넘어가서 반대 방향으로 오는 차들 속으로 뛰어드는 상상을 떨치지 못했다.

"아직은. 하지만 곧 괜찮아질 거야."

코드가 잠시 후 말했다. 우리는 같은 표정이 되었다.

룩은 녹색 쓰레기통을 길가로 찼다. 나는 쓰레기통이 찌이익 밀려가는 소리에 소름이 돋았고, 왜 그런지 마음이 찔려서 주변을 조심스레 둘러보았다. 하늘은 천천히 밝아졌고, 공기는 차갑고 축축했다. 갑자기 우리의 나들이가 섬뜩한 보물 사냥처럼 느껴졌다. 대부분의 사람이 아직 잠을 자고 있는 제스로의 거리로 사냥을 나온 사냥꾼이 된 것 같았다.

룩이 내가 몸을 떠는 것을 보고 놀렸다.

"겁먹을 거 없어, 웨스트. 그냥 내 등 뒤에 서 있으면 돼."

"나는 겁 안 나. 그냥 생각하고 있었어."

"뭘?"

코드가 물었다.

"그냥…."

나는 앞주머니에 두 손을 넣고 적당한 표현을 찾았다.

"컴플리션을 보면 오빠는 한 얼트가 죽는다고 생각해? 아니면 한 얼트가 생명을 얻는다고 생각해?"

"무슨 말인지 모르겠는걸. 같은 거잖아."

룩이 어깨를 들썩이며 말했다.

"그렇지 않아."

"아냐, 같은 거야. 한 사람은 성공하고 한 사람은 실패해. 그게 전부야."

"사물을 보는 두 가지 방법을 말하는 거야? 물이 절반 든 컵을 보는 것처럼?"

나는 손을 뻗어 단풍나무의 낮은 가지를 잡고 흔들었다. 메마른 붉은색, 주황색, 노란색 이파리들이 비 오듯 떨어졌다.

"응, 그런 것 같아. 하지만 한쪽이 더 맞는 건지 어쩐지 모르겠어."

"그 중간 아닐까."

룩이 말하고 하품했다.

"모르겠다. 머리 아파. 어려운 생각을 하기에는 너무 이른 시각이야."

코드가 내 머리에서 나뭇잎 하나를 떼더니 잘게 부수어서 머리에 뿌렸다.

"그게 무엇이건 우리는 최선을 다해야 돼. 그리고 모든 일이 순리대로 흘러가기를 바라야지."

그가 말했다.

나는 손을 흔들어 그를 물리고 다시 후드를 썼다.

"룩 오빠 말이 맞는 것 같아. 꼭두새벽이라서 생각하기가 힘들어."

룩은 재킷 속에서 몸을 웅크렸다.

"지금 내 머릿속에 드는 생각은 여기가 엄청 춥다는 것뿐이야."

그때 교외선 기차가 큰 소리로 우리 곁을 지나가면서 내 후드를 도로 벗기고 룩과 코드의 검은 머리를 흔들었다. 갑작스런 공기의 흐름에 나는 눈을 깜박거리며 우리가 얼마나 걸어왔는지를 깨달았다.

그곳은 우리의 목적지였다.

에이브는 이미 간이역에 도착해 있었다. 긴 벤치 위를 아치 형태로 덮은 금속 틀 옆면에 낡은 명판이 볼트로 박혀 있었다.

'모든 액티브 얼트는 신중하고 예의바르고 책임감 있는 태도로 과제를 컴플리션하기 바랍니다. 감사합니다. 위원회.'

우리 셋은 에이브 옆에 가 섰다.

"홀트가 제대로 아는 거 맞아? 시간이며 그런 것 전부?"

코드가 그에게 물었다.

그 이름을 들은 적이 있었다. 홀트는 에이브의 학교 친구였고 몇 주 전에 과제를 받았다.

에이브는 고개를 끄덕였다.

"홀트는 그동안 자기 얼트를 계속 추적했어. 그 친구는 토요일 아니면 일요일 이 시간에 교외선 기차를 탄대. 어제 안 탔으니까 오늘일 거래."

그들은 낮은 목소리로 말했다. 일요일이지만 새벽 출근을 위해 기차를 기다리는 사람들이 있었기 때문이다.

정장 차림에 서류 가방을 들고 귀에 휴대폰을 댄 남자.

유니폼을 입은 여자.

실험 가운을 입고 큰 가방을 멘 다른 여자.

룩이 물었다.

"그 얼트는 과제를 받았으면서 왜 같은 시간에 같은 기차를 타는 거지? 그렇게 바보 같은 사람은 없어. 홀트가 자기를 찾는다는 걸 알 거 아냐."

"홀트 말로는 그 얼트는 아이큐가 풍뎅이 수준이래. 벌써 2년 유급 당했어. 토요일하고 일요일을 바꾸는 게 그 친구가 생각하는 묘수야."

룩이 고개를 저었다.

"이야, 홀트는 운이 좋은걸."

"그래. 그래서 우리가 구경을 와도 좋을 것 같았어."

에이브가 말하고 나를 보았다.

"잘 들어, 웨스트. 이건 앞으로 우리가 어떻게 해야 하는지, 또 어떻게 하면 안 되는지 배우는 거야, 알았어?"

"응."

나는 룩과 코드 옆에 섰고, 우리는 다른 사람들처럼 기차를 기다리는 척했다.

몇 분 지나지 않아 에이브가 이를 다문 채 조용히 말했다.

"좋아, 저기 온다."

길 저편에서 키 큰 십대 소년이 걸어왔다. 허리가 굵고 머리는 갈색이었다. 안경을 쓰고 청바지와 회색 재킷을 입었으며 손에는 책을 들고 있었다. 그는 실제로 책을 읽으면서 걸었다. 입이 중얼중얼 움직였다.

에이브가 믿을 수 없다는 듯 말했다.

"우아. 어이가 없는걸. 당해도 싸다고 할 수밖에. 홀트한테는 완전히 식은 죽 먹기겠어."

나는 코드를 보았다. 코드는 나를 보았고, 우리는 함께 룩을 보았다. 룩은 우리를 보았고, 에이브의 말이 우리 머릿속에 울렸다. 우리는 모두 똑같은 생각이었다. 그와 홀트 중에 한 사람만 살아야 한다면, 약한 쪽이 떠나야 한다는 것.

홀트의 얼트는 계속 책을 읽으며 걸었고, 고개를 들어 주변을 살피지도 않았다.

나는 속이 울렁거렸다. 그가 곧 죽을 테고, 홀트가 아니라 그가 죽는 게 당연해 보였기 때문이었다. 그는 생김도 아직 어린아이 같았고, 손에 든 세계에 빠져서 이 세계, 진짜 세계의 위험을 인식하지 못하고 있었다.

'어떻게 해야 하는지, 또 어떻게 하면 안 되는지 잘 봐.'

길 맞은편, 홀트의 얼트가 서 있는 곳의 건너편이 내 눈길을 끌었다. 덤불이 떨리고 상록수 이파리와 가느다란 가지들이 흔들렸다.

그리고 홀트가 튀어나왔다. 머리가 사나웠고 눈은 더 사나웠다. 나는 그때까지 그를 본 적이 없었지만 그가 홀트라는 것을 바로 알았다. 얼굴이 얼트와 똑같았기 때문이다. 심지어 테는 가늘었지만 안경을 쓴 것도 똑같았다. 하지만 홀트의 뚱뚱함은 종류가 달랐다. 지방 덩어리가 아니라 발달한 근육이었다. 환경과 습관이 두 얼트를 약간은 다르게 만든다는 증거였다. 홀트는 꾸준히 운동했다. 그의 얼트는 그러지 않은 것 같았다.

홀트는 총을 들고 있었다. 성능이 좋고 손 안에 쏙 들어가는 크기였다.

나는 숨이 목에 걸렸다. 누군가에게 잡혀서 두려움에 날개를 떠는 벌레처럼.

벤치의 한 여자, 유니폼을 입은 여자가 짧은 비명을 질렀다. 그리고 얼굴에 당혹감을 나타내며 입을 막고 몸을 접었다. '몸을 낮추고 조용히 피하라.'는 위원회의 말을 떠올린 것이다.

그 모습이 홀트의 얼트의 눈길을 끌었다. 그는 책에서 고개를 들고 간이역을 보았다. 반쯤 벌린 입에 멍한 얼굴 표정. 그의 입술이 말을 만들려고 하는 것 같았다. 하지만 내가 있는 곳에서는 그 말이 들리지 않았다.

'무슨…'

홀트가 총을 쏘았다. 총소리가 공기를 쩽 갈랐다. 연기와 불이 떠오르는 소리였다.

최소한의 훈련을 받은 액티브 얼트라면 대개 9미터 거리에서 표적에 흠을 낼 수 있다. 홀트과 얼트의 거리는 6미터 정도에 지나지 않았다. 그리고 홀트는 훈련을 받았다.

그의 얼트는 구멍 난 풍선처럼 쓰러졌다. 책이 하늘로 날았고, 책장이 바람에 펄럭였다. 안경이 산산이 깨져서 길 위에 유리를 반짝반짝 흩뿌렸다. 머리는 떨어진 호박처럼 박살났다.

내가 간신히 얕은 숨을 쉬며 그 장면을 바라보는 동안, 홀트가 다가가서 자신의 얼트를 굽어보았다. 마침내 안전한 컴플릿이 되어 떠나기 전에 얼트가 확실히 죽었는지 확인하는 작업이었다.

"가자. 후처리 팀이 오기 전에."

에이브가 말했다.

룩이 그를 보았다.

"가서 축하해 주거나 그런 거 안 해?"

에이브가 고개를 저었다. 그리고 나를 힐끔 보았다.

"아니, 지금은 아냐. 곧 만날 텐데 뭘."

우리는 돌아서서 간이역을 떠났다. 모두 말수가 적었다. 모두가 그렇게 조용한 것은 이상했다. 하지만 머릿속에 방금 본 일이 자꾸 재생되고 있어서 무슨 말을 하기 쉽지 않았다.

얼마 후 후처리 트럭의 사이렌이 들리더니 점점 커지며 다가

왔다. 그것은 울음소리, 울부짖음 소리 같았고, 나는 벤치에 앉은 여자가 생각났다. 여자의 표정을 보고, 나는 목격자에게도 상담 치료를 제공한다는 사실을 그 여자가 알까 궁금해졌다. 기분이 이상했다. 세상이 흔들리고 내려앉아서 예전과는 완전히 달라진 것 같았다. 전보다 더 혼란스럽고 엉성하게.

"괜찮아, 웨스트? 어쩌면 너무 일찍…"

코드가 물었고, 그 눈에 걱정이 가득했다.

"아니, 머지않아 볼 거였는데 뭘."

나는 고개를 저었다. 그리고 눈에 떠오르는 열기를 떨쳐내려고 눈을 깜박였다.

"홀트는 이제 무사해. 우리가 원하던 대로. 홀트의 얼트는 아무 런 가망이 없었어. 당연한 결과야."

룩이 말했다.

"홀트는 내일 바로 학교에 나올 거야."

에이브가 말했다. 하지만 그 목소리는 억지로 말을 하는 것처 럼 어색했다.

"친구가 이겨서 좋지, 에이브 오빠?"

내가 그의 팔을 잡았다. 나는 홀트가 산 것이 그의 얼트가 죽은 것보다 더 큰 의미가 있다는 말을 듣고 싶었다.

에이브는 고개를 끄덕였다. 걱정을 던 것 같았지만 슬퍼 보이기도 했다. 어쩌면 땅에 떨어져서 깨진 얼트의 안경이 떠올랐는지도 모른다. 에이브에게도 그 파편들이 눈물처럼 보였을까?

"그래, 좋아. 그리고 전부터 당연히 홀트가 이길 거라고 생각했어."

나는 고개를 숙이고 계속 걸었다. 두 눈은 여전히 뜨거웠다. 에이브가 좋다고 한 대답에는 아무 의심도 없었다. 나 역시 아무 의심이 없었다. 그런데 내 배 속은 왜 이렇게 울렁거리는 걸까?

코드가 다가와서 내 후드를 이마 위로 당기더니 나를 자신에게 기댄 채 걷게 했다.

발 앞으로 공이 하나 날아와서 깜짝 놀라 정신이 들었다.

내 눈은 인근의 잔디밭 그늘로 데굴데굴 굴러가는 공을 쫓았다.

한 소년이 공을 쫓아갔다. 멀리서 누가 아이에게 조심하라고 외쳤다. 목소리가 어려서 형제나 친구 같았다. 그런 뒤 세 번째 목소리가 들렸고, 이번에는 여자아이 목소리였다.

우리도 어릴 때 그렇게 놀았다. 땅거미가 내려 별들이 떠오를 때. 그 날의 훈련을 마치면, 노란 가로등 불빛 아래 동네를 뛰어다니며 생각나는 아무 놀이나 하고 놀았고 자동차 운전자들은 우리에게 욕을 했다.

컴플리션을 처음 본 나는… 얼트가 얼트를 죽이는 자연스러운 일에 충격을 받았다. 그때의 나는 지금의 나를 보고 뭐라고 할까? 그때의 웨스트는 지금의 웨스트를 어떻게 생각할까?

나는 타격 작업을 할 때마다 누군가를 죽이는 게 아니라 누군가를 살리는 것이라고 믿어야 했다. 다른 누군가의 생명을 구한다고.

자리에서 일어나 다시 길에 올랐을 때는 어둠이 완전히 내려 있었다. 하지만 아직 별은 없었고, 나는 별도 없는 밤을 혼자 걸어 집에 돌아가야 했다.

CHAPTER 4

초인종이 울렸다. 나는 물소리 위로 간신히 그 소리를 들었다.

누굴까? 코드는 아닐 것이다. 몇 주 전에 그에게 이제 학교에 걸어 다닐 거라고 말했다. 나 혼자서.

코드는 조용히 돌아갔고, 그 눈에는 분노뿐 아니라 불안함도 담겨 있었다. 하지만 그는 따지지 않았다. 코드는 룩의 일 때문에 내가 그를 보기 힘들어 한다는 것을 알았지만, 그 역시 내가 스트라이커가 되었다는 사실을 감당하지 못했다. 옳건 그르건 그는 나에게 필요한 것을 줄 수 없었다. 그것 역시 그가 나를 보기 힘든 이유가 되었다.

나는 난로 위 시계로 시선을 던졌다. 9시가 다 되어 있었다. 나는 손에 남은 핏자국을 씻고 물을 잠갔다. 그리고 씻어서 싱크대에 둔 접이칼을 힐끔 보았다.

코드가 아니라면 우리 집에 올 사람은 없다. 중요한 일이 분명했다. 그렇지 않으면 코드가 오지 않았을 것이다. 지난번에 내가 그의 차로 등교하기를 거부하며 헤어진 이후로는.

나는 달려 나가면서 열려 있는 가방을 옆으로 휙 찼다. 그리고 도시락을 안 넣었다는 사실을 되새겼다. 그와 동시에 소매를 내려 손목을 가리고, 엄지손가락을 셔츠에 새로 뚫은 구멍 속에 넣었다. 그 동작은 이제 자연스러웠다. 학교에서도 그랬고, 특히 코드가 옆에 있으면 나는 잊지 않고 문신을 가렸다.

다시 초인종이 울렸다.

문을 열자, 코드가 아니라 위원회 요원이 서 있었다.

복장을 보니 3급이었다. 표준과제부. 그들은 미성년에게 이제 액티브가 되었다는 소식을 전해 주는 하위직 요원으로, 머리끝에서 발끝까지, 바지 끝에서 어깨 견장까지 진회색으로 된 옷을 입었다. 다른 색이라고는 왼쪽 가슴 주머니에 튀어나온 실크 손수건뿐이었다. 그것은 양귀비, 석류, 피 같은 선홍색으로, 이 직급을 상징하는 색깔이었다.

나는 마비감 속에서도 그의 모습을 찬찬히 보았다.

아침 해가 그의 머리에 닿았다. 규정에 따라 정돈한 머리였다. 손톱은 아주 바짝 잘라서 적당히 윤을 냈다. 물론 장신구는 전혀 없었다. 그것은 개성을 표현하기 때문이다. 그의 눈도 훈련받은 무표정을 유지했다.

그의 회색 구두 끝이 하얗게 일어나 있었다.

위원회가 이 사람을 내보낼 때 어떻게 그 사실을 놓쳤는지 의아했다. 3급이라 해도 완벽한 복장은 중요했다. 아마도 여러 곳을 다닌 탓일 것이다. 아직 이른 시각인데도 내가 오늘의 첫 통지 대상자가 아닌 것 같았다.

"웨스트 그레이어?"

요원이 물었다. 개성을 드러내지 않는 중립적인 목소리였다.

그동안 나는 이 일이 자기에게 일어나면 온 세상이 희미해지고, 모든 빛이 꺼지는 것 같다고 들었다. 벌써 죽음이 다가온 것처럼 숨도 쉴 수 없게 될 거라고. 온몸이 얼어붙어서 아무것도 하고 싶지 않아진다고, 공격도 도피도 하지 않고 그저 불가피한 것이 지나가기를 바랄 거라고.

사람들은 그렇게 말했다. 하지만 그들은 틀렸다.

내 머릿속에는 코드의 얼굴이 떠올랐다. 그를 더 알 기회가 없어질 거라는 섬뜩하고 확실한 깨달음. 지금까지 그에 대해 아는 것만으로는 턱없이 부족했다.

그리고 잃어버린 내 가족에 대한 고통이 칼처럼 몸속을 쑤셨다. 그들이 모두 먼저 죽다니 너무 부당했다. 내가 무얼 잘못했기에 이런 일을 겪어야 하는 걸까?

내 얼트의 얼굴이 나를 바라보았다. 나 자신의 얼굴이.

'나는 죽을 거야.'

"웨스트 그레이어?"

나는 움찔 고개를 끄덕였다. 그리고 눈을 깜박여 정신을 차리고 요원을 바라보았다.

"네, 맞아요. 제가 웨스트예요."

그가 휴대폰을 내 눈앞에 대자 몇 초 동안 눈앞에 빛이 번쩍이더니 뜨거운 기운이 눈동자를 훑었다. 그러더니 기계 속의 과제 활성화 소프트웨어가 내 과제가 제대로 개시되었다는 신호음을 삐 하고 울렸다.

내 눈에는 이제 내가 얼트와 공유하는 나선의 수열이 새겨졌다. 내 얼트가 어디에 있건, 그곳에도 지금 3급 요원이 찾아갔을 것이다.

"휴대폰 좀."

요원이 말했다.

나는 주머니에서 천천히 휴대폰을 꺼내서 그에게 건넸다. 내 손톱 밑에는 아직도 핏자국이 있었다. 어젯밤 타격이 남긴 초승달 모양의 증거. 나는 결국 칼을 썼고(멀리서가 아니라 가까이서. 멀리서 칼을 던지는 것은 내게는 아직 너무 잔혹하게 느껴졌다), 그것은 언제나 총보다 사태를 더 지저분하게 만들었다. 집에 너무 늦게 왔기 때문에 아침에 씻을 수밖에 없었다. 어젯밤 쓰지 않은 총과 칼 두 자루는 치워 두었다.

그는 내 휴대폰을 자기 휴대폰에 대고 과제의 상세 정보를 전달했다.

"그 파일을 열면 필요한 걸 전부 알 수 있습니다."

그가 말했다. 그리고 다시 한 번 삐 소리가 울리자 나에게 휴대폰을 건넸다.

"위원회 정책에 따라 모든 정보를 숙지해 주시기 바랍니다."

나는 고개를 끄덕였다.

요원은 자기 휴대폰에 무언가를 입력해서 문서를 닫고 위원회에 과제 전달 성공을 알렸다. 그리고 휴대폰을 주머니에 넣었다.

"웨스트 그레이어 양은 지금 이 시각부터 정확히 31일 안에 과제를 컴플리션해야 합니다. 만약 32일째 날까지 그레이어 양이나 그레이어 양의 얼트가 컴플리션을 하지 못하면 얼트 코드가 자동 폭발합니다."

나는 다시 고개를 끄덕였다. 그것이 내가 할 수 있는 전부였다.

"생존으로 가치를 증명하기 바랍니다."

그는 그 말과 함께 회색 유령처럼 사라졌다. 심장 부분의 피 색깔만이 머릿속에 생생하게 남아서 그가 실존인물이었음을 알려주었다.

결국 이렇게 되었다. 나는 과제를 받았다. 이런 일이 가능할 줄 몰랐다. 나는 열다섯 나이에 액티브 얼트이자 스트라이커가 되었다.

내가 선택한 것은 한쪽뿐이지만.

나는 문에서 주춤주춤 물러났다. 어딘가로, 어디로든 가려는 듯이. 내 눈은 바닥에 놓인 가방을 멍하니 바라보았다. 아직 도시락을 넣지 않았지만, 오늘 하루는 예정대로 흘러가지 않을 것이다.

'집을 떠나야 해, 웨스트. 살아남으려면 떠나야 한다는 걸 너도 알잖아.'

내 목소리가 머릿속에 울렸지만… 그곳에는 룩의 흔적도 남아 있고, 우리 식구 모두, 베어… 코드의 흔적도 있었다.

나는 통계, 숫자, 확률을 잘 알았다. 스트라이커라서 더욱 그랬다. 하지만 지금은 목이 막혔다. 이제 그런 통계는 아무런 의미가 없어 보였다. 킬러들의 세계에, 어둠 속에 있는 것은 안전했다. 그것은 내가 아니라 다른 얼트가 죽는 일이었기 때문이다.

나는 부엌으로 돌아가서 방금 씻은 접이 칼을 살펴보았다. 칼날과 손잡이가 만나는 접합부 깊은 곳에 아직도 피가 있었다. 열심히, 오래 닦는다고 그게 지워질까 싶었다. 핏자국이 더 깊이 박히기 전에 애쓴다고 해도.

나는 다시 물을 틀고 칼을 댔다.

누군가 현관을 쾅쾅 두드리더니 문이 벌컥 열렸다. 코드가 달려왔다. 그의 검은 눈이 내 눈을 보았고 나는 그가 무엇을 보는지 알았다. 내가 아무리 부정하려고 해도 그의 반응 앞에서는 그럴 수 없었다.

"집에 있으면 안 돼, 웨스트. 왜 아직 여기 있는 거야?"

그가 거칠게 속삭였다.

나는 그의 목소리에 몸을 떨었다. 감정만으로 목숨을 구할 수 있다면 우리 둘 다 위험할 일이 없을 것이다.

그는 수돗물과 싱크대와 칼을 보았다.

"웨스트, 뭐하는 거야? 위원회 요원이 나가는 걸 봤어!"

그는 손을 비틀어 수돗물을 잠갔다.

나는 숨을 내쉬고 셔츠 자락으로 접이칼을 닦은 뒤 날을 접어 청바지 앞주머니에 넣었다. 또 시작이었다. 그를 이렇게 가까이서 보는 일은 변함없이 고통과 기쁨을 함께 전해 주었다.

"학교 늦어, 오빠."

내가 그에게 말했다.

"꾸물거리지 마, 웨스트! 너 왜 그래?"

그가 고함치듯 말했다.

"아무 문제없어. 나는 괜찮아."

나는 아무 생각 없이 대답했다. 그저 입술과 혀와 공기가 기계적으로 움직일 뿐이었다. 그의 머리는 사납고, 입은 거친 선을 이루었다.

그는 내 가방 앞으로 가서 그 안에 든 것을 바닥에 쏟았다.

내가 입을 벌렸다.

"오빠, 잠깐…."

하지만 그는 이미 빈 가방을 들고 위층으로 올라갔다. 지난번에 우리 집에 왔을 때 그는 내가 자신을 쏘면 떠나겠다고 했다. 이번에는 내가 어떻게 해야 그가 안전하게 내 곁을 떠날 것인가?

그를 따라 부모님 방 앞을 지나갈 때 아직도 의약품 상자에 들어 있는 아빠의 수면제가 떠올랐다. 엄마가 주변부 살해를 당했을 때 이미 반쯤 죽었던 아빠가 정말로 죽기 위해 먹은 약. 컴플

릿으로 살아남은 엄마가 결국 사고로 죽어 버린 일을 아빠는 감
당하지 못했다.

하지만 코드가 이미 내 방에 들어갔고, 나는 더이상 수면제를
생각할 겨를이 없었다.

방에 들어가 보니 그는 침대에 가방을 던져놓고 옷장 문을 활
짝 열어젖히고 있었다. 철사 옷걸이가 이리저리 밀리는 소리, 옷
가지가 선반에서 바닥으로 떨어지는 소리에 나는 눈을 감았다.
그 소리 하나하나가 코드의 절박함과 두려움을 증언해 주는 것
같았다.

스웨터, 재킷, 청바지가 침대에 작은 산을 이루었다. 그는 신발
한 켤레를 방바닥에 던졌다. 또 한 켤레가 책상에 떨어져서 스케
치북이 휘날렸고, 펜과 붓과 물감을 꽂아두는 큰 통도 쓰러졌다.
필통에 든 것들이 데굴데굴 굴러 방바닥에 떨어졌다.

"뭐 하는 거야?"

내가 그의 등 뒤에 대고 말했다. 하지만 나는 그가 무엇을 하는
지 잘 알았다. 내가 이미 했어야 하는 일이었다.

그가 돌아서서 나를 노려보았다.

"뭘 하는 것 같아?"

"비켜, 오빠. 내 물건 어지럽히지 마."

내가 말했지만, 그 말은 내가 듣기에도 억지스러웠다.

"난 지금 널 보는 것조차 힘들어."

그가 말했다. 그 목소리는 분노를 제대로 감추지 못했다.

"여기."

그는 가방을 나에게 밀었다.

"담아. 필요한 걸 다 넣어. 내가 가진 돈을 전부 줄 테니까 더 필요한 건 나중에 사. 일단 짐을 싸서 집을 떠나."

나는 두 손으로 가방을 들었다가 발치에 떨어뜨렸다.

"오빠 돈 필요 없어. 나 일하는 거 알잖아."

내가 마비된 입술로 말했다.

스트라이커 일에 대한 언급은 그를 더 화나게 했다.

"너처럼 똑똑한 애가 그렇게 예치되는 돈에는 손댈 수 없다는 걸 모를 리 없어. 얼트 로그에 나타나고 싶지 않다면."

코드 말이 맞았다. 얼트 로그는 위원회가 액티브의 움직임을 파악하는 데이터베이스다. 과제가 개시되면, 얼트는 금융 거래를 할 때마다 눈을 스캔해야 한다. 그러면 과제 번호, 위치, 시간이 얼트 로그에 들어간다. 액티브 얼트들은 과제 수행 관련 정보가 모이는 터미널 스테이션에서 이 데이터를 확인할 수 있다.

이제 은행 거래를 하려면 눈을 스캔해야 했고, 그것은 내 얼트에게 첫 번째 추적 단서가 될 것이다. 내가 어디 있었는지, 어디로 가는지, 어디에 있을지에 대해.

내가 다이어의 가장 비싼 스트라이커라고 해도 아무 상관없을 것이다. 어젯밤 타격 이후 서랍장에 넣어둔 지폐 몇 장 말고 나는 현금이 전혀 없었다. 나는 어느 정도는 준비되어 있을 줄 알았지만 그건 완전한 착각이었다.

코드는 내 발밑에 놓인 가방을 다시 집어 들어서 옷가지를 쑤셔넣었다.

"웨스트, 서둘러! 뭘 기다리는 거야? 네 얼트? 그 친구랑 개인적인 만남을 갖고 싶어?"

나는 간신히 고개만 저었다. 나의 분노가 코드의 분노로 옮겨가 천천히 끓어올랐다.

"아니, 나는…."

"도대체 왜 이러는 거야? 왜 아직 집에 있는 거야? 우리가 이런 이야기를 하고 있다는 것조차 어처구니없는 일이야. 어쨌건 넌 지금 시간이 없어. 휴대폰의 과제 정보를 읽어 보기는 한 거야?"

"응."

주머니 속 휴대폰의 무게가 거짓말로 인해 두 배가 된 것 같았다.

코드는 눈을 찌푸리고 인상을 썼다.

"안 읽었구나. 너는 네 얼트가 얼마나 멀리, 아니면 얼마나 가까이 사는지도 몰라. 그 친구가 너하고 달리 행동했다면 벌써 여기 와 있을 수도 있어."

"그렇게 빨리 움직이는 사람은 없어. 항상…."

"우리는 바로 움직였어. 잊었니? 우리는 곧장 내 얼트를 찾아갔어."

'그리고 룩이 죽었지.'

"그게 그렇게 평균적인 행동은 아니었어."

나는 그 날, 그 방의 기억을 밀어내며 말했다.

"초기 액티브는 대개 시간이 조금 지나서야 행동을…."

"웨스트, 너 정말 지금 그런 통계 수치를 말하고 싶니?"

코드가 시선을 내려서 내 청바지 주머니에 튀어나온 휴대폰을 보았다. 그리고 반쯤 찬 가방을 떨구고 손을 내밀었다.

"네가 읽기 싫다면 나라도 읽게 해 줘. 머뭇거릴 시간이 없어."

그가 거칠게 말했다.

나는 움직이지 않았다. 신경이 둥둥 울리며 공포에 공포를 더해 주었다. 그리드의 식당이 떠올랐다. 내가 그의 과제를 읽던 일, 내가 그에게 강요한 일, 내가 끼어들어 그의 얼트가 먼저 총을 쏘게 만든 일.

"웨스트, 휴대폰 이리 줘. 내가 사정하게 만들지 마."

그가 딱딱한 목소리로 말했다.

"오빠가 가면 읽을게. 정말이야."

내가 그에게 말했다. 내가 하는 말이 무슨 의미인지도 생각하지 않았다. 그저 그를 내게서… 내 얼트에게서 물러나게 하고 싶을 뿐이었다.

그의 얼굴이 어둡고 딱딱해졌다. 그리고 어느 때보다도 빠르게 내게 손을 뻗었다.

"코드, 그러지 마!"

나는 그를 밀었다. 나를 도우려는 그의 의지도.

그는 물러서서 두 손으로 머리를 감싸 쥐었다. 두 눈에 검은 불꽃이 튀었다.

"네 얼트가 여기 먼저 오면 아무것도 소용없어. 그러니까 어서 움직여!"

"내가 알아서 한다고 했잖아!"

내가 그에게 소리쳤다.

그는 내 팔을 세게 잡고 나직하게 말했다.

"과제를 받은 날 나는 겁에 질려서 머릿속이 하얘졌었어. 도저히 이길 수 있을 것 같지 않았어. 그때 우리더러 당장 얼트를 찾아가라고 한 게 너였어. 나도 아니고 룩도 아니고 너였어. 그 웨스트가 그립다."

그는 손을 떨구고 주먹을 쥐었다.

"너는 다시 그때로 돌아가야 돼."

코드의 말이 내 몸을 찌르고 들어왔다. 이미 다 알고 있는 사실이었다. 하지만 그렇게 해서 내가 그를 살렸을지는 몰라도, 그 때문에 룩은 죽었다.

내가 다시 차분해져서 말했다.

"괜찮아, 코드. 내가 알아서 할게… 그러니까 마음의 준비가 되면. 나는 오빠가 여기 있는 게 싫어. 필요 없어."

'상처를 줘서 떠나게 해야 돼.'

"웨스트…."

나는 그를 밀었다.

"가!"

내 목소리가 갈라졌고, 더 이상 아무 말도 할 수 없었다.

방 안의 침묵 속에 우리의 숨소리가 가득했다. 그런 뒤 그는 갔다.

나는 시간이 흐르는 걸 막겠다는 듯 가만히 서 있었다. 끝의 시작을 막겠다는 듯. 어쨌건 나도 상황을 느꼈다. 나와 나의 얼트는 서로를 끌어당기기 시작했다. 이제 가능한 결과는 세 가지뿐이었다. 나의 끝, 얼트의 끝, 그리고 두 사람 모두의 끝.

전율이 몸을 훑었고, 그 안에 가벼운 빛마저 반짝였다. 아침 해는 이제 높이 솟았고, 오후가 가까워져 갔다. 그런 뒤 저녁이 되고 밤이 되고 다시 하루가 시작되는 일이 서른 번 반복될 것이다.

앞으로 벌어질 일은 지구의 자전만큼이나 내 힘으로 막을 수 없는 일이었다.

그리고 이제 어둠이 내릴 때까지 일곱 시간도 남지 않았다.

나는 가방에 담긴 옷가지를 침대에 도로 쏟았다.

코드는 엉뚱한 옷만 넣었다. 그는 나처럼 추위를 타지 않았다. 나는 두꺼운 옷이 아니라 겹쳐 입을 옷이 필요했다. 남은 몇 주 동안 겨울이 가까워지면서 밤이 되면 기온이 뚝 떨어질 것이다.

내가 그때까지 버틸 수 있다면.

나는 따뜻한 옷들을 가방에 넣었다. 재킷으로도 입을 수 있는 모헤어 스웨터, 가벼운 방수 점퍼, 청바지. 청바지는 무겁지만 따뜻하고 질겼다. 며칠 동안 빨래나 도둑질을 하지 않아도 될 만큼의 양말과 속옷.

나는 책상에 쏟아진 펜과 붓과 물감을 집어 들고 다시 필통에 꽂았다. 그리고 스케치북도 정돈했다.

그런 뒤 무릎을 꿇고 침대 밑에서 옛날 보석 상자를 꺼냈다. 몇 년 전에 엠이 이제 이건 자기 거라고 신이 나서 말했지만, 엠이 죽은 뒤 나는 그것을 도로 가져왔고, 엠의 일부는 다시 내 것이 되었다.

나는 뚜껑을 열고 진짜 보물들을 감추려고 덮어둔 낡은 티셔츠를 밀었다.

룩의 총. 이제는 나의 총이 그 자리에 있었다. 다음 번 타격을 위해 깨끗하게 준비된 총 옆에는 돌돌 말아서 보관하는 에이브의 단검 띠가 있었다. 나는 거기에 칼들을 보관했다. 멋지지는 않지만 편리했다.

나는 아직 오빠들만큼 칼에 능숙하지 않았고, 학년 최고였던 에이브의 실력과는 더욱 비교할 수 없었다. 하지만 점점 늘고 있었다. 이제는 칼을 내리그을 때 중간에 걸려 멈추는 일도 없고, 빠른 동작 중에 손목이 경련하는 일도 없었다. 오빠들과 함께 한 많은 훈련, 그리고 스트라이커로서 해온 일, 이 모든 것이 몇 초 안에 끝날 일을 준비하는 것이었다.

하지만 조준 실력만큼은 기대 이하였다. 그것은 내가 계속 노력하도록, 안간힘을 써서 버티도록 강요하는 나의 약점이었다.

칼 한 자루를 바지 주머니에 넣고 또 한 자루를 재킷 주머니에 넣은 뒤 남은 칼을 담고 있는 단검 띠도 가방에 넣었다. 총은 재킷의 다른 주머니에 넣었다. 그것들이 내 생명을 유지시켜 줄 것이다. 먹을 것도 아니고 옷도 아니고 돈도 아니었다. 내가 마침내 얼트를 만나고 얼트가 나를 만났을 때 그런 것이 무슨 소용이겠는가?

나는 버릇대로 집안을 훑으며 불을 끄고 블라인드를 내리고 창문과 뒷문을 잠갔다. 그리고 차고에 가서 아빠의 공구들 가운데 가장 큰 것들, 조립 건축 용품, 프로그래밍 태블릿에 덮개 천을 씌웠다. 이어 자동차 진입로와 연결된 철문을 잠근 뒤, 부엌으로 돌아와 싱크대를 닦고 냉장고 구석에 있던 우유를 꺼내서 버렸다. 그런 작은 일, 평범한 일을 했다.

그걸로 끝이었다. 나는 집에 작별 인사를 했다. 그렇다고 마음이 무너져 내리지는 않았다. 그것은 이제 그냥 집인 것 같았다. 콘크리트와 나무와 석회로 만든 거주 공간. 나는 줄곧 여기서 살았지만, 이 집은 이제 거의 모든 의미를 잃고 오래 전부터 비어 있었다. 에이브의 죽음으로 시작해서 이 집은 상처가 피를 흘리듯 생명을 흘려보냈다. 마침내 더 이상 흘릴 피가 없어지자 피는 말랐고 나도 말랐다.

나는 현관문을 열고 나갔다. 그리고 암호를 눌러 문을 잠갔다.

그는 현관 계단 밑에 앉아 있었다. 나는 그를 미처 보지 못하고 걷다가 걸려서 넘어질 뻔했다. 그리고 그를 보자 온몸에 통증이 퍼졌다. 아마도 그가 떠났을 거라고 믿었기 때문이었겠지만, 그 믿음의 깊이가 나를 당황시켰다.

"코드, 여기서 뭐 하는 거야?"

나는 계단을 내려가 그를 빤히 바라보며 섰다.

그가 일어섰다.

"네가 떠날 준비가 될 때까지 여기 있는 게 좋겠다고 생각했어."

나는 가방 끈을 만지작거렸다. 벌써 가방이 무거웠다. 짐이 너무 많았다.

"무슨 근거로 내가 금방 떠날 거라고 생각한 거야? 나는 준비 됐다는 말 안 했어. 오빠는 하루 종일 기다렸을지도 몰라."

그의 얼굴에 애정과 쓸쓸함과 안타까움이 담긴 미소가 지나갔고, 그 모습은 오랫동안 내 기억을 떠나지 않을 것 같았다.

"너는 오래 전부터 준비되어 있었어, 웨스트. 잠깐 잊었을 뿐이야."

그가 말했다.

나는 뭐라고 대답해야 할지 몰랐지만 어쨌건 괜찮았다. 우리 사이의 침묵은 어색하거나 긴장된 것이 아니라 떨리고 연약한 것에 가까웠다. 우리가 함께 있다는 사실만으로도 기뻐서 다른 아무것도 생각하고 싶지 않은 애틋한 나약함.

몇 초가 지났고, 이제 끝내야 했다.

"코드, 이제 갈게…."

"이거 받아."

그가 불쑥 말하고 손을 내밀었다. 거기에는 지폐와 휴대폰이 있었다. 그리고 뭔지 알 수 없는, 길이가 한 뼘 정도 되는 얇고 검은 띠도 있었다.

"오빠 돈 필요 없어."

내가 고개를 저었다.

"필요해. 바보 같은 짓 하지 마. 최대한 많이 가져가. 고집 피우는 건 이제 너한테 아무 도움 안 돼."

"오빠가 가져. 오빠도 언제 돈 쓸 일이 생길지 몰라."

"이게 내 돈 쓸 일이야. 자꾸 따지지 말고 그냥 받아 둬, 제발."

그가 내 손을 잡고 돈과 휴대폰과 검은 띠를 손바닥에 밀어 넣었다. 그리고 내가 잡아 내린 소매에 대해서는, 그 안에 무엇이 있는지 잘 알면서도 아무 말도 하지 않았다.

"휴대폰은 뭐야? 오빠 거 아니잖아."

내가 물었다.

"그냥 집에 굴러다니던 거야. 내가… 가지고 놀던 거야. 네가 맨날 집안에 전자 기기들이 굴러다닌다면서 놀렸었잖아."

"오빠 방은 진짜로 무슨 부품 상점 같아."

그가 웃었다.

"네 휴대폰이 잘못될 때를 대비해서와 가지고 있어. 문자랑 전화하는 데는 문제없을 거야."

나는 검은 띠를 집어 들었다. 재질은 망사 비슷했다. 생전 처음 보는 아주 얇은 철사로 만든 섬세한 철망이었다.

"이건 또 뭐야?"

"암호 해제기야."

"그렇게만 말하면 어떻게 알아?"

"자물쇠를 푸는 거야."

그가 말했다.

"네가 집이나 건물 같은 데 들어가야 하거나 사람들 눈을 피해야 하면… 숨을 수 있도록."

"어떻게?"

"그걸 손목에 댄 채로 자물쇠 앞에 갖다 대. 그게 네 문신의 추적 신호를 읽고 교란시키다가 잠시 자물쇠의 암호를 망가뜨릴 거야. 신호가 고장나면 문이 열려. 억지로 여는 것보다 조용하고 빨라."

"아, 그런 것까지 생각해 줘서 고마워."

"그렇게 할 수밖에 없었어."

나는 그의 걱정을 덜어 줄 방법을 몰랐다. 그래서 암호 해제기를 쉽게 꺼낼 수 있는 가방 옆의 바깥 주머니에 넣고 지퍼를 잠갔다. 휴대폰은 가장 큰 수납 칸에 넣었고, 돈은 바지 주머니로 들어갔다. 느낌만으로도 아주 큰돈임을 알았지만 그것으로도 부족할 게 분명했다.

이제 나는 계속 그에게서 고개를 돌리고 있을 수가 없었다. 언제 다시 그를 볼 것인가? 하지만 그게 언제가 됐건 내가 원하는 것보다 이른 때일 것이다. 나는 그가 내 곁에 있는 것을 원하지 않았다. 내가 움직이는 과녁이 된 동안에는.

"그럼 가자."

그가 말했다.

나는 몸이 오싹해졌다.

"그게 무슨 소리야?"

그의 두 눈이 딱딱하게 굳은 채 햇빛에 반짝이며 내 얼굴을 탐색했다.

"나도 너랑 같이 가."

나는 웃었다. 하지만 즐거운 웃음은 아니었다.

"말도 안 돼."

"왜 말이 안 돼? 내가 여기 있을 이유가 없어."

"학교에 다녀야지. 무단결석하면 사람들이 알아."

내가 비틀거리며 일어섰다.

코드는 어깨를 으쓱하고 말했다.

"나는 열다섯 살이 넘었어. 행정실에 취업했다고 말하면 돼."

그리고 그는 숨을 깊이 들이마시고 말을 이었다.

"그리고 룩도…"

"또 룩이야? 내가 말했지. 룩 오빠 때문에 그럴 필요 없다고. 나는 오빠가 이러는 거 싫어."

그 말이 입을 떠나는 순간에도 내 머릿속에는 룩의 부탁이 맴돌았다. 코드를 멀리 두지 말라고, 그를 외면하지 말라고 하던 부탁.

나는 가슴에 손을 댔다. 그 목소리를 떠올리면 어김없이 고통이 따라왔다. 그리고 내가 결국 룩과 약속을 지킬 수 없을 거라는 사실은 더 힘들었다.

'미안해, 오빠. 하지만 오빠는 이미 떠났고, 코드는 안 떠났어.'

"룩은 너 혼자 가는 걸 싫어할 거야. 불가피한 경우가 아니라면. 그리고 웨스트… 나는 룩에게 약속했어."

코드가 말했다. 그 갈라진 목소리에는 내 머릿속과 똑같은 기억과 약속이 가득했다.

"룩이 죽을 때 약속했어. 어떻게 내가 지금 그 약속을 저버릴 수 있겠니? 나는 또 다시 일을 그르칠 수 없어. 그러니까 너하고 같이 갈 거야."

나는 그 목소리를 알았다. 그리고 내가 조금 더 상처를 주어야 한다는 것도 알았다. 코드가 아무리 고집이 세다 해도 나와 비교할 수는 없었다. 그리고 나는 지난 몇 달 사이에 거짓말 실력이 많이 늘었다.

"좋아."

나는 고마움이라고는 털끝만큼도 담기지 않은 목소리로 말했다. 그는 그런 것을 예상하고 있을 테고, 나는 그에게 의심의 여지를 줄 수 없었다.

"그럼 여기서 잘 감시하고 있어. 나는 안에 들어가서 오빠가 쓸 가방을 가지고 나올 테니까. 설마 둘이 다니면서 이걸 나 혼자 다 들고 다니라는 건 아니겠지."

"시각."

코드의 시계가 즉시 기계음으로 숫자를 말했다. 오전 11시가 다 되었다. 나는 내 손목에 찬 룩의 시계를 생각했다.

그는 내가 벌써 두 시간을 낭비했다는 데 인상을 쓰고 말했다. "좋아, 하지만 서둘러. 꾸물거리다가 당하면 안 돼."

나는 자제력을 발휘해서 그를 돌아보지 않았다. 내 얼굴에 분명히 적혀 있었을 것이다. 그가 몰랐던 것, 알 수 없었던 것, 나에게는 이것이 작별이라는 것이.

나는 집으로 들어가서 바로 다시 밖으로 나갔다. 이번에는 뒷문으로. 잠시라도 멈췄다가는 그대로 코드에게 돌아가서 누군가 하나(나의 얼트와 나, 그리고 가운데 낀 코드 중에서) 죽을 때까지 그의 어깨를 잡고 놓지 않았을 것이다.

나는 뒷문으로 나가서 문을 잠그고 조용히 마당을 가로질러 뒤 울타리로 갔다.

왼쪽에서 세 번째 널. 내가 아직도 그걸 기억한다는 게 놀라웠다.

나는 손가락으로 세었다. 하나, 둘, 셋. 세 번째 삼나무 널이 살짝 흔들렸다. 그것은 다른 것들보다 헐거웠다. 옛날부터 그랬다. 나는 그 널을 밀어 울타리에 틈을 냈다. 틈은 폭이 45센티미터 정도밖에 안 됐지만 비집고 나갈 만했다. 비집고 나가는 것밖에 방법이 없었다.

　그러다 한 순간 공포스럽게도 틈새에 막혔다. 가방의 양옆이 걸린 것이다. 하지만 그것을 살살 움직여 통과시킨 뒤 헐거운 널을 제자리에 돌려서 울타리를 다시 온전한 모양으로 만들었다.

　나는 이웃집 마당을 뛰어갔다. 가지 위에 놀이집이 있는 큰 사탕단풍나무를 지나고, 집 옆쪽을 지나고, 집 앞에 뒤엉킨 덤불을 뚫고서 전혀 다른 길로 나왔다. 코드는 마냥 기다리지 않을 것이다. 내가 왜 그렇게 오래 걸리는지 집 안으로 들어가 볼 것이다. 나는 그에게 들키는 위험을 감수할 수 없었다.

　길을 달리는데 눈이 불타올랐고 눈물로 앞이 뿌예졌다. 비명을 참느라 목구멍도 뜨거웠고, 심장은 고통으로 조여들었다.

　'미안해, 코드 오빠. 나하고 있으면 위험해. 내게서 떨어져 있어야 해.'

Chapter 5

이제 열흘 남았다.

나는 가늘고 구슬픈 전투기 소리에 잠에서 깼다. 장벽 너머 멀리서 울리는 소리, 아마 수백 킬로미터는 떨어져 있을 것이다. 그저 일과처럼 울리는 소리일 뿐, 그만한 크기와 거리로는 커시를 전투태세에 돌입시킬 수 없었다.

눈을 떴을 때 하늘은 이미 빛이 가득했다. 겨울 아침의 우중충한 회색 빛. 그래도 빛은 빛이었다.

너무 오래 잤다.

나는 천천히 몸을 일으켰다. 내 다리는 밤새 추위와 불편한 취침 자세로 뻣뻣했다. 트럭의 운전칸은 여러 가지 장비 때문에 몸을 뻗을 공간이 별로 없었다.

하지만 그곳은 안전하고 돈이 적게 들었다. 창고 주인을 설득하는 일은 어렵지 않았고, 나는 그가 돈을 받고 뒷마당의 배달 트럭을 액티브에게 숙소로 제공한 것이 처음이 아니라는 걸 알았다.

차에서 내리기 전에 나는 자동적으로 재킷 주머니를 훑어서 총이 있는지 확인했다. 그리고 반대편 주머니의 칼을 더듬었다. 바지의 칼도 그대로 있었다. 가방으로 손을 뻗자 가방 꼭대기에 놓인 테이프를 칭칭 감은 꾸러미에 손이 닿았다. 내가 잠들 때는 없던 것이다.

나는 입을 다문 채 말 없이 코드를 욕했다. 그가 이런 일을 할 때면 나는 언제나 그랬다. 나를 쫓아와서가 아니라 이런 일을 이렇게 쉽게 할 수 있다는 것이. 그는 어떻게 이럴 수 있는 걸까?

코드의 기술 관련 지식을 무시하면 안 될 것이다. 휴대폰에 기본 기능만 있다는 게 사실이라고 해도 그는 어떻게든 기술을 활용했을 것이다. 하지만 내가 아는 한 추적 프로그램 비슷한 소프트웨어도 없었다. 그가 다른 수단 없이도 나를 이렇게 쉽게 추적한다면, 나의 얼트도 그럴 수 있을 것이다.

나는 그런 생각이 자리를 자리잡기 전에 얼른 밀어냈다. 공포를 짜증으로 만들었다. 그 편이 더 쉬웠다. 코드와 그의 꾸러미.

나는 그의 배려가 고맙고도 싫었다. 그가 위험을 무릅쓰고 내 곁을 벗어나지 않고 있었기 때문이다. 나는 그가 지금도 적당한 거리에서 나를 보고 있는 건 아닐까 의심하면서 꾸러미를 뜯었다.

꾸러미에는 두 가지 물품이 들어 있었다. 현금과 완전히 충전된 휴대폰이었다. 그는 언제나 그렇듯이 섬뜩할 만큼 타이밍이 완벽했다. 쓰던 휴대폰은 사실상 꺼져 있었다. 데이터를 옮기는 데는 몇 초면 되었다. 쓰던 휴대폰을 깨끗이 지운 뒤 나는 그것을 나중에 재활용할 용도로 가방 바깥 주머니에 던져 넣었다. 새것은 안전하게 안에 넣었다. 현금은 반으로 나누어서 반은 가방에 넣고 반은 몸에 지녔다. 그게 코드의 돈이라는 것도 신경 쓰지 않았다. 몇 주일 동안 도망 다니다 보니 그런 것을 꺼릴 처지가 아니었다. 나는 그 돈으로 내게 필요한 옷과 음식을 살 수 있었다.

시각을 묻자 시계가 8시 15분이라고 답을 했고, 자칫하면 늦을 수 있다는 것을 깨달았다. 어젯밤에 받은 작업 정보에 따르면, 내가 원하는 곳에서 타격을 수행하려면 지금 떠나야 했다.

나는 지저분한 머리를 후드에 우겨넣어 적당히 사람 꼴을 갖추고 트럭에서 내려 가방을 어깨에 멨다. 그리고 그리드의 우중충한 아침 출근 인파, 갈 곳이 있고 있을 곳이 있는 사람들의 물결을 뚫고 지나갔다.

그리고 중간에 한 번 서서 내 위치를 파악하고 제대로 가고 있는지 확인했다.

한 블록을 간 뒤 방향을 바꾸어 한 블록을 내려갔다. 시간 계산이 맞으면 가게 문 여는 시간에 맞출 수 있을 것이다. 제대로 해야 했다. 기회는 1분 정도밖에 없을 것이다. 그가 차에서 내려서 부모님의 가게 뒷문으로 들어갈 때까지 그 정도 시간이 걸릴 것이다. 나는 고객이 보낸 얼트 정보를 아주 여러 번 읽어서 잠을 자면서도 읊을 수 있을 지경이었다. 특히 얼트의 일과 부분이 그랬다.

그는(우리는) 열여덟 살이고, 그는 캘든 구의 리어 앤드 요크 변호사 사무실에서 실습 중임. 오전에는 제스로 구 매서스 로에 있는 트위드 문구점에서 아르바이트를 함. 현재 두 가지 전망을 갖고 있음. 리어 앤드 요크 변호사 사무실은 그가 컴플리션을 마친 뒤의 직업 계획을 알고 싶어 함. 그의 아버지는 아내와 조기 은퇴를 하고자 하기 때문에 아들이 트위드 문구점에 전념하기를 바람.
나흘 동안 추적했는데, 그는 피곤해서 동일한 행동 패턴을 보이는 것도 피하지 못함.

그의 자동차는 검은 버브 해치백이고, 차량 번호는
C4D9P7X7임.
그가 선택한 무기는 총임.

나는 파란 신호를 받고 길을 건넜고, 출렁거리는 머리의 바다
너머로 그가 일하는 상점을 보았다.
상점 창문에 새긴 바에 따르면 트위드 문구점은 한쪽 구석에
구식 종이 인쇄기를 갖추고 있고, 특별 제품을 생산하기도 하는
복합 점포였다. 고풍스런 매력이 있었고, 나는 그런 가게의 상쾌
한 직물과 유약과 잉크 냄새 속이라면 몇 시간도 보낼 수 있었다.
하지만 이제는 불가능하다. 지금 나는 다른 인생, 다른 시간을
살고 있다.
블록을 돌아 문구점 뒷골목으로 가 보고서야 이 일이 얼마나
힘들지, 움직일 공간이 얼마나 좁은지를 깨달았다. 그리드의 이
지역에는 소규모 폐기물 처리장이 흔했고, 구청은 때로는 몇 달
이 지나서야 그곳들을 청소했다. 이 골목에는 버린 차가 가득했
다. 골목 양옆을 찌그러지고 부서진 차량이 빼곡히 덮고 있었다.
이미 빨갛게 녹이 슨 차들은 콘크리트 정글의 노을같이 보였다.
나는 고물 냄새가 강하게 나는 자동차 두 대 사이에 웅크려 앉

왔다. 문방구 뒤쪽의 작은 마당을 바라보는 이 자리가 최고의 타격 시야를 제공해 주는 지점이었다.

"시각."

내가 어깨의 가방끈을 조이며 물었다.

08:42. 그가 오기까지 18분 남았다. 가게가 9시에 문을 열었기 때문이다.

그런데 그때 대형 견인차가 느린 속도로 다가왔다. 그 뒤로 두 번째, 세 번째, 네 번째 견인차가 왔다. 그 차들은 내 바로 앞에 와서야 시동을 껐다. 이제 여기서는 트위드 문구점을 볼 수 없었다. 나는 견인차 네 대에서 남자 네 명이 내려서 요란한 소리를 내며 견인할 차들에 고리를 거는 모습을 놀란 눈으로 바라보았다.

스트라이커가 마지막 순간에 불가피한 사정으로 물러나는 경우가 있는지 없는지 몰랐지만, 내가 그 첫 번째 사례가 되고 싶지는 않았다. 이 문제를 해결하지 못한다면… 만약 내가 나의 얼트에게 이런 식으로 허를 찔리고 그것을 극복하지 못한다면….

"시각."

나는 일어서면서 주변을 다시 한 번, 두 번 훑어보았다. 눈높이의 시야에서는 더 이상 작업하는 게 불가능했다. 나는 고개를 들어 주변 건물의 지붕을 보았다.

08:47.

13분이 남았고 나는 절박해졌다. 목구멍이 바짝 말랐고, 필사적인 눈길로 사방을 살피자 마침내 적절한 장소가 보였다.

트위드 문구점 뒷마당과 대각선 방향에 있는 4층 건물의 비상계단. 계단은 관리 소홀인지 일부러 그런 것인지 접합부가 일부 떨어져 있었지만, 지붕까지 올라가는 데는 문제없었다.

나는 강철 고물들의 좁은 미로를 뚫고 올라갔다. 골목 전체가 시끄러워서 누구도 나를 알아차리지 못했다. 나는 가까이 있는 차의 지붕을 밟고 그 계단에 내려서서 위로 올라갔다.

"시각."

멀어지는 땅을 보며 소리쳤다. 목은 아직도 바짝 말랐다. 이전까지 이렇게 어설픈 상태로 타격을 한 적이 없다는 사실 때문에 더욱 그랬다. 이렇게 준비 없이, 기초 작업 없이, 시야도 파악하지 못한 채.

08:51.

발에 어젯밤의 비로 축축하고 가운데가 살짝 패인 진회색 평면 지붕이 닿았다. 나는 가장자리로 달려가서 아래를 내려다보았다. 바닥까지는 12미터에서 15미터 정도의 거리였고, 거기서 가게까지 다시 6미터였다. 평소보다 먼 거리였지만, 문제가 될 만큼은 아니었다.

골목의 견인차 기사들은 천천히 견인차에 차를 연결하는 작업을 계속했다.

그때 지저분한 검은색 버브 해치가 골목으로 들어왔다. 그것이 내 앞을 지나 트위드 뒷마당으로 들어설 때 나는 총을 꺼내서 조준했다.

차량 번호 C4D9P7X7. 맞다.

차에서 내리는 사람은 내 고객의 사진과 똑같은 생김이었다. 나이는 열여덟 살보다 많아 보였고, 얼굴에 아직 잠이 묻어 있으며, 갈색 머리는 성글고 또 그의 골격만큼이나 가늘었다. 그리고 검은 바지에 회색 셔츠, 남청색 점퍼 차림이었다.

그의 총은 엉덩이에 느슨하게 늘어진 총집에 들어 있었다. 총집은 그가 내 쪽으로 돌아설 때 빙글 흔들렸다가 그가 자동차 트렁크를 향해 걸어갈 때 그의 몸에 다시 부딪혔다. 머리는 노출되어서 취약했다.

강하고 차가운 바람에 내 긴 머리카락이 후드 밑에서 풀려나와 얼굴 옆면과 입술을 때렸지만 신경쓰지 않았다.

그리고 내 총알이 포효했다. 그것은 불붙인 로켓처럼 공중을 가르고 날아갔다. 그리고 정교한 진동 속에 그의 머리 옆면을 스쳤다. 그는 비명을 지르며 무릎으로 쓰러져서 상처에 손을 댔다. 다른 손은 이미 총을 찾고 있었다.

나는 그와 나 사이의 거리가 내게 익숙한 정도보다 멀다는 사실을 고려해야 했다. 거리가 길어지면 총알은 바람의 영향으로 경로가 휠 수 있었다. 또 중력의 영향도 커졌다.

하지만 나는 그것을 고려하지 못했다. 놓치고 말았다. 2~3센티미터 차이였지만, 어쨌건 그 차이로 표적을 빗나갔다.

나는 배 속이 뒤엉키는 것을 느끼며 다시 총을 쏘고 또 쏘았다. 마침내 그가 조용해졌다.

한동안 사방이 조용했고, 나는 타격사건 같은 건 없었던 척할 수도 있을 것 같았다. 더 잘 계획하고 더 잘 조준하고 더 잘 쏠 수 있는 기회가 아직도 있는 척.

아래쪽 일꾼들의 고함 소리가 나를 현실로 불러왔고, 나는 주머니에 총을 넣고 비상계단을 내려왔다. 깔끔하지 못한 작업이었지만, 어쨌건 마무리를 위해 죽음을 확인해야 했다.

골목을 걷는 내 등에 일꾼들의 눈길이 꽂혔다. 그들이 다시 자동차 시체들을 엮으러 가는 동안에도 '스트라이커'니 '컴플리션'니 '흉악범'이니 하는 소리가 들렸다. 모퉁이 저편 도로에서는 경적이 요란하게 울리고, 인도에는 구둣발 소리가 바빴다. 하루는 흘러갔다. 삶은 계속되었다.

나는 시체에 다가가서 피가 묻지 않도록 조심하며 맥박을 확인했다. 맥박이 느껴지지 않자 눈꺼풀을 들어 보았다. 눈동자가 깨끗했다. 과제 번호는 사라졌다.

고객에게 잔금을 청구하는 문자를 보내는 일은 단 몇 초로 끝났다. 구청 후처리 팀에게 연락할 것을 상기시키는 일도 마찬가지였다.

뒤로 돌아서는데 아직 덜 식은 그의 차 엔진에서 온기가 느껴졌다. 나는 그 온기에 손을 대지 않을 수 없었다. 그것은 공중의 냉기와 내 안의 냉기를 막아 주는 축복처럼 느껴졌다.

'가, 여길 벗어나.'

골목길 맞은편에 있는 코드의 모습에 깜짝 놀라서 나는 발을 헛디딜 뻔했다.

그는 내가 현장을 떠나는 모습을 보고 있었다. 그의 뒤에는 공장의 배기가스와 스모그로 더러워진 낡은 건물이 우중충하게 서 있었고, 덕분에 그의 모습이 더욱 도드라졌다. 나는 그가 언제부터 거기 있었는지 몰랐다. 또 어디까지 보았는지도.

그가 내 타격 모습을 보았다고 생각하자 마음이 불편해졌고, 그것은 죄의식에 가까워졌다. 나는 그 느낌, 미끄러운 물체가 어딘가에 달라붙으려 하는 것 같은 께름칙한 느낌을 세차게 털어냈다. 내가 스트라이커라는 사실을 그가 어떻게 생각하건 신경 쓰지 말아야 했다. 아니 코드 자체에 대해 신경 쓰지 말아야 했다.

나는 몸을 웅크린 채 그에게 눈길을 주지 않고 걸어갔다. 내가 모른 척하고 가려는 것을 깨닫고 코드는 다가와서 내 앞을 가로막았다.

"가까이 오지 마, 코드."

내가 그에게 말했다. 나는 그를 피해서 큰길로 나갔다.

그가 따라왔다.

"내가 그럴 수 없다는 걸 너도 알잖아."

그는 잠시 말을 멈추었다.

"5분만 같이 걸으면 안 될까?"

"아니, 내 생각에는……."

그가 내 팔을 잡았고, 그 손은 말투와 달리 놀라울 만큼 부드러웠다.

"좋아, 네가 어쨌건 생각을 한다니 기쁘다. 나하고 이야기 좀 해. 하지만 여기서는 안 돼. 후처리 팀이 바로 올 거야."

그러니까 그는 내가 사람을 죽이는 것을 보았다. 이제 그가 나를 예전의 모습으로는 볼 수 없다는 사실, 내가 뭐라 말할 수 없는 새로운 수렁에 빠졌다는 사실이 내 가슴을 뒤틀었다.

우리는 인파에 갇혔고, 흐름에 휘말려 길을 갔다. 나는 우리가 사람들 눈에 띄지 않는지 신중하게 주변을 둘러보았다.

나는 빨리 머리를 굴렸다. 그리고 그와 거리를 두어야 한다고 느끼며 말했다.

"룩은 죽었어. 오빠가 내 곁에 있는지 없는지도 몰라."

코드는 한숨을 쉬고, 손을 내려서 내 손 근처에 댔다.

"포기해, 웨스트. 그 말은 너무 많이 들어서 이제 하나 마나야."

나는 다시 시도했다.

"진심으로 하는 말이야. 나 좀 그만 따라다녀. 오빠가 실수를 해서 나한테 그 애를 불러다 주면 어떻게 해?"

코드는 고개를 저었다.

"네 얼트가 나를 본다고 그게 무슨 문제야? 그 친구가 나를 궁금해 할 이유는 없어."

그는 나를 내려다보더니 긴장된 손으로 나를 잡아당기며 말했다.

"네 얼트를 보았어, 오늘 아침 일찍."

나는 배 속이 뒤틀렸다. 순간 몸이 얼었다.

"그게 나인지 내 얼트인지 어떻게 알아?"

내가 말했다. 그 목소리는 내 귀에도 희미했고, 사방의 말소리 때문에 잘 들리지 않았다.

"알아."

그는 그렇게만 말했다.

"우리는 똑같이 생겼어."

나는 그의 손을 떼어냈다. 그가 다시 너무 가까이 왔다. 나는 두 팔로 내 몸을 감쌌다.

"아니면 오빠가 착각할 만큼 비슷하게 생겼어."

"네 얼트는…"

그가 미소 지었지만, 그것은 그의 진짜 미소의 모조품 같았다.

"믿거나 말거나 너보다 더 눈이 차가웠어. 지금 네가 나를 보는 그 시선보다."

나는 얼굴을 찌푸렸다.

"아이고, 고마워라."

"네 얼트는 너보다 한 수 위야, 웨스트. 너는 그리드를 벗어나야 돼. 제스로 구를 아예 떠나야 돼. 네가 얼트를 잡을 방법을 찾기 전에는."

그러다 여자 속옷 가게 앞에 이르자, 나는 그 기회를 잡아 가게 안으로 들어갔다. 나는 코드가 나를 따라 들어올 것을 알았다. 그의 고집은 그럴 게 분명했다. 하지만 어색함에 오래 버티지 않기를, 그가 말한 5분을 스스로 줄이기를 바랐다.

"그게 나한테 하고 싶은 말이야? 다른 건 없어?"

내가 검은색의 얇은 브래지어 진열대를 훑으며 말했다. 가게 벽의 긴 거울에 우리 둘의 모습이 비쳤다. 어쩌면 우리는 그저 데이트하는 사이로 보일 것 같기도 했다.

코드는 나를 빤히 바라보았다. 하지만 안타깝게도 그 얼굴에 당황한 기미는 없었다. 그가 잘 감추는 건지도 모르지만.

"나는 너에게 네 얼트가 여기 그리드에 있다는 걸 알려주었어. 나는 그게 중요한 정보라고 생각했어."

"알려줘서 고마워. 더 이상 할 말 없으면…."

나는 얇은 속옷을 들어 가슴에 댔다.

"너는 지금 액티브가 된 상황에서 어떻게 계속 일을 받는 거니?"

그가 말했다. 성난 목소리도 아니었다. 그저 이해할 수 없다는, 배신감마저 느끼는 목소리였다.

"돈 때문일 리는 없어. 휴대폰 이체 대신 현금으로 돈을 받을 리도 없잖아. 나조차 스트라이커가 고객을 직접 만나지 않는다는 걸 알아. 게다가 돈이 더 필요하면 그저…"

"나는 오빠 돈 필요 없으니까 이제 그만 줘."

나는 다른 손님들과 점원을 의식하고 브래지어를 그의 눈앞에 들어올렸다.

코드는 신경질적으로 그것을 쳤다.

"밥은 먹어야 되잖아."

"오빠가 신경 안 써도 돼."

사실 나는 액티브가 되면 위원회에 등록된 매점에서 먹을 것을 사야만 하는 구조를 생각하며 잠시 망설였다. 거기서 눈을 스캔하면 할인 가격에 식품을 살 수 있지만 그 사실이 자동적으로 얼트 로그에 올라간다. 나는 코드의 돈으로 좀 더 편안한 식당에서 밥을 먹고, 눈 스캔도 피하고 있다는 것을 알고 있었다.

"하지만 오빠 말이 맞아. 돈은 필요해. 고마워."

잠시 침묵이 흐른 뒤 그가 물었다.

"휴대폰은 어떻게 된 거야? 무슨 문제 있어?"

나는 고개를 저었다. 그의 목소리가 긴장되었고, 나는 내가 휴대폰을 주로 다이어와 스트라이커 고객들과 연락하는 데 쓰고 있기 때문이라고 짐작했다. 그러니까 코드 자신 말고는.

"아니, 문제없어."

내가 말했다. 그리고 특히 얇은 브래지어를 들어 공중에 흔들

183

었다.

하지만 그는 내 행동에 아랑곳하지 않고 내 얼굴에 완전히 집중했다.

"그러면 네가 왜 아직도 일을 받는지 말해 줄 수 있니? 나는 네가 과제를 받으면… 네가 룩에게 일어난 일을 받아들일 수 있게 되면… 스트라이커 생활에 대해 생각을 바꿀 줄 알았어."

나는 그에게서 두어 걸음 물러나서 보란 듯이 아주 야릇한 레이스 팬티들 앞으로 갔다. 내 손은 투명한 섬유들 속에서 덜덜 떨렸다.

"베어 선생님 말씀대로야. 이건 내가 받을 수 있는 최고의 훈련이야. 이걸 외면할 필요가 뭐가 있지?"

"웨스트, 그만하면 너는 충분히 배웠어. 이제 네가 죽여야 하는 건 네 얼트야. 그러니까 현실을 회피하지 마!"

"나는 현실을 회피하는 게 아니야. 그저 일을 천천히 할 뿐이야!"

"살인을 계속하는 게 어떻게 일을 천천히 하는 거니?"

목소리의 어조가 드디어 그의 눈빛과 같아졌다.

그 표정은 가슴 아팠다. 극심한 혼란, 분노, 상처가 섞여 있었다. 그 모든 것을 일으킨 게 나라는 사실이 괴로웠다. 우리 둘이 이런 일을 만들었다는 것이. 룩의 죽음 이후 일어난 모든 일이 우리를 낯선 사람으로 만든 것 같았다. 처음 만나는 모르는 사람처럼.

"다른 일은 생각하고 싶지 않기 때문이야."

내가 말했다. 머릿속에 둔중한 포효가 일었다. 두 손이 주먹을 꽉 쥐어서 섬세한 섬유를 다루기에는 너무 거칠어졌다.

"내가 더 일찍 스트라이커가 되었다면 나는 모두의 일을 해결할 수 있었을 거야. 오빠의 얼트도. 그러면 룩은 그렇게 죽지 않았을 거야."

코드는 내 주먹을 풀고 자기 손에 감싸 쥐었다. 그리고 손목을 덮은 내 소매를 내려다보았다. 엄지손가락이 새로 뚫어 놓은 소매 구멍으로 빠져나와 있었다.

그가 조용히 말했다.

"이제는 네 일이야. 다른 사람들도 아니고 나도 아니야. 너는 언제나 네 차례가 되면 달아나거나 숨지 않을 거라고 했어. 나는 다른 사람은 몰라도 너는, 더군다나 이런 일을 하고 있으니 시간이 별로 없다는 걸 알 줄 알았어."

그는 고개를 숙이고 내 턱을 들어올렸다.

"열흘 남았어, 웨스트. 열흘밖에 없어."

그가 날짜를 세고 있다는 것은 전혀 놀랍지 않았다.

"열흘 동안만 나를 참아 줄 수 없겠니?"

코드가 물었다. 낮고 부드러운 목소리가 나를 약하게 했다.

그때 내 눈이 맞은편 벽의 거울에 닿으면서, 내 얼굴과 코드의 뒤통수, 그의 넓은 어깨와 기울인 등이 보였다. 그런데 내 모습이 내가 아니라 나의 얼트로 보였다…. 그를 해치고 죽일 수 있을 만큼 가까이 다가온 나의 얼트로.

나는 다시 그런 실수를 저지를 수 없었다.

나는 몸을 빼고 말을 더듬었다.

"가, 가야 돼."

그는 절망에 턱이 굳었다.

"웨스트……."

"안 돼."

나는 물러서면서 두 손을 뻗어 그를 막았다. 그가 내게 손을 대는 것이 싫었다. 나는 지금 유리였다. 내게 금이 가는 게 느껴졌다.

"가야 돼. 안녕, 코드."

나는 가게를 나가서 금세 군중 속에 섞여 들었고, 내 머릿속에서 울리며 나를 끌어당기는 그의 목소리를 차단하려 했다. 그렇다고 앞으로 얼마간의 시간이 덜 힘든 건 아닐 것이다. 스트라이커 일이 없는 빈 시간들이 가장 힘들었다. 그럴 때면 표면 아래

잠복한 기억들이 너무도 잘 깨어났다.

코드의 말이 맞다면 나는 이미 한 곳에 너무 오래 있었다. 다시 떠나야 할 때, 웨스트 그레이어를 버리고 다른 사람이 되어야 할 때였다.

'너는 그리드를 떠나야 돼.'

갑자기 코드에 대한 분노가 폭발하더니 매순간 증폭해서 나는 어디로 가는지도 신경 쓰지 않고 맹목적으로 걸었다. 나는 내 얼트가 이곳에 있다는 걸 알고 싶지 않았다. 이미 한 번 집을 떠났는데, 그는 다시 여기를 떠나라고 하고 있었다. 그리드는 내가 아는 모든 것이었다. 내 얼트가 나를 여기서 쫓아낸다면 나는 끝일지도 몰랐다.

그러다 마침내 거기가 어디인지 깨달았을 때, 나는 그곳을 외면할 수 없었다. 내 앞에 우람하게 선 블록 하나만큼 큰 건물이 나를 끌어당기고 있었다.

커시의 터미널 스테이션. 지난날 1급 요원들이 액티브 얼트들의 안전한 거처로 그 시설을 구상해 냈다. 거기에는 식사와 잠자리가 있었다. 하지만 눈을 스캔하지 않고는 들어갈 수 없기 때문에 건물 자체가 죽음의 덫이 될 수 있었다. 그곳은 서로를 파악하고 충돌하는 지점, 잠재적인 만남 공간이었다. 터미널에 들어가면 자신의 얼트와 맞닥뜨릴 위험이 크게 높아졌다. 컴플리션의 절반가량이 이곳에서 이루어졌다.

여기 오는 얼트들은 양극단의 무리였다. 자기들이 어떻게 해도 결국 죽을 거라고 생각하는 부류와 자신감으로 충만한 부류, 즉 자신이 가치 있는 쪽임을 믿어 의심치 않는 부류였다. 내 얼트가 터미널에 들렀다면 그리고 지금 거기 있다면 자신감 넘치는 부류, 의심도 두려움도 없는 부류이기 때문일 거라고 확신했다.

과제가 시작된 후 터미널에 이렇게 가까이 온 것은 처음이었다.

나는 몇 분 동안 거기 서서 망설였다. 그것은 건강하지 않은 호기심, 그러니까 교통사고를 생각할 때 이는 호기심 같은 것을 불러왔다. 비밀스런 걸음과 숫자가 새겨진 눈을 가진 수많은 액티브 얼트가 터미널 앞을 지나쳤다. 하지만 그 중 일부만이 안으로 들어갔다.

배가 꼬르륵거려서 나는 큰길에서 두 블록 떨어진 가게로 갔다. 그리고 샌드위치를 사서 도로가 내다보이는 부스에 앉았다. 풍경이 살짝 찌그러져서 창문이 방탄유리라는 걸 일깨워 주었다. 식사에는 여러 번 우려낸 밍밍하고 쓴 차를 곁들였다. 차를 한 모금 삼킬 때마다 코드가 생각났지만, 나는 그가 내 옆에 앉아 있다는 상상을 막으려고 했다.

어느 순간, 미술 대학 학생들이 들어왔다. 그들은 큰 유리창 안쪽에 앉아서 주변을 신경 쓰지 않고 먹었다.

내게 질투심을 일으키는 것은 내 또래의 컴플릿들이었다. 나는 그들을 바라보았다, 내 손끝 너머의 인생. 캠퍼스 상점에서 산 가죽 가방들이 의자에 걸리고, 그 가방에는 교과서와 소설, 그리고 온갖 지식을 담은 플렉시리더가 가득했다. 그들은 완전히 다른 세계의 냄새를 풍겼다. 컴플릿이 되어 마침내 진정한 삶을 허락받은 세계, 다시는 자신과 똑같은 얼굴이 자신을 죽이려고 달려드는 모습을 보지 않아도 되는 세계.

나는 부드러운 낙타 가죽으로 만든 갈색 가방을 들 것이다. 그 가방은 아마도 무거울 것이다. 미술 책, 기술 책, 수업 과제면서 내가 좋아하기도 하는 작가들의 소설을 넣고 두꺼운 화첩도 들어 있겠지. 파스텔과 물감도 있고, 모든 물건에 시너 냄새가 배어 있을 테고… 거기 칼 뭉치는 없을 것이다. 만약을 위해 준비한 더러운 옷 꾸러미도 없다. 과제 정보가 담긴 휴대폰도, 총도 없고, 절망의 냄새, 연기 냄새, 마른 피의 냄새도 없을 것이다.

질투에 미움이 스며드는 데는 그리 오랜 시간이 필요하지 않았다. 나는 그들이 밉고 나 자신이 미웠다. 내가 살아남아 컴플릿이 된다 해도 스트라이커 문신은 사라지지 않을 것이다. 내 선택을 물릴 수는 없었다.

식사를 마친 뒤 나는 더 이상 물품 구입을 미룰 수 없었다. 가게는 세 블록을 가서 모퉁이를 돈 뒤 다시 한 블록을 간 곳에 있다. 나는 총알이 필요했다.

위쪽의 유리 간판은 불이 반만 들어왔다. 글씨는 다 부서져서 잘 보이지 않았다. 다이어는 내게 그곳을 이용하라고 했다. 물건도 물건이지만, 그곳에서는 많은 것을 눈감아 주었기 때문이다. 내가 실수로 한 번 문신을 드러냈을 때 아무도 신경 쓰지 않는 것을 보면서, 나는 적어도 이 가게에서는 자유롭다는 것을 알았다.

이번에 나는 스트라이커로서 뿐만 아니라 액티브로서 그곳에 갔다.

그곳은 평소처럼 우중충했다. 공기가 다 빠져나가고 빛도 꺼진 것 같았다. 총을 파는 가게가 평범하기는 힘들 것이다. 총을 사는 목적은 아주 분명하기에 그들의 손님은 어쨌거나 잔혹한 의도를 품은 사람들이었다.

점원은 언제나 같은 노인이었다. 그는 아는 내색을 하지 않았지만 나를 알 것이 분명했다. 뛰어난 장사꾼은 거듭 구매하는 골수팬을 아는 법이다. 그리고 나처럼 어린 나이의 스트라이커는 거의 없었다.

나는 그와 눈을 마주치지 않고 그의 뒤쪽 벽을 가리켰다.

"저거 두 상자요. 안쪽 두 번째, 위에서 세 번째 줄이요."

그는 아무 말도 없이 총알 상자를 꺼내서 우리 사이의 카운터에 놓았다.

그러자 나는 마침내 고개를 들어 그에게 나의 액티브 상태를 알렸다.

그의 눈은 가볍게 한 번 반짝였지만 그게 다였다. 그의 침묵 속에서 나는 천천히 지폐 두 장을 내밀었다. 하나는 지금 산 물건 값이었고, 더 비싼 지폐는 이때를 위해 아껴두었던 것이다.

그는 현금을 받아들고 내게 상자들을 내밀었다. 여전히 말은 없었다.

나는 덜덜 떨리는 손으로 문을 열고 나갔다.

밤을 생각하자, 그날 밤 어디서 잘지 계획이 없다는 것을 깨달았다. 얼트가 그리드에 있으니 나는 이를 악물고 제스로 구 교외로 가는 기차에 탔다. 눈 스캔을 하면 무료 승차권을 받을 수 있었지만 요금을 다 내고 탔다. 내가 떠나는 것은 얼트가 아니라 코드 때문이라고 생각하고 싶었지만, 두려움도 명백히 한몫 하고 있었다. 나는 쫓아야 하는 시점에 쫓기고 있었다.

기차에서 내리니 창백하고 활기 없는 세계가 나타났다. 소음도 그리드의 끊임없는 고함에 비하면 작은 속삭임처럼 느껴질 정도였다. 움직일 공간도, 누군가의 날숨이 아닌 진짜 공기를 마실 수 있는 공간도 더 넓었다.

과제를 받은 날 집과 코드를 피해 달아난 이후 이곳은 처음이었다. 거리가 낯설게 느껴졌다. 그리고 정신없는 그리드보다 이곳의 넓은 공간에 더 무방비 상태가 되는 느낌이 들었다.

천천히 지는 태양을 바라보며 거닐다가 어느 뒷길과 나란히 뻗은 협곡에 맞닥뜨렸다. 나는 그리 내려갔다. 협곡은 보기보다 깊었고 상록수들은 아직 향기로웠다. 이 은신처를 발견한 게 내가 처음은 아니었다. 길가에는 나뭇가지가 꺾이고 풀들이 밟히고 쓰레기가 버려져 있었다. 하지만 지금 나는 혼자였다.

협곡 바닥의 나무들이 빽빽한 나뭇잎 지붕을 이루었다. 어둠을 기다리기에 꼭 알맞은 장소였다.

나는 가방을 열고 단도 띠를 꺼내서 접이칼을 골랐다. 그리고 손목을 흔들었다.

처음 훈련을 시작할 때부터, 에이브는 내가 칼 던지는 데 재능이 없다는 걸 알았다. 에이브도 룩도 내 실력을 키워 주려고 최선을 다했다. 그리고 그 결과는 좋았다. 어느 정도는.

처음으로 타격을 나간 날, 내게서 달아나던 소녀가 떠올랐다. 내 칼이 빗나갔던 기억. 몇 센티미터 때문에 나는 빠르고 깨끗한 타격에 실패했고, 소녀의 이웃에게 무능력하고 무가치하다는 비난을 받았다.

그 뒤로 칼은 근거리 타격 때만 썼다. 거리가 가깝지 않으면 칼도 나도 실패할 것이 분명했다.

나는 칼을 차례로 던졌다. 내 과녁이 된 나무는 곧 칼을 지탱할 수 없을 만큼 앞면이 너덜너덜해졌고, 나는 칼을 계속 나무에서 비틀어 뺀 탓에 손가락이 아팠다.

칼날이 과녁에 퍽퍽 꽂히고 또 끽끽 빠지는 소리가 지난날을 떠올려 주었다.

"야, 웨스트!"

에이브가 접이칼의 날을 편 뒤 손잡이를 앞으로 해서 내게 건넸다.

"그게 대체 뭐야? 다시 해 봐. 이번에는 조준을 제대로 해."

나는 욕을 하며, 빈 맥주병을 차서 콘크리트 골목 저편으로 날렸다. 병은 계속 굴러서 그리드의 어느 길로 사라졌다.

"무슨 소리야, 오빠. 나는 제대로 조준했어."

"지겨워도 또 들어. 너는 어느 모로 보나 총을 선택하는 게 현명해. 하지만 칼도 배워 둬야 해. 칼은 총알이 떨어지는 일이 없으니까."

"나도 알아."

나는 베지 않도록 조심하며 칼날을 만졌다. 에이브 말이 맞았다. 그래도 내가 형편없다는 말은 속상했다. 거기다 에이브는 칼솜씨가 너무 좋아서 때로 나는 그의 시간을 낭비하는 것 같았다. 그리고 내 시간도. 같은 과녁을 계속 맞히는 것(이번에는 식당 뒷벽에 쌓인 비료 부대 중 하나에 테이프로 붙인 것이었다)은 보기보다 힘들었다. 조금 잘 되는 날도 있기는 했지만, 오늘은 그런 날이 아니었다.

멍청한 과녁. 그것을 보고, 거리를 가늠하는 것은 대개 그렇게 힘들지 않았다. 그런데 오늘은 과녁이 수 킬로미터 밖에서 나무들 틈을 날아다니는 교활한 새가 된 것 같았다. 나는 바람에 칼날이 멋대로 돌아가는 일, 내 눈에 먼지가 들어간 일, 내 근육이 엉뚱한 순간에 뒤틀리는 일을 나무라고 싶었다. 하지만 어느 것도 사실이 아니었을 것이다.

나는 이를 다물고 쇳소리를 냈다. 이번에는 아홉 개 중에 네 개를 맞혔다. 형편없었다. 이제 마지막 한 방만 남았다.

나는 오른손을 들어 과녁과 일직선을 만들었다. 그리고 팔 근육이 상하지 않을 만큼만 뒤로 당겼다. 손목도 꺾이지 않게 했다. 손목 꺾임은 내가 칼을 필요보다 1/1000초 더 오래 잡았으며, 그것이 통제를 벗어나 틀어질 거라는 신호였다.

내 손에서 칼날이 날아갔다. 은색 소용돌이.

그리고 한 뼘도 더 벗어났다. 내가 앞으로 노려야 할 치명적 부위를 완전히 벗어날 만큼의 거리였다.

나는 앞으로 걸어가서 에이브보다 먼저 칼을 뺐다. 다음에는 잘해야 했다. 잘하지 않으면 안 되었다.

나는 칼을 접어서 룩에게 던져 주었다.

"여기. 오빠 차례야. 나는 엠을 데리고 올게."

엠은 우리를 잊고 공터 구석에 쪼그려 앉아서 콘크리트 바닥에 분필을 가루로 으깨고 있었다. 엠은 이 일을 가장 싫어했다. 에이브와 룩이 만든 과녁에 대고 돌아가며 칼을 던지는 일. 엠이 가장 좋아하는 것은 움직이는 것이었다. 낡고 축축한 건물 안에 들어가 숨겨져 있던 새로운 공간을 발견하는 같은 것.

룩은 나를 부끄럽게 했다. 룩은 열 개 중 여덟 개를 맞혔다.

"아, 짜증."

나는 나직하게 중얼거렸다.

룩은 웃으면서 내 옆에 앉았고, 나는 그의 발을 걸어 넘어뜨릴 뻔했다.

"다음에는 오빠 엉덩이를 찰 거야."

내가 말했다.

"그래, 그래."

"엠. 이제, 네 차례야."

에이브가 너덜거리는 과녁을 부대 자루의 다른 곳으로 옮기며 소리쳤다.

엠은 한숨을 쉬고 갔다. 주먹에는 분필이 가득했다. 분홍, 노랑, 녹색의 분필 꽃다발이 칙칙한 배경(건물의 낡은 시멘트 벽, 발 밑의 축축한 포장 도로, 이슬비 내리는 봄날 오후) 속에 두드러졌다.

"칼을 골라, 엠."

에이브가 엠에게 말했다. 그리고 연습용 접이칼들을 주먹 쥔 손의 손가락 사이사이에 펼쳐서 건넸다. 그만의 신기한 꽃다발이었다. 그 칼들은 겉으로는 대단해 보이지 않았지만 아주 잘 만든 것이라는 걸 나는 경험으로 알았다. 튼튼한 금속으로 만들어 내구성이 높았다. 그래야 했다. 우리의 오랜 훈련을 버텨 내려면.

엠은 열 개 중 세 개로, 이전과 비슷한 수준이었다. 엠은 결과에 신경쓰지 않았다. 아직 일곱 살이었으니 엠의 과제는 아직 먼 미래의 일이었다.

에이브는 어깨를 으쓱하고 말했다.

"엠은 괜찮을 거야. 룩, 너도 처음에는 형편없었어. 그리고 웨스트, 너는 아직도 별로야."

룩이 일어나 앉았다.

"무슨 소리야, 형!"

나는 아무 말도 하지 않고, 엠을 다시 준비시키려고 하는 에이브에게 얼굴만 찌푸려 보였다.

룩이 내게 말했다.

"엠은 아직 시간이 있지만… 넌 3년 남았어. 그런데 이렇게 연습해도 부족하면 어떻게 하지?"

나는 고개를 저었다. 불가능한 것을 소망해 봐야 소용없었다.

"우리가 과외 교습을 받을 형편이 안 되는 건 알잖아. 엄마와 아빠는 그럴 돈이 없어."

그는 한숨을 쉬고 체념했다.

"알아. 그저 기다리는 거지. 학교에서 신체운동학, 전투술, 무기술을 배우기를."

"그렇게 오래 기다리지 않아도 돼, 룩."

"아직 많이 남았어."

룩이 말했다.

"오늘 왜 그래?"

"미안, 오늘은 아무 말도 하지 않을게. 어쨌건 계속 훈련을 해서 이 상태를 벗어날 수 있도록 하자."

룩은 에이브의 단검 띠를 펼치고 차렷한 군인들처럼 정렬한 칼들을 손가락으로 쓸었다. 그리고 그 중 하나를 빼내고 내게 단검 띠를 건넸다.

"먼저 상처 내는 사람이 이기는 걸로, 시간제한 2분."

"좋아."

내가 대답과 동시에 칼을 골랐다. 제한 시간 안에 먼저 상처를 입는 사람이 일주일 동안 상대 몫의 허드렛일을 해야 했다. 그리고 일주일이 지나면 모든 것이 다시 시작되었다.

"내가 조건을 하나 달게. 너는 여자니까."

룩이 웃으며 말한 뒤 오른손을 등 뒤에 대고 힘없는 왼손으로 칼을 잡았다.

나는 코웃음을 치고 접이칼을 펼쳤다. 이슬비는 이제 주룩주룩 내리는 비로 바뀌어 있었다. 빗방울이 반짝이는 칼날 표면에서 튀었다. 나는 다시 그에게 심한 상처를 입히지 않도록 조심해야 했다. 지난번에 그는 자칫하면 살을 꿰매야 할 뻔했다. 내 잘 못이었다. 너무 혼이 빠져 있었다. 그것 역시 내가 가다듬어야 하는 것이었다. 조준 솜씨와 함께, 흥분을 다스리는 일.

"마음대로 해. 나는 조건 따위 필요 없어. 그저 오빠를 다시 울리고 싶지 않을 뿐이야."

그는 웃었다.

"짧은 가격을 조심해. 그리고 아래로 베려고 해봐. 그렇게 깊이들어가지는 않을 거야."

그리고 우리는 사냥꾼과 사냥감이 되어 서로를 피하고 맴돌았다. 우리 넷은 그렇게 그 일요일 오후를 보냈다. 그리고 또 많은 날들을. 그 골목의 땅바닥은 딱딱했고 회색이었고, 하늘도 음울했다. 우리는 그렇게 놀고 싸우고 살아 나갔다.

머리 위에서 까마귀가 날카롭게 울어서 나는 접이칼을 펴면서 고개를 들었다. 하늘은 진회색에서 검은색으로 변해 있었다.

움직여야 했다.

나는 다시 문명 세계로 돌아왔고, 훈련된 눈으로 야간 탐색을 했다.

나는 무단 침입을 싫어했다. 코드의 암호 해제기 덕분에 창문을 깨거나 자물쇠를 부술 필요는 없었지만, 그래도 남의 집에 들어가는 것은 잘못 같았다. 신성한 공간, 죽은 사람들의 숨결이 아직도 남아 있는 장소를 침범하는 것 같았다. 하지만 빈집(살던 사람이 죽은 뒤 후처리 팀이 상속 가족을 찾거나 부동산 중개업자에게 넘겨 판매하는 집)을 발견하자 주저함은 곧 사라졌다. 나는 외톨이 얼트들이 싸구려 셋방에 살면서 저임금 임시 직업을 전전하며 복닥거리는 그리드에서 이미 많은 어려움을 겪었다. 여기 교외에서는 얼트가 죽어도 가족이 대개 본래의 집에서 계속 살기 때문에 빈집을 발견하는 것은 유전이라도 발견한듯 놀랍고 반가운 일이었다.

불 켜진 집들을 수도 없이 지나면서, 나는 여기까지 나를 몰아낸 코드를 다시 욕했다. 내가 얼트와 싸우는 것은 고사하고 얼트를 볼 생각도 못하고 공포 속에 달아나게 만든 일을.

현관 문고리에 매달린 흰 꼬리표가 가볍게 흔들리며 나를 불렀다.

현관 계단 위의 빽빽한 회양목이 몇 센티미터만 옆에 있었어도 그것을 못 봤을 것이다. 나는 그것이 제스로 후처리 팀이 남긴 꼬리표라는 걸 알았다. 빈집이었다. 그 구역의 맨 끝 집이었고 높고 좁았다. 창문은 위층 아래층 모두 어두웠다. 현관 전구 하나는 수명이 다해 꺼져 있었다.

나는 뛰어서 길을 건넌 뒤 짧고 가파른 계단을 올라 현관 앞으로 갔다. 그리고 꼬리표를 뗐다. '제스로 구 후처리 팀의 재산이니 떼지 마시오.' 이제 이 집이 빈집이라는 것은 아무도 알 수 없었다. 거기다 이미 시간이 많이 늦었기 때문에 오늘 밤 여기서 나를 방해할 것은 아무것도 없었다. 가족이건, 기관원이건, 누구건.

나는 코드의 해제기를 손목에 감고 자물쇠 앞에 댔다. 안에서 툭툭 철컥철컥 하는 소리가 나면서 자물쇠가 풀렸고, 문을 열고 안으로 들어갔다.

어둠에 익숙해지는 짧은 시간 동안 나는 가만히 서서 소리가 나지 않도록 입으로 숨을 쉬었다. 마침내 텅 비고 조용한 실내가 눈에 들어왔다. 가구들은 회색 정글에 웅크린 검은 짐승 같았다. 나는 다시 눈을 깜박였다. 그리고 나갈 때 제자리에 돌려놓으려고 꼬리표를 문 안쪽에 걸어두고, 보조 자물쇠의 빗장을 걸었다. 그것은 예비용일 뿐이었지만, 주 자물쇠의 비밀번호를 모르면 그걸로 버텨야 했다.

집 안은 바깥만큼이나 추웠다. 난방이 끊긴 것 같았다. 나는 얼트가 죽은 지 얼마나 됐을지 궁금했다. 거실로 들어가서 손가락으로 거실 탁자 표면을 훑었다. 먼지가 없었다.

오래 되지 않았다. 길어야 며칠 정도였다.

나는 벽난로 선반에서 꽃병을 집어들 때 길고 위쪽이 무거운 것이 좋다는 것을 알았다. 그 곁에 짧고 뚱뚱한 꽃병도 있었다. 비스듬한 달빛 속에서 내 눈은 꽃병 옆의 사진 액자에 가 닿았다. 그 안에는 할아버지와 할머니가 십대 소녀 옆에 서 있었다. 소녀의 조부모님 같았다. 부모가 죽은 뒤 조부모님에게 맡겨진 건지도 몰랐다. 코드의 부모님처럼 사고로 돌아가셨을 수도 있다. 그런 뒤 할머니와 할아버지가 돌아가시고 소녀가 집을 물려받았는데, 소녀가 과제를 받고 인생의 제비뽑기에 져서 이 집은 영원히 빈집이 된 것 같았다.

하지만 오늘은 내가 침입했다.

'걱정 마, 너는 내가 여기 있는 줄도 모를 테니까.'

나는 현관으로 돌아가서 길쭉한 꽃병을 금속 부분에 대고, 그 위에 뚱뚱한 꽃병을 불안하게 올려놓았다. 누가 들어오려고 하면, 유리 꽃병 떨어지는 소리가 잠에 빠진 나를 번쩍 깨울 것이다.

부엌에서 혹시 하는 희망을 품고 전등을 켰다. 불은 들어오지 않았다. 소용없다는 걸 알면서도 스위치를 몇 번 더 올렸다 내렸다 했다. 전력이 계속 들어오는 일은 아주 드물다. 하지만 때로 운이 좋고 후처리 팀이 미적거릴 때 전력이 끊기지 않은 빈집을 발견할 때도 있었다.

　나는 주방에서 영양가 높은 음식을 가방에 챙겨 넣었다. 진공 포장 참치, 연어, 칠리소스 고기. 주머니에는 곡물 바를 넣었다. 모두 단백질이 풍부하고 칼로리가 높은 것이었다. 아무거나 막 챙길 수는 없었다. 무게 대비 효과가 좋아야 했다. 하지만 이번에는 조금 많이 넣었다. 컴플릿 전용 식품이 많았기 때문이다. 소녀의 조부모가 마지막으로 장을 본 것이 남아 있는 것 같았다.

　나는 큰 병에 담긴 오렌지 과육을 손가락으로 집어먹었다. 갑작스런 달콤함에 몸이 떨렸다. 당분은 정말 오랜만이었다. 커시의 식품 대부분은 컴플릿 전용이었다. 나는 에이브가 다람쥐 크래커라고 하던 식품의 상자를 열었다. 곡물과 씨앗이 이빨에 마구 들러붙었다. 멀티비타민도 먹었다. 짠 햄은 녹 맛 나는 수돗물로 넘겼다. 물이 불규칙하게 쿨렁거리며 나오는 걸 보면 머지않아 개슬라이트 구(커시 시의 물 공급 담당 지역)가 이 집의 수도를 끊을 게 분명했다.

　마침내 배가 부르자 나는 부엌에서 나와 이층으로 가는 계단 앞으로 갔다.

　그러다 멈추었다.

　위층에서 바람이 불었다. 바람이 내 뺨을 스치고 머리카락을 가볍게 날렸다.

새가 날아오르듯 빠르게 두 가지 생각이 번쩍 들었다. 먼저 누가 창문을 열어 놓았다는 것이었다. 후처리 팀이건 빠른 심사를 하는 기관원이건 무언가를 찾는 가족이건 여기 올 이유가 있던 누군가. 두 번째는 지금 이 집에 다른 사람이 있다는 것이었다. 내 얼트일 가능성은 별로 없었다. 그녀가 여기 먼저 와 있다는 건 말이 되지 않았다. 다른 사람이었다.

내 손은 재킷 주머니로 내려가 총을 더듬었다. 나는 계단을 올라갔고, 굳이 소리를 죽이려 하지 않았다. 이층에 누가 있다면 내가 부엌에 있을 때 이미 소리를 들었을 것이다.

벽에다 대고 총을 한 방 쏘았다. 그렇게 해서 내가 무장한 사람임을 밝혔다. 문제는 상대가 무장을 했느냐 하는 것이었다.

이층은 몹시 추웠다. 전율이 등을 훑었고, 나는 나에게조차 그것이 쌀쌀한 기온 때문만이 아니라는 것을 인정하고 싶지 않았다.

침실 두 개. 바람은 왼쪽 방에서 나와서 복도를 건너 계단으로 내려갔다. 나는 그 방 앞으로 가서 동굴을 들여다보듯 안을 들여다보았다. 무언가 날아올 것에 대비하고.

한 소년이 열린 창문에 걸터앉아 있었다. 창밖의 굵은 나뭇가지를 보니 그가 나무를 타고 들어온 게 분명했다. 어깨에는 가방을 둘렀고, 긴장한 몸으로 창문에서 내려가려고 했다. 큰 눈은 겁에 질려 있었다. 옅은 색 눈동자에 과제 번호가 검게 적혀 있었다. 뺨은 아코디언처럼 부풀었다 꺼졌다 했다.

나는 숨을 내쉬고 총을 다시 재킷 주머니에 넣었다.

소년은 초기 액티브의 모든 특징을 보여 주고 있었다. 옷 속의 방탄조끼가 너무 크고 무거워서 동작이 굼떴다. 어깨에 걸친 가방은 터져나갈 것 같았다. 오랜 도주 생활을 했다고 보기에는 얼굴도 아직 별로 여위지 않았다.

그가 기절해서 창문에서 떨어질까 봐 내가 얼른 말했다.

"걱정 마, 괜찮아. 나도 액티브야, 너처럼."

이것이 사람을 안심시키는 말인가? 나는 우쭐한 기분이 될 것 같았지만 반대로 죄책감만 들었다. 내가 그의 얼트인 것처럼 그를 놀라게 했기 때문이다. 아래층의 불길한 소리, 계단의 발소리, 그리고 총소리로.

그는 열한 살, 많아야 열두 살 정도로 보였다. 엠이 컴플리션에 성공했다면 지금 그 정도 나이일 것이다.

위험하지 않다는 걸 알자, 아드레날린은 사라지고 탈진만 남아서 제대로 생각하기가 힘들었다. 내가 원하는 것은 그저 밤을 보낼 잠자리를 찾는 것뿐이었다.

"너를 해치지 않을 거야."

내가 말하고 그 말을 증명하려 뒤로 물러섰다.

"이 집을 너하고 같이 써도 되겠니?"

다른 액티브와 집을 공유하는 게 이번이 처음도 아니었고 마지막도 아닐 것이다. 오늘은 작은 손에 너무 큰 총을 들고 밤새 울던 열세 살짜리 액티브와 가로세로 3미터의 작은 방을 함께 썼던 것만큼 힘들지는 않을 것이다. 그때 나는 흔들리는 총구 반대 방향의 바닥에서 잠을 잤다.

"어때? 괜찮은 거지?"

내가 문 앞에 서서 말했다.

소년은 여전히 눈을 크게 뜨고 천천히 고개를 끄덕였다. 말이 많은 아이가 아니었다. 내 마음 한 구석은 이 아이가 어둠을 뚫고 내 소매 밑의 문신을 보지는 못했을지라도 어쨌건 내 정체를 알아낸 게 아닐까 하는 의문이 들었다. 의학용 개가 죽어 가는 사람의 병을 알아내듯 내 스트라이커 신분을 감지한 걸까 하는.

이 소년 대신 엠이 빈집에 들어가서 다른 액티브를 만났다면 어땠을까? 엠은 그 사람을 두려워할 필요가 없었을 것이다. 엠의 얼트만으로도 충분할 테니까.

내가 말했다.

"다음에 네가 다른 액티브와 한 집에 있기 싫다면, 문에서 후처리 꼬리표를 떼. 우리는 모두 그걸 찾으니까."

소년은 다시 고개를 끄덕였다. 이제 그는 다리를 다시 조심조심 안으로 들였고 나는 안심했다. 적어도 내 양심에 그의 죽음은 얹히지 않았다.

"하나 더."

내가 창턱을 가리켰다. 거기에는 그가 창문을 열 때 쓴 도구들이 놓여 있었다.

"저걸 지금 챙겨 넣어. 급하게 떠나게 되었을 때 잃어버리지 않도록."

그런 뒤 나는 대답을 기다리지 않고 돌아서서 다른 방으로 갔다. 창밖의 참나무는 완벽했다. 가지들은 만약의 경우 내 체중을 지탱해 줄 만큼 튼튼했다.

나는 방문을 잠근 뒤 가방을 어깨에서 내려 베개 옆에 놓았다. 그리고 옷을 다 입은 채 침구가 지저분하건 말건 이불 속에 들어갔다. 내가 이미 더러운데 외부의 더러움이 무슨 상관인가. 나는 어둠 속에서 샤워하는 게 싫었다. 아침에 샤워를 하고, 어디로 갈지 결정하고, 다음번 타격 장소가 어디일지 볼 것이다.

하지만 잠이 오지 않았다.

나는 침대에서 일어났다. 나를 괴롭히는 것, 내가 그 일을 하지 않을 수 없도록 들들 볶는 것이 무엇인지 이미 알았다. 나는 한 손으로 가방을 들고 다른 손으로 방문을 열었다.

옆방 문은 닫혀 있었고, 나는 노크를 했다.

느린 발소리가 들리더니 소년이 문 앞에 나타나 나를 올려다보았다. 어깨가 굳어 있었고 나는 그가 여전히 나를 두려워한다는 걸 알았다. 무시하고 자려던 죄책감이 다시 강하게 밀려들었다.

"이렇게 문을 연 건 잘못이야."

내가 최대한 목소리를 가볍게 해서 말했다.

그는 눈을 깜박였다.

"응?"

"문을 열어 주지 말고 나더러 들어오라고 했어야 돼. 무슨 일이 있을지 예측하지 못하는 사람이 내가 되도록 해야 했어."

"아, 알았어."

소년이 머리를 긁으며 나를 보고 소심하게 웃었다.

"다음번에는 기억할게."

엠도 그렇게 말했을 것이다. 실제로 그렇게 했을지는 알 수 없지만. 그리고 물론 소년이 정말로 기억할지도 알 수 없었다.

나는 어색하게 가방을 들어 보였다.

"던지기 연습 좀 할래?"

"응?"

"칼 있지, 가방에?

나는 내 가방을 흔들었다.

"하나밖에 없어. 하지만…."

"설마 농담 아니지?"

소년에게 말했다가 다시 생각했다.

'아이를 겁주지 마, 웨스트. 괜히 큰일처럼 만들지 마.'

하지만 그것은 큰일이었다. 칼은 부러지고 구부러지고 잃어버리기 쉬웠다. 여벌의 칼은 필수였다. 최소한 둘은 있어야 했고, 가능하다면 여벌의 여벌을 만들어 두어야 했다.

"총은 있어."

그가 말했다. 방어적이지도 않고 우쭐하지도 않고 그저 사실을 말하는, 그걸로 충분하다고 생각한다는 목소리였다.

"그게 네가 선택한 무기야?"

내가 물었다.

그는 어깨를 으쓱했다.

'아, 물론 그렇겠지.'

"아까 내가 불쑥 네 앞에 나타났을 때 네 손에 그게 없던걸."

그러자 소년은 비로소 방어적인 표정이 되어 다시 어깨를 으쓱하고 얼굴을 찌푸렸다.

"누나가 들어오기 전에 가방에서 꺼낼 겨를이 없었어. 안 그랬으면 꺼냈을 거야."

소년을 추궁하는 것은 옳지 않았다. 그는 아직 얼트 기술 프로그램을 배울 나이가 아니었다. 그래서 그가 무엇을 알고 어떤 기술을 지녔건 적어도 아무것도 없는 것보다는 나았다.

하지만 좋건 싫건 그는 액티브였다. 그리고 그의 얼트는 그의 허점을 찾으려고 눈에 불을 켜고 있을 것이다.

나는 고개를 젓고 미소를 지으려 했다. 이번에는 진짜 미소였다. 소년도 두려움을 누르고 내게 미소를 지었다. 그는 아직 너무 어렸고, 내가 한 경험 같은 것은 반의 반 토막도 없었다.

내가 말했다.

"그러지 말고 아래층에 내려가서 망가뜨려도 좋을 만한 것을 찾자. 나는 너한테 빌려 줄 만한 여분의 접이칼이 몇 개 있어."

"어… 좋아."

우리는 곧바로 아래층으로 내려가 벽을 향해 접이칼을 던졌다.

"방탄조끼는 벗어. 그건 너에게 안 맞아. 그러니까 도움보다 피해가 더 클 거야."

"아니, 팔에 힘을 너무 주고 있어. 근육에 무리가 가."

내가 소년에게 말했다.

"하지만 방금 전에는 칼을 너무 일찍 던진다고 했잖아."

"그 말은 맞아."

나는 거실 바닥에 앉아 우리 사이에 놓인 접이칼들을 보면서 다음번에 쓸 칼을 골랐다. 전기가 없었기 때문에, 바깥의 가로등에 의존해야 했다. 어쨌건 빛이 적은 건 다행이었다. 데스가 내 손목의 스트라이커 문신을 보는 것은 싫었다.

데스가 한숨을 쉬고 말했다.

"아무래도 잘하게 될 것 같지 않아."

그는 벽에 박힌 칼을 뺐다. 그는 세 번을 던져서 모두 과녁(부엌의 잡동사니 서랍에서 찾은 검은색 스프레이로 벽에 그린)을 10센티미터 이상 벗어났다. 하지만 처음에는 훨씬 더 많이 벗어났다. 매번 30센티미터도 넘었다. 초보치고는 나쁘지 않았지만 과제가 시작된 지 일주일 가까이 된 액티브로서는 훌륭하지 않았다. 더 연습해야 했다.

그리고 그건 나도 마찬가지였다. 그의 조준은 내 조준과 크게 차이나지 않았기 때문이다. 여러 해 동안 그렇게 연습했는데도 말이다.

배 속에 익숙한 두려움이 엉겼다. 내가 더 이상 나아질 것 같지 않다고 느낄 때마다 나타나는 두려움이었다. 내 조준 실력은 발전할 가능성이 없다는, 팔과 손목, 눈과 칼 사이의 이 특별한 관계를 이 이상 진전시킬 수 없을 거라는 두려움. 나는 에이브의 칼 솜씨를 기억했다. 칼을 과녁에 꽂는 그의 능력은 신기에 가까웠다. 그와 나 사이의 그런 두드러진 차이(룩조차 에이브에게 많이 뒤처졌다)를 보면 그 능력이 다른 부모에게서 온 것이 분명했다. 그가 얼트와 공유하는 부모, 나나 룩 또는 엠과는 다른.

"누나가 할 거야 아니면 내가 다시 해?"

나는 얼른 칼 세 개를 집어 들고 일어섰다.

"아니, 내가 할 거야. 이제 팔이 좀 풀려서 그렇게 많이 빗나가지 않을 거야."

그 말을 소리 내서 하면 진실이 될 것이다. 어쨌건 그렇게 어렵지 않을지도 몰랐다.

"그럴 거야."

데스가 나를 지켜보려고 앉으며 말했다. 똘망똘망한 두 눈은 내가 가르쳐 주는 어떤 기술이든 받아들일 준비가 되어 있었다.

"그랬으면 좋겠어. 누나는 평소에는 아주 잘할 것 같아."

그의 목소리에는 순수한 감탄이 있었고, 나는 쑥스럽고 부끄러웠다. 내가 뭐라고 이 아이에게 약간의 연습으로 무적이 될 거라는 믿음을 준다는 말인가? 기술이 너무나 뛰어나서 죽을 수 없는 얼트, 탁월한 가치로 인해 반드시 살아남는 얼트가 될 수 있다고?

내 칼들이 아까보다 과녁을 훨씬 더 멀리 벗어나자 소년의 얼굴에는 실망이 역력했다. 하지만 나 자신의 괴로움에 비하면 그것은 아무것도 아니었다. 나는 후퇴하고 있다는 느낌까지 들었다. 날마다 실력이 줄어드는 것 같았다. 실수투성이 첫 타격의 기억이 생생했다. 그것은 아물지 않고 타오르는 상처였다.

"괜찮아. 다시 해 봐. 운이 좀 안 좋았어."

데스가 내 기분을 살려 주려고 했다.

하지만 내 조준은 나아지지 않았다.

"오늘은 여기까지 하자. 벌써 11시고, 나는 피곤해. 벌써 몇 시간은 던진 것 같아."

"나는 안 그런데. 조금 더 하면 안 돼?"

"안 돼, 미안."

나는 일을 중단해야 할 때를 알았다.

"정말? 벌써 끝이야? 안타까운걸."

소년의 표정은 너무 우울해서 희극적이기까지 했다.

다시 혼자 남는다는 생각 때문에 그럴 것이다. 그보다 나이 든 얼트들도 혼자서 한 달을 살아가는 것은 힘들다. 데스 나이의 아이에게는 얼마나 더 힘들지 짐작도 되지 않았다. 모든 걸 고려해도 준비할 시간이 너무 짧았다.

"기다려, 데스. 하나 더. 내 칼들 줘 봐."

그는 자신의 칼을 집어 들고 내게서 빌린 칼 두 개를 건네주었다.

"여기."

나는 다시 앉아서 그것을 그의 앞에 펼쳐 놓았다. 그리고 그 옆에 내가 방금 쓴 칼 세 개와 단도 띠에 남은 칼 두 개를 놓고 그 칼날들을 살펴보았다.

"칼 하나로는 부족해, 데스. 그러니까 내 거 두 개를 가져가."

그는 눈이 휘둥그레졌고, 그 모습은 여기서 내게 사람 죽이는 법을 배우기에는 너무 어려 보였다.

"정말?"

나는 고개를 끄덕였다.

"정말이야. 괜찮아. 나는 그래도 칼이 많아."

"우아, 좋아. 고마워!"

데스는 칼들을 내려다보면서 잠깐 써 본 경험을 가지고 최대한 열심히 골랐다. 칼들은 그렇다. 쓰면 쓸수록 자신만의 개성에 맞춰 변한다. 어떤 것은 날의 방향이 바뀌고 또 어떤 것은 특정한 방법으로 쥐어야 했다.

"어, 이거… 그리고… 이거?"

그는 내가 마음을 바꾸지 않도록 칼 두 개를 내 앞에 들어 보였다.

"그건 이제 네 거니까. 열심히 연습해."

"알았어. 고마워, 누나!"

그가 가방을 끌어당겨 그 안에 칼을 넣었고, 나는 데스가 이번에는 그것을 안전하게 간직할 것을 알았다. 데스는 가방을 닫았다.

나는 일어섰다.

"그림을 제자리에 돌려놓자."

우리는 바닥에 내려놓았던 무거운 그림 액자를 양쪽에서 들어 올려 벽의 고리에 걸었다. 춤추는 남녀의 그림이 칼자국을 완벽하게 가려 주었다.

"좋아. 이제 자야 돼. 내일 늦게 떠나긴 싫으니까."

내가 데스와 함께 위층으로 올라가며 말했다.

자기 방문 앞에서 데스는 나와 작별하기 싫은 기색을 감추지 못했다. 얼굴이 다시 한 번 일그러졌는데 이번에는 울지 않으려는 찡그림이었다. 그의 눈은 너무도 반짝였다.

"알았어. 나도 떠날 거야. 내 얼트는… 개슬라이트 구에 살아. 그러니까 그리로 가야 할 것 같아. 그 아이가 있을 만한 곳을 찾아볼 거야."

데스의 얼트 이야기에 나는 현실로 돌아왔다. 우리가 제스로의 빈집 벽에 칼을 던지는 일은 현실이 아니었다. 데스가 앞으로 얼마 못 살 가능성이 높다는 것, 그것이 현실이었다.

나는 그에게 네 얼트를 죽여 주겠다는 말을 할 뻔했지만 가까스로 자제했다. 데스가 나를 액티브 얼트 이상으로 보는 것은 싫었다. 그가 세상의 규칙을 깨는 스트라이커가 정말로 존재한다는 것을 아는 일도, 또 스트라이커는 얼트를 돕는 게 아니라 얼트의 범죄를 돕는 일이라는 것에 항변하는 일은.

그가 조금 달라져 있었다. 그러니까 자신이 생각만큼 무력하지 않다는 것을 깨달은 것 같았다. 내게서 칼을 받은 것도 그런 자신감을 키워준 것 같았지만, 소년은 이제 컴플리션을 이루고 자신의 가치를 증명하고픈 강한 소망을 보였다.

"데스, 네 휴대폰은 어디 있어?"

내가 물었다.

그는 바지 주머니에서 휴대폰을 꺼냈다.

"여기 있어, 왜?"

나는 그것을 받아들고 빠르게 숫자를 두드렸다.

"내 휴대폰 번호 입력했어. 과제를 컴플리션하면 나한테 연락해."

가볍게 인사만 하고 헤어지지 않는 것은 나쁜 생각이 분명했다. 하지만 그가 컴플리션을 했을지 확인하고 싶은 마음이 모든 조심성을 이겼다.

그가 휴대폰을 다시 받았다.

"하지만 만약 내가….”

"지금 그런 생각은 하지 말자."

그의 눈은 이제 눈물을 숨기지 않았다.

"누나도 있잖아? 누나가 살아 있는지는 어떻게 알아? 누나도 나한테 연락할 거야?"

나는 천천히 고개를 저었다.

"네가 컴플리션을 하면 알 수 있을 거야. 네가 전화했을 때 내가 전화를 받거나… 안 받거나 둘 중 하나일 테니까."

"그러는 게 어디 있어!"

"그래, 미안해."

그 이유는 말할 수 없었다. 나는 그에게 전화를 해서 아무 응답도 없는 상황을 견딜 수 없을 것 같았다. 그가 잊었을지, 아니면 귀찮아서 무시했을지 궁금해하는 편이 나았다. 내가 겁쟁이라도 해도 어쩔 수 없었다.

"좋아. 누나는 그저 나를 도와주려고 하는 것뿐이니까."

아이답게 솔직한 그의 얼굴에 엠과 룩과 에이브의 흔적이 너무 많이 보여서 나는 눈물을 흘리지 않으려고 눈을 빨리 깜박거렸다.

"잘 자, 데스."

그는 고개만 끄덕였다.

"그리고 총은 가방에 넣어두지 마. 총은 주머니에 넣어야 돼."

그는 다시 고개를 끄덕이고 발로 바닥을 툭툭 찼다.

이제 끝이었다. 두 액티브가 작별 인사를 하고 행운과 가치 증명을 빌어 주는 것.

내 방으로 돌아와서 나는 낯선 이의 자취에 싸여 마침내 잠이 들었지만… 정말로 잠을 잔 것 같지는 않았다. 꿈들이 꼬리에 꼬리를 물었고, 그 속에서는 내가 낮에 억누른 모든 것이 가장 취약한 시간을 틈타 은신처에서 나와 큰 소리로 고함을 쳤다. 가족의 기억, 코드, 그리고 언제나 얼트를 앞서 있어야 한다는 강박이.

번쩍 정신이 들었다. 눈이 확 떠지고, 심장이 쿵쿵 뛰었으며, 입이 바짝 말랐다. 뻣뻣한 손가락은 밤새 붙들고 있던 총에서 떨어져 있었고, 나는 자동적으로 베개 옆의 가방으로 손을 뻗었다. 가방은 그대로 있었다.

휴대폰이 새 문자를 알린 것이다. 새로운 타격 의뢰였다. 나는 아무 생각 없이 그것을 수락하고 안도감에 몸을 맡겼다. 그것은 새로운 집중점이 될 것이다. 일을 할 방법, 공격 방법을 계산하면 시간을 채울 수 있었다.

나는 휴대폰을 손에 쥔 채 일어나 앉았다. 데스가 떠올랐다. 그가 어떻게 혼자서 자기 얼트를 추적할 것인가. 그때 코드의 말이 머릿속에 울렸다.

'이제 네 일이야, 그러니 그만 도망다녀!'

나는 휴대폰을 치워두었다. 어쨌거나 나는 새 일을 수락했다.

아직 새벽이었다. 얇은 커튼을 뚫고 회색빛이 스며들었고, 이불을 겹쳐 덮었는데도 온몸이 얼어 있었다. 완연한 겨울이었다.

그리고 남은 시한은 8일이었다.

샤워를 하고 바로 떠나야 했다. 그것은 내가 웬만하면 깨지 않는 소수의 규칙 가운데 하나였다. 아무리 편하고 좋아 보여도 한 곳에서 두 번 이상 자지 않기. 게으름을 피우느라 움직이지 않다가 얼트의 습격을 당한다면 안락도 편리함도 아무 소용없다.

나는 방문을 열기도 전에 이미 데스가 떠났다는 것을 알았다.

활기를 잃은 쓸쓸한 집 안 공기는 거기 다른 사람이 없다는 것을 일러주었다.

　나는 만족감과 슬픔을 동시에 느끼며 방을 나섰다. 좋아. 그 아이는 이제 계속 이동해야 한다는 걸 알았어. 한 자리에 가만히 있는 것은 컴플리션 실패의 지름길이라는 걸.

　'힘내, 데스.'

　내 방문에 쪽지가 붙어 있었다. 데스가 남긴 쪽지였다. 나는 그것을 떼다가 껌으로 쪽지를 붙인 것을 보고 미소를 머금었다.

　'웨스트 누나, 이게 내 휴대폰 번호야. 누나는 알고 싶어 하지 않았지만 혹시 마음이 바뀔지도 모르니까. 또 문 밑으로 밀어 넣을까 했지만 누나가 그 소리에 총을 쏠까 봐 여기 붙이기로 했어. 누나의 친구, 데스.'

　그의 이름 밑에 크고 또박또박한 글씨로 휴대폰 번호가 적혀 있었다. 그걸 던져 버리고 잊는 일은 쉬웠지만, 나는 쪽지를 접어서 가방에 넣었다.

　그리고 찬물로 샤워를 한 뒤 덜덜 떨며 부엌에 갔다. 나는 아무 기대 없이 전자레인지를 다시 한 번 시도해 보았다. 그리고 점점 줄어드는 코드의 현금을 생각하면서 쿠키를 여러 봉지 먹었다. 약간 묵은 상태로도 미성년용 쿠키와는 비교가 되지 않았다. 그리고 복숭아 통조림. 비타민도 또 한 줌 먹었다. 너무 많은 양이었지만, 그런 식으로 죽는 것은 걱정되지 않았다.

나는 꽃병들을 벽난로 선반에 돌려놓았다. 과녁이 되었던 벽을 가린 그림도 조금 더 바로잡았다. 그리고 나가면서 현관 바깥에 흰 꼬리표를 걸어두었다. 할 수만 있다면 아예 문을 잠갔을 것이다. 빈집을 본래 상태로 되돌리기 위해. 그러니까 침입을 받지 않은 온전한 모습으로, 과도하게 망가지지 않은 모습으로. 나는 지금 이 상태를 지탱할 수 있다고, 변하지 않을 수 있다고, 본래의 나를 너무 많이 떠나지 않을 수 있다고 믿고 싶었다.

CHAPTER 6

서점 2층 화장실 창문에서 타격 작업을 끝내고 아래로 내려왔을 때, 나는 그녀를 처음으로 보았다.

거울을 보는 것 같을 줄 알았지만 그렇게 똑같지는 않았다. 내가 거울을 보는 것과 다른 사람이 나를 보는 것 정도의 차이일까. 얼굴의 좌우가 뒤바뀌어서 어느 쪽도 옳지 않은 것 같았다. 그녀를 보았을 때 나는 생각했다.

'그러니까 다른 사람들이 보는 내 모습이 저렇구나.'

살짝 들린 코, 치켜 올라간 흑갈색 눈, 구석구석 나와 똑같은 피부 색깔. 거기에 머리 색깔도 똑같았지만 길이는 훨씬 길었다. 먹물처럼 까만 머리가 무거운 폭포처럼 뻗어 내려서 까마귀 날

개처럼 눈을 살짝 가렸다.

얼트를 마주하는 일은 결코 익숙해질 수 없는 일이었다. 그것은 자신이 싫어하고 두려워하는 자신의 모습을 고스란히 목격하는 것, 그리고 그 모든 것이 살아 움직이는 것이었다. 우리의 얼트가 우리가 세상에 존재한다는 사실을 지울 수 없는 것처럼 우리 역시 얼트의 존재를 지울 수 없다. 엠과 룩의 일, 코드의 얼트에게 벌어진 일이 떠올랐다. 그 기억이 잔혹한 악몽처럼 머릿속에 빙글빙글 돌았다.

나는 고개를 숙이고, 마지막 가을 사과들이 놓인 과일 판매대 앞을 슬그머니 떠났다. 내가 지친 일꾼들의 눈길을 피할 수 있을지 알 수 없었다. 나는 옆의 커피 판매대로 가서 줄을 선 손님들을 보았다. 왼쪽의 진열대에는 방금 캘든 구에서 온 트럭에서 내린 커피 봉지들이 놓여 있었다. 오른쪽의 카운터에는 손님들이 줄지어 앉아 열심히 휴대폰을 두드리고 있었다.

사람이 너무 많았다. 이번에는 커피 진열대 뒤로 갔다. 그리고 두 엄지손가락을 가방끈 밑에 넣어서 습관대로 바짝 조였다. 바지 앞뒤 주머니를 만져 칼들이 제자리에 있는지 확인하고, 재킷 주머니에 든 세 번째 칼도 확인했다. 그리고 재킷의 다른 주머니에 든 총을 감싸쥐었다. 그리고 총을 계속 주머니에 감추어둔 채 눈길을 피하려고 하면서 진열대 뒤에 기댔다.

심장이 쿵쿵 뛰었다. 박동 하나하나가 귓속에 규칙적인 고함처럼 울렸다. 태어나서 가장 죽음과 가까이 다가간 그 순간, 신경은 전기 충격을 받은 듯 팽팽하게 살아났다. 오한이 일었고, 이마에 엷은 땀이 솟았다. 긴장이 팔을 감쌌고 모든 감각이 선명해졌다. 다른 것은 모두 옆으로 물러났다. 있는 것은 하나. 나의 얼트뿐이었다.

나는 총을 믿어야 했다. 칼은 예비용으로는 훌륭하지만(근접할 수 있다면) 지금 그걸 던지는 것은 불가능했다.

나는 얼트를 보려고 커피 판매대 옆을 내다보았다.

얼트는 길을 걸으며 고개를 왼쪽 오른쪽으로 돌렸다 다시 왼쪽으로 돌렸다. 누군가를 찾는다는 사실을 감추지 않았다. 그것이 나라는 것은 의심할 여지가 없었다.

얼트가 가까워지자 나는 참담한 선택의 기로에 놓였다. 여기서 끝낼까? 방법은 어떻게 되더라도? 아니면 달아나서 조금 더 목숨을 유지할까? 공포가 일으킨 우유부단에 총 잡은 손이 미끌거리고 떨렸다.

20미터.

15미터.

10미터.

5미터.

그녀는 자로 잰 듯 움직였다. 에너지 낭비란 털끝만큼도 없었다. 팔도 필요한 만큼만 휘두르고 걸음걸이도 꼿꼿했다. 코드의 말이 맞았다. 그녀의 눈은 아주 차갑고 단호했다. 생존의 의지가 대단했다. 아마 내 눈빛도 그럴 것이다.

3미터.

그녀의 한 손이 무언가를 준비하는 듯 겨드랑이로 갔다. 내 손이 주머니에서 움찔거렸다. 그것은 통제된 행동이 아니라 경련에 가까웠고, 심장에 공포가 확 피어났다. 나는 무너졌다.

못해.

못해.

못해.

나는 힘없이 주저앉았다. 갑자기 커피 향을 견딜 수 없었다. 숨은 목구멍에서 떨리며 방울방울 새어 나왔고, 내가 조용히 있기 위해 할 수 있는 일은 그렇게 숨을 쉬는 게 전부였다. 내 실패 앞에 세상이 흔들리고 뒤틀렸다.

내 얼트가 지나갔다. '나의 얼트.' 나는 그녀를 그냥 보냈다. 나는 얼어붙고 겁먹었다. 마치 다시 어린아이가 된 것 같았다. 룩이 죽기 전의 내 당당하던 자신감은 숨어서 나오지 않았다. 나는 허우적거렸다.

그때 누가 내 팔을 거칠게 잡았고, 나는 펄쩍 일어섰다. 집게손가락은 총의 방아쇠에 얹혔다.

"여기 숨으면 안 돼."

커피 판매대 직원이었다. 이름표에 '마켓 스트립 브루'라는 가게 이름이 적히고, 그 밑에 '오토'라는 이름이 있었다. 그의 눈은 돌처럼 딱딱하고 차가웠다.

그가 불만스럽게 말했다.

"다른 데서 해. 이 지역에서 과제를 수행하면 장사에 방해가 되고, 내 가게에서 그런 일이 일어나는 것은 원하지 않아."

"그게 아니고… 죄송…."

"그냥 당장 여기서 나가."

나는 길을 달렸다. 얼트와 반대 방향으로. 어디로 가는지도 모르면서 무작정 움직였다. 빠른 속도로 움직이면 내 생각을 침묵시킬 수 있을지도 몰랐다. 나는 내게 온 한 번의 기회를 날려 버렸고, 그럼으로써 나 자신뿐 아니라 내 가족, 내게 소중했고 아직도 소중한 모두를 실망시켰다.

이보다 더 얼떨떨할 수 있을까 생각하면서 약국 선반의 물건들을 바라보았다.

　나도 내가 그렇게까지 할 줄은 몰랐다. 또 금발의 색조가 세 개 이상일 줄도.

　나는 한숨을 쉬고 머리 색깔을 '신데렐라'라는 이름의 색깔로 바꿔 준다고 약속하는 상자를 집어들었다. 내 머리는 워낙 검어서 먼저 탈색을 해야 했다. 그래서 탈색제도 같이 샀다. 그리고 가위도.

　선반 아래쪽에는 모른 척할 수 없는 안내문이 박혀 있었다.

　'미성년과 액티브 얼트는 일시적이거나 영구적인 외모 변화를 줄 수 없습니다. 자세한 내용은 위원회에 문의하십시오. 감사합니다. 위원회.'

　컴플릿이 되기 전에 얼굴에 변화를 주는 것은 금지되어 있다. 뼈 이식, 근육 이식, 얼굴과 목의 문신. 그리고 액티브 얼트는 일시적인 변화(선글라스, 콘택트렌즈, 피어싱)도 금지되어 있다.

　손톱 메니큐어는 허용되었다. 피부색을 바꾸지 않는 연한 화장도 괜찮았다. 머리를 자르거나 염색하는 것도 허용되었다. 위원회가 그 정도만으로는 얼트의 얼굴이 알아볼 수 없을 만큼 변하지 않는다고 판단했기 때문이다.

　나는 그들이 틀렸기를 바랐다. 나는 다르게 생긴 사람이 되어야 했다.

돈이 얼마 없었다. 하지만 코드에게 전화하면 그의 말이 옳다는 걸, 그러니까 내가 도망만 다닌다는 것을 확인시켜 주는 꼴이라서 그에게 전화도 하지 않았다.

오늘 아침에 얼트를 본 기억이 차가운 손가락처럼 내 등골을 훑었다. 그녀는 내 옆을 그토록 가깝게 지나갔다. 내가 준비되었다는 생각은 완전히 착각이었다.

나는 돈을 지불한 뒤 구입한 물품을 가방에 넣었다. 내가 옛 상태를 조금이라도 회복할 때까지 시간을 벌기 위해서였다.

내선 기차역까지 가는 데는 오래 걸리지 않았다. 나는 계단을 통해 지하로 내려갔다. 거기에 공중 화장실이 있었다.

여자 화장실은 지저분했고, 기차가 몇 분에 한 번씩 머리 위를 요란하게 흔들며 지나갔지만, 내 일을 하는 데는 문제없었다. 내게 필요한 것은 수돗물과 세면대뿐이었다.

우리 부모님과 내 얼트의 부모님의 유전자가 섞여서 생겨난 검은 머리를 잘라내는 동안, 사람들이 호기심에 찬 눈으로 나를 보며 지나갔다. 십대 소녀들(미성년도 있고 액티브도 있었다)과 퇴근하는 직장 여성들. 나는 그들을 바라보지 않았고, 다행히 누구도 내게 말을 걸지 않았다.

나는 화장실 칸에 들어가 앉아 먼저 탈색이 되기를 기다렸다. 때때로 온 화장실이 요동치며, 화장실 문의 손잡이와 자물쇠가 헐거운 이빨처럼 덜거덕거렸다. 나는 내가 다른 사람이 되는 데 걸리는 시간을 머릿속으로 헤아렸다.

염색이 다 끝났을 때 나는 머리를 수도꼭지 밑에 대고 화학 약품을 씻어냈다. 물 색깔이 점점 연해지자 나는 슬픈 목적을 달성했다는 느낌이 들었다. 썩 좋아하지는 않았다 해도 어쨌건 이해는 하던 웨스트 그레이어와 작별하는 것 같았다. 그리고 이제 마음에 안 들 게 분명하지만 받아들이는 것 말고 다른 방법이 없는 새로운 사람을 만나야 했다.

나는 멍하니 거울을 들여다보았다. 모르는 사람은 아니었지만, 나라고 하기도 힘들었다.

이제 검은 머리는 사라지고, 그 자리에 모양도 느낌도 지푸라기 같은 노란 머리가 생겨났다. 메마르고 푸석푸석해서 만지면 금세 부서질 것 같았다. 길이는 내 평생 가장 짧았다. 덕분에 얼굴이 희미해지고 개성이 없어졌다.

내가 원하던 것이었다.

기차가 머리 위로 다시 지나갔고, 철과 철이 부딪히는 소리가 지나간 뒤에야 나는 비로소 울음 소리를 들었다. 화장실 반대편,

세면대와 거울 너머에서 누군가 숨죽여 울고 있었다.

여자의 낮은 목소리가 타일과 콘크리트에 부드럽게 울렸다.

"알아. 하지만 아직 안 끝났어. 아직 자정은 안 됐으니까."

"아냐, 이제 늦었어. 그동안 낭비한 것을 회복할 시간이 없어. 그 애는 내내 도망만 쳤어."

두 번째 여자의 말은 울음으로 중간중간 끊겼다.

"어떻게든 시도라도 하라고 해. 너는 그 애 엄마잖아. 네가 말해야 돼."

첫 번째 여자의 목소리는 내 귀에도 확신이 없게 들렸다.

"말해 봤자 안 들어. 내가 뭐라고 말해야 돼? 언니 애들한테 이런 일이 닥쳤을 때 언니는 뭐라고 말했어?"

잠시 침묵이 흘렀다.

"네 가치를 증명하는 것밖에 탈출구가 없다고 했어. 방법이 어떻게 되건."

"그 애는 자기보다 자기 얼트가 커시의 군인으로 적합할 거래. 자기가 생존할 사람이라면 이렇게 겁을 먹을 수가 없대."

흐느낌은 이제 조용하게 누그러들었다.

나는 더 듣고 싶지 않았다. 아이 엄마의 목소리에 담긴 슬픔은 이미 애도에 가까웠다. 그 엄마는 자기 딸이 자폭할 것을 알았다.

31일 동안 회피한 일을 마지막 몇 시간의 노력으로 뒤집을 수는 없다는 것을.

나는 마지막으로 거울을 한 번 본 뒤 가방을 메고 화장실을 나가서, 기차에서 막 내린 사람들의 물결 속으로 들어갔다. 그리고 도로에 이르자 걸음을 빨리 해서 두 여자의 목소리를 잊으려고 했다. 우리 엄마가 지금 여기 있다면 나에게 뭐라고 말할지 생각하지 않으려고 했다. 그리고 엄마가 내 얼트의 부모님을 만났던 이야기를 떠올렸다.

우리 부모님은 16년 전에 셋째 아기를 낳고 싶어서 유전자 지도를 작성하러 위원회 산하 연구소에 갔다. 그리고 우리 부모님과 마찬가지로 아기를 낳고 싶어 하는 다음 번 부부가 내 얼트의 부모님이 되었다.

"우리가 만나게 된 건 잘못이었어."

엄마가 말했다. 엄마와 나는 새 학년을 맞아 옷을 사러 나왔다가 그리드의 한 카페에 점심을 먹고 있었다. 엄마는 내가 엄마의 음식을 뺏어 먹는 것을 막지 않았다. 우리는 각기 다른 메뉴를 주문해야 했기 때문에 엄마는 늘 그렇게 음식을 내어 주었다.

"왜요?"

내가 물었다.

"그 병원에서… 사고가 있었어. 한 엄마가 다른 엄마를 폭행한 거야. 그 엄마가 얼트를 못 갖게 하려고. 그런다고 달라지는 건 없는데 말이야. 어쨌거나 그 다음에 오는 부부가 그 엄마의 아기의 얼트를 가질 테니까.

거기 접수원이 첫 출근한 날이라서 일을 잘 못하고 허둥댔어. 그래서 우리를 같은 방으로 보냈지. 나, 네 아빠, 그리고 그 사람들. 그 사람들은… 평범했어. 평범하고 친절하고, 이상한 사람들이 전혀 아니었어. 네 코는 그쪽 엄마의 코야, 웨스트. 끝이 그렇게 살짝 들린 코는 다른 식구들하고 달라. 다른 식구들보다 둥근 네 턱도. 그리고 높은 광대뼈는 그쪽 아빠를 닮았어."

나는 내 코와 턱과 뺨을 만졌다. 내가 평생 알던 모양과 각도가 갑자기 낯설었던 기억이 난다. 그것이 내 것이 아니고, 나도 진짜 내가 아닌 것 같았다.

그러더니 엄마의 얼굴이 굳었다.

"나는 가볍게 웃으며 고개를 끄덕였고, 우리 넷은 날씨 이야기와 연구소가 아주 깨끗하다는 둥 여러 이야기를 했어. 내가 그 여자의 눈을 후비지 않고 그 남자를 두드려 패지 않기 위해서 할 수 있는 일은 그게 전부였지. 우리 자식의 최고의 적을 낳아서 키울

232

사람들, 우리에게 상상할 수 있는 가장 큰 고통을 안겨 줄 수 있는 사람들과 한 방에 앉아 있었으니. 나는 폭력을 휘두른 엄마를 백 번 이해하고도 남았어."

그 뒤로 엄마는 그 이야기를 다시 하지 않았고, 나 역시 하지 않았다. 엄마는 위원회의 컴플리션 제도에 의문을 제기하지도 않았고, 커시의 다른 모든 시민들이 지닌 의무감도 똑같이 지녔다. 나는 그때의 그 느낌을 기억하고 싶지 않았다. 내가 아는 사람들뿐 아니라 내가 모르는 사람들로도 내가 이루어졌다는 그 느낌을.

빗방울이 내 염색 머리 위로 하나둘 떨어졌다. 두피는 아직 민감하게 반응했다. 빗방울이 도로에 닿자 전기 오존 냄새가 코를 찔렀다. 나는 고개를 들어 하늘을 보았다.

하늘은 캄캄해져 있었다. 또 하루가 끝났다. 두꺼운 구름은 끝이 없었고, 이대로 폭풍을 맞을 수는 없었다. 밤을 보낼 곳을 찾아야 했다. 이 밤을 보내면 8일은 7일로 줄어 있을 것이다….

나는 길 건너 도서관으로 갔다. 그리드에 있지 말라는 코드의 경고는 무시했다. 그것은 원하지 않는 기억의 불꽃이었다. 만약 내가 오늘 나의 얼트를 보지 않았다면 그 말을 들었을 것이다. 하지만 나는 이제 여기 있었다. 비를 피하려고 헤매어 다니고 싶지는 않았다. 여기 얼트가 없는 것만 확실하다면 이곳도 충분히 안전할 것이다. 어쨌건 오늘 밤은.

나는 도서관 현관을 열고 들어가서, 사방을 빠르게 훑어보았다. 언제나 이 몇 분, 모든 일이 가능한 짧은 시간, 얼트가 실제로 여기 있을지도 모르는 이 시간이 내 감각을 폭주시키고 심장과 맥박을 요동치게 했다.

액티브가 된 뒤로 여기 몇 번 왔지만 그때마다 한두 시간 정도만 있었고 사람들 눈에 익지 않도록 방문 간격도 띄엄띄엄하게 했다. 이곳은 회색 지대였다. 여기서 나는 일상 활동을 하면서도 안전하게 있는 방법을 알았다. 얼굴 없는 방문객으로, 그저 추위와 비를 피해서 들어온 또 한 명의 얼트로 있는 방법을.

스무 명 남짓한 학생이 테이블에 앉아 플렉시리더와 태블릿을 보고 있었다. 나이든 사람들도 조금 있었다. 눈에 보이는 학습 캡슐 중에 사람이 있는 것은 몇 개뿐이었다. 나는 그들의 등과 어깨를 살펴보며 위험의 기미를 헤아렸다.

없었다.

하지만 그 방에서 내가 파악할 수 있는 것은 그것이 전부였다. 서가는 거의 천장까지 뻗었고, 만약 얼트가 그 뒤에 숨어 있다면, 내가 그곳을 살펴보러 올 때까지 가만히 기다릴 것이다.

나는 두 손을 다시 재킷 주머니에 넣었다. 이제는 꿈에서도 그 동작을 했다. 한 손으로 총을 잡고, 다른 손으로는 접이칼을 잡는 동작. 언제라도 준비되어 있도록.

나는 복도를 걸으며 숨을 죽인 채 서가들을 지나갔다. 서가 하나가 지나갈 때마다 내 안전 영역은 넓어졌다. 내 발걸음은 소리를 내지 않았다. 절제되고 신중했다. 몸과 마음이 팽팽하게 긴장되었고, 나 자신이 나를 몇 초 앞서서 걷는 것처럼 느껴질 지경이었다. 심지어 고개를 다 돌리지 않고도 볼 수 있었다. 다 보기 전에도 판단할 수 있었다.

왼쪽 첫 번째 줄 : 엄마가 키득거리는 세 딸을 데리고 와 있다. 엄마가 입술에 손가락을 대서 아이들에게 조용히 하라고 시킨다.

오른쪽 세 번째 줄 : 지팡이를 짚은 노인. 지팡이로 꼭대기 서가의 책을 끌어내린다.

다시 왼쪽으로 가서 네 번째 줄 : 모자를 이마 위로 깊이 내린 청소년.

마침내 끝에 다다랐다.

화장실을 빠르게 탐색하면서 일 층 점검을 마무리했다. 이제 컴퓨터와 태블릿과 인쇄된 총서들이 있는 이 층이었다. 그곳도 안전했다. 어깨가 내려가고 두 손이 주머니 안에서 살짝 풀어졌다.

그때 그 장소가 거기 있었다. 겨우 두 달 전인데, 그 사이에 벌어진 많은 일들 때문에 훨씬 오래 전처럼 느껴졌다. 참고 도서 서가, 왼쪽 다섯 번째 줄. 나는 부드럽고 빛바랜 책등을 훑었다. 《얼트의 역사》, 《얼트의 전쟁》 그런 책들이 서가를 채우고 있었다.

나는 책을 한 권 꺼냈다. 파란 표지의 얇은 책이었고, 거기 적힌 말들이 몹시 오래되었다는 사실이 강편치처럼 나를 강타했다. 나는 표지의 빛바랜 제목을 손가락으로 훑었다. 《위원회를 넘어》 또 뭐였지? '쓰레기.' 입술이 어두운 미소로 뒤틀렸다. 나는 아직도 베어의 목소리에 담겼던 싸늘한 경멸과 그가 한 조롱의 말들을 기억했다. 베어에게, 다이어에게, 위원회는 우리의 생명만 손에 쥐고 있는 것이 아니었다. 그들은 자기 손에 묻은 피도 보지 못하고 있었다.

나는 내 손을 내려다보고 소매 아래 감춘 문신을 떠올렸다. 문신은 수갑처럼 나를 스트라이커 신분에 묶어 두었고, 또 위원회에도 묶어 두었다. 그러니까 위원회가 그 많은 죽음을 유발한 죄가 있다면 나도 마찬가지 아닌가? 나도 그들만큼 세상을 비틀고 있지 않는가?

더 이상 생각하기 싫었다. 스트라이커 일은 그저 내가 이기기 위해 할 수 있는 일이라고 생각하고 싶었다. 내가 아직 타격 경험이 적어서, 충분히 배우지 않아서, 충분히 단련되지 않아서 이렇게 도망 다니고 있다고. 그리고 그것은 '두려움'과 아무 상관없다고.

"거짓말."

나는 누구에게랄 것 없이 소리 내서 말했다. 그리고 책을 본래 자리에 사납게 밀어 넣었다.

어쨌건 그 점에서는 베어가 옳았다. 이 책을 비롯해서 여기 있는 모든 책들은 거짓 위안밖에 주지 않았다. 그 안의 어떤 내용도 마침내 얼트와 마주쳤을 때 한 발 먼저 총을 쏘거나 칼을 쓰는 데 도움이 되지 않았다.

누가 어깨를 툭 쳐서 얼른 돌아보았다. 하지만 그 순간 나는 통제력은 부족하고 공포심은 너무 많았다. 이미 온몸을 휘감은 아드레날린에 추동되어 나는 앞뒤 없이 주머니에 손을 넣고….

'아직 준비가 안 됐어, 아직!'

총을 찾아 더듬었다.

"우어, 기다려! 잠깐!"

남자가 겁먹은 목소리로 말했고, 잠시 후 눈앞이 다시 보였다.

그는 사서였다. 작고 여윈 몸집에 온순한 생김이었다. 목에 건 신분증이 흔들렸다. 그는 항복의 표시로 두 팔을 들었다. 이름은

'솔'이고, 얼굴이 우유처럼 희었다.

어쩌면 더 위험할 수도 있었다. 내가 준비되어 있었다면, 내가 잠시 정신을 딴 데 팔지 않았다면…. 지금까지는 그러지 않도록 몹시 조심했건만…. 나는 앙다문 입을 풀고 천천히 두 손을 들었다. 내 손에 아무것도 없다는 걸 보여 주어야 했다. 그의 눈이 비명을 지르며 그것을 요청하고 있었다.

"미안해요, 그냥… 놀라서요."

내 입은 미소를 시도했다. 그 느낌은 괴로웠다. 솔은 나를 보며 눈을 깜박이다가 내 눈을 보고 더 빠르게 깜박였다.

"이제 문 닫을 시간이야, 10분 후면."

떨림을 억누른 그의 목소리는 얇았고, 긴장되어 있었다.

나는 내가 폐관 시간이 다 되어 들어왔다는 것을 잊고 있었다.

"죄송해요. 시간이 그렇게 흐른 줄 몰랐어요. 나갈게요."

내가 다시 사과했다.

솔은 딱딱하게 고개를 끄덕이고 떠났다. 그 황급하고 뻣뻣한 걸음은 그가 얼마나 당황했는지를 잘 보여 주었다. 그 사람을 그렇게 겁준 것은 속상한 일이었다. 타격 대상도 아니고 내 얼트도 아닌 사람을 부주의로 우연히 죽일 수 있다는 생각에 배 속이 뒤집혔다.

그런 일은 용납할 수 없었다. 그러면 내가 평생 나를 용서할 수 없을 것 같았다.

건물 어딘가에서 쾅 하고 문 닫히는 소리가 나를 깜짝 놀라게 했다. 시간이 없었다. 나가야 했다.

나는 몇 초 만에 일 층으로 내려왔다. 하지만 현관으로 가는 대신 계단 아래에서 오른쪽으로 빙글 돌아갔다. 그리고 잠시 걸음을 늦추어 가까운 서가에서 아무 책이나 휙 꺼낸 뒤 옆쪽 출구로 나갔다.

그 문은 안에서 자동으로 닫히는 문이었다. 나는 발을 걸어서 문이 닫히는 것을 막았다. 그리고 책장 하나를 주의 깊게 찢었다. 내용이 없는 맨 뒤쪽의 책장이었다.

그런 뒤 종이를 여러 번 반복해서 접었다.

한 손으로 종이를 문설주 위, 빗장이 걸리는 자리에 댔다. 다른 손으로는 문고리를 깊이 돌려 빗장이 안쪽으로 쑥 들어가 있게 했다. 그런 뒤에야 천천히 발을 빼서 문이 다시 문설주에 닿게 했다. 그리고 돌렸던 문고리를 부드럽게 놓았다.

한순간 종이가 버티지 못할 거라는 생각이 들었다. 너무 약해서 빗장이 자리에서 밀어내거나 뚫고 들어갈 것 같았다. 하지만 그렇지 않았다. 종이는 잘 버텼다.

내가 이 문을 택한 것은 뒷문은 도서관 주차장으로 이어지고, 왼쪽 문은 큰길과 연결된 골목으로 나갔기 때문이었다. 두 문 다 도서관 직원들이 이용할 가능성이 높았다. 하지만 이 출구는 아무도 이용하지 않을 것이다. 이 문은 지금 사람들이 바쁘게 퇴근하는 사무용 건물을 향해 나 있었기 때문이다.

나는 도서관 문의 차가운 금속에 귀를 대고 기다렸다. 사람들 목소리가 오르락내리락했다. 발소리, 딸깍 소리, 쿵쿵거리는 소리가 섞여 들렸다. 진공청소기 소리, 문을 열고 닫는 소리. 밤 동안 잠가두는 소리들이었다.

그런 뒤 10분 동안 도서관에는 완벽한 침묵이 흘렀다. 나는 마침내 문에서 몸을 떼고 빗장이 갑자기 튀어나가지 않도록 조심조심 문고리를 돌려 문을 열었다. 접은 종이가 바닥에 떨어졌고, 나는 그것을 집어 바지 뒷주머니에 넣었다. 그 종이를 책에 도로 넣어 봐야 이미 이루어진 파손을 회복할 수는 없었다.

다시 안에 들어오자 퀴퀴한 습기 냄새가 어느 때보다 더 강하게 느껴졌다. 그 냄새는 컴컴한 어둠 속에서 내가 보지 못하는 것들을 벌충해 주었다. 들리는 소리는 내 숨소리뿐이었다. 그렇게 큰 공간에 혼자 있는 일은 짜릿하고도 섬뜩했다. 여기 어떤 유령이 있을지 몰라도 나와 공간을 함께 쓰는 일에 불만이 있는 것 같지는 않았다.

시간이 좀 지나 눈이 어둠에 익자 나는 책을 본래 자리에 돌려놓고, 필요할 때 쉽게 나갈 수 있도록 비상문 근처의 학습 캡슐을 골랐다.

그리고 가방 밑바닥에서 찌그러진 참치 통조림과 뭉개진 곡물바를 꺼내 먹은 뒤 두 팔을 책상에 엇갈려 놓고 그것을 베개 삼아 머리를 뉘었다. 한 손은 책상에 올려둔 가방의 끈을 꿰었다. 책상과 의자의 금속 가로대들이 오금과 갈비뼈를 찔렀지만 신경 쓰지 않았다. 그 느낌은 내가 아직 살아 있다는 뜻이었다.

비가 비상문의 작은 창문을 두드렸고, 나는 그 부드러운 소리를 자장가 삼아 잠이 들었다. 내가 얼마나 깊이 잠들었는지는 몰랐다. 하지만 꿈속에서 나는 나와 거의 똑같은 얼굴을, 기차역 화장실의 두 엄마를, 떠나는 나를 보는 코드의 얼굴을 보았다. 그러다 새벽녘에 비가 가늘어지자 그 고요에 잠이 깨었다.

잠을 잤는데도 기진맥진했다. 조금씩 빛이 들면서 건물이 깨어났다. 그러다 뒷문 열리는 소리가 들리자 나는 그제야 일어나 가방을 둘러메고 어젯밤에 사용한 옆문으로 나갔다.

바깥은 추웠고, 다시 비가 시작되었다. 불 지핀 방과 혀를 델 만큼 뜨거운 음식이 그리워지는 쓸쓸한 가랑비였다. 나는 어깨를 웅크리고 후드를 이마 위로 깊이 내린 뒤 두 손을 재킷 주머니에 넣었다. 그리고 두 손에 잡히는 쇠의 감촉을 유일한 위안으로 삼아 겨울비에 검게 젖은 길에 올랐다.

이제 7일 남았다.

오후까지도 그녀의 표시는 없었다. 나는 온갖 지점에서, 가능한 모든 각도로 터미널을 살펴보았지만 아무것도 없었다. 그녀는 그곳을 들어가지도 나오지도 않았다.

나는 입술을 깨물고 지나가는 사람들을 살펴보았다. 행인들의 웅크린 몸에서 빗방울이 튀었고, 시간 낭비가 아닌가 싶기도 했지만, 그러면서도 얼트가 여기 있을 거라는 생각을 쉽게 저버리지 못했다. 포기하고 도피하는 얼트가 아니라, 자신만만하게 대결을 원하는 얼트로.

그녀가 여기서 지내는지 아닌지 확인하는 방법은 직접 들어가는 것뿐이었다. 나는 숨을 깊이 들이쉬고 몸속에 고이는 공포를 누르며 터미널 앞으로 다가갔다.

로비는 넓고 깨끗하고 밝았다. 중앙 엘리베이터가 층과 층을 연결했다. 얼트 로그 스테이션과 무선 인터넷 접속 장소, 식사 제공 장소, 그리고 숙소가 각 층에 흩어져 있었다. 1학년이었던 2년 전 학교에서 현장 학습을 왔을 때와 똑같았다. 그때가 얼마나 아득하게 느껴지는지. 그때만 해도 우리가(나와 내 친구들, 우리 반 친구들 모두) 얼마나 천진난만했는지. 우리가 거기 다시 올 때는 죽음에 쫓기는 처지일 거라는 것을 그때는 아무도 몰랐다.

나는 빛에 눈을 찌푸렸다. 여기는 너무 밝았다. 사람을 찾아보기에는 좋았지만, 어둠 속에 숨기엔 나빴다.

카운터에 앉은 여자 직원이 컴퓨터에서 눈을 떼고 나를 보았다.

"뭘 도와드릴까?"

"잠깐 얼트 로그를 확인할 수 있을까요? 금방이면 돼요."

직원은 눈 스캔 총을 들었다.

"입장을 위해 필요하니 앞으로 와 줘요."

나는 본능적으로 물러섰다.

"저기… 한 번만 눈 스캔을 안 하면 안 될까요? 1분이면 되는데요."

직원은 고개를 저었다.

"안 돼. 그럴 수 없다는 걸 잘 알잖아."

그 목소리에는 지루함이 담겨 있었다. 그걸 탓할 수는 없었다. 그녀는 같은 부탁을 얼마나 자주 들었을까? 얼마나 많은 얼트가 눈 스캔 없이 들어가려고 했을까?

"1분이면 돼요. 부탁이에요."

나는 그러고 싶지 않았지만 절박한 마음에 사정했다.

"안 돼, 미안."

직원은 다시 컴퓨터 모니터로 시선을 돌렸다.

"그러면 저를 대신해서 찾아 주실 수 있나요?"

나는 주머니에 남은 몇 장 안 되는 지폐를 생각했다. 이걸 과감하게 직원에게 내밀어도 될까 머리를 굴려 보았지만, 직원이 위원회 소속이라는 사실 때문에 망설여졌다.

여자는 소리 나게 껌을 씹었다. 퀴퀴한 박하 냄새가 풍겼다.

"미안."

그런 뒤 얼굴을 찡그리고 말했다.

"게다가 학생은 오늘 아침에 여기 있지 않았어?"

나는 고개를 저었다.

"아뇨."

"지금쯤이면 여기가 돌아가는 방식을 알아야지. 눈 스캔이 없이는 들어오지도 나가지도 못해."

나는 그제서야 깨달았다. 아드레날린 물결이 몸을 휩쓸었다.

"고마워요."

나는 최대한 정상적인 척하면서 힘겹게 말했다. 내 얼트. 직원은 내 얼트를 말하고 있었다.

"잠자리를 원하면 시간에 맞춰 와야 돼. 숙소는 18시에 문을 열어."

여자의 미소는 온화했다. 하지만 그 눈에 가벼운 빛이 있었고, 나는 그 뜻을 읽었다. 여자는 나를 도울 수 없었지만, 자신이 내게 도움이 되는 말을 했다는 뜻을 전했다.

그러니까 그건 실수가 아니었다. 내가 그 직원이 아는 사람과 비슷한가? 안 그러면 나한테 그 이야기를 왜 했을까?

내 생각을 읽기라도 한 것처럼 여자는 무성의하고 짜증스러운 동작으로 손을 흔들었다. 또 한 명의 액티브가 터미널로 들어오고 있었다.

"너한테는 많은 도움이 필요할 거야."

다시 한 번 껌이 짝 소리를 냈다.

"네 눈은 그 아이하고는 달라. 행운이 있기를 빈다. 너는 행운이 필요할 거야."

나는 떨리는 다리로 터미널을 떠났다. 축축한 추위가 뼛속을 스몄지만 방금 있었던 일을 생각하느라 그것을 제대로 느낄 겨를이 없었다. 내 얼트가 여기 있었다. 그리고 나는 그녀가 여기 다시 오기를 희망했다. 안 그러면 그녀는 그리드 어디라도 있을 것이다. 커시 경계선 안의 어디에라도.

내 앞으로 걸어오는 소녀를 보고 나는 방법이 하나 떠올랐다. 내 얼트의 머릿속을 들여다볼 방법, 그 친구가 무슨 생각을 하고 어떤 계획을 세우고 있는지 알아볼 방법이.

소녀는 나보다 약간 어린 열세 살, 열네 살 정도였다. 소녀의 솔직한 얼굴은 이제 막 액티브가 된, 앞으로 1~2주 사이에 닥칠 그런 변화가 아직 생기지 않은 얼굴이었다. 물론 그만큼 버틸 수 있다면. 하지만 소녀의 눈에 기대는 높고 공포는 부족했다. 나는 그걸 연민할 수 없었다. 내가 바로 그 약함을 이용해야 했기 때문이다.

나는 얼른 소녀의 옷과 피부와 머리를 판단해 보았다. 옷은 아직 깨끗했지만, 계절에 맞지 않아 보였다. 밤의 추위에 준비가 되어 있지 않았다. 얼굴은 창백했고, 감지 않은 머리는 힘없이 늘어져 있었다. 그리고 허기져 보였다.

그래.

소녀가 내 옆을 지나갈 때 내가 그 앞으로 다가갔다.

"저기, 잠깐 이야기 좀 할 수 있을까?"

나는 소녀에게만 들리도록 작은 목소리로 말했다.

소녀는 걸음을 멈추고 어깨의 가방끈을 불안하게 만지작거렸다. 가방은 소녀의 몸집에는 너무 크고 무거워 보였다. 소녀는 주변을 둘러본 뒤 나를 바라보았다. 두 눈에 나선형 숫자가 진하게 박혀 있었다.

"무슨 일이야?"

소녀가 물었다.

"너 터미널에 들어갈 거니?"

"아마. 그럴까 어쩔까 생각하던 중이야. 왜?"

"부탁 하나 하려고."

"무슨 부탁?"

모 아니면 도였다.

"얼트 로그에서 무얼 좀 확인해 줄 수 있겠니?"

나는 주머니에서 어젯밤 도서관 책에서 찢어낸 종이를 꺼내서 내 과제 번호를 적었다. 내가 꿈에서도 보는 수열 574206918344를.

"이걸 쳐 보고 뭐가 나오는지 봐 줘."

소녀의 눈에 무슨 일인지 알겠다는 희미한 불꽃이 반짝였다.

"얼트가 여기 다녀갔는지 알고 싶은 거구나."

"응."

나는 얼트가 이미 다녀갔다는 걸 알았지만 그렇게 대답했다. 지금 나는 더 많은 것을 알아야 했다. 언제 왔는지, 얼마나 자주

왔는지, 어떤 패턴과 습관이 있는지. 어떤 약점을 찾을 수 있는지.

소녀는 혼란스런 얼굴로 나를 보았다.

"얼트 로그는 누구나 볼 수 있고, 터미널은 모든 액티브에게 열려 있어. 직접 하지 그래?"

"오늘 밤 근무 직원 있잖아?"

나는 터미널 로비 쪽을 대충 가리켰다. 목소리를 침착하게 해서 내 간절함을 드러내지 않으려고 했다. 내가 피하려는 게 눈 스캔이라는 걸 감지한다면, 소녀는 더 이상 듣지 않고 그냥 달아나 버릴지도 몰랐다.

"내가 어젯밤에 거기 시스템을 망쳤다고 아직도 화가 나 있어. 일부러 그런 것도 아닌데 말야. 그래서 얼마 동안 얼굴을 보이지 않는 편이 좋겠다고 생각했어."

소녀는 아직도 미심쩍어했지만 나는 이미 준비되어 있었다. 액티브가 어떤 일을 공짜로 해 주는 일은 드물었다. 나는 손에 코드의 돈을 흔들며 말했다.

"이거 봐. 이거 줄게. 이 일을 해 주면 먹을 걸 구할 수 있어."

소녀는 눈을 동그랗게 뜨고 생각에 빠졌다. 소녀에게서는 배고픔이 냄새처럼 풍겨 나오고 있었다. 그래도 소녀는 망설였다. 주도권이 누구한테 있는지 알았기 때문이다.

"그 정도로는 별로 살 수 있는 게……."

소녀는 일부러 말끝을 흐렸다. 더 말할 필요가 없었다.

소녀는 생각만큼 어리숙하지는 않았다. 나도 배가 고팠고, 소녀를 나무랄 수 없었다. 나라도 똑같이 했을 테니까.

길게 느껴지는 짧은 시간이 지난 뒤 나는 손목에서 룩의 시계를 천천히 풀었다. 나를 추동한 것은 그렇게 하지 않으면 룩이 화를 냈을 거라는 생각이었다.

"이것도 줄게, 어때?"

나는 시계를 건네면서 뻣뻣하게 말했다. 가슴에 숨이 걸리는 것 같았지만, 나는 그 숨을 내보냈다.

"저기 모퉁이를 돌면 전당포가 있어. 큰돈은 못 받겠지만, 그래도 없는 것보다는 나을 거야."

소녀는 그것을 주머니에 넣었다.

"좋아, 해 줄게."

그 목소리에는 놀라움이 담겨 있었다. 더 받을 것을 기대하지 않았다는 듯, 자신도 자신이 더 요구할 수 있다는 것을 몰랐다는 듯했다.

"여기서 기다려. 금방 올게."

나는 시계를 풀어 새롭게 드러난 손목의 피부를 문지르며 소녀가 터미널로 들어가는 모습을 지켜보았다. 소녀의 위험이 내 소득이었기 때문에 그 모습은 기쁨과 섬뜩함을 동시에 안겨 주었다. 내가 차갑지 않다는 코드의 말은 틀린 것 같았다. 소녀는 물론 이런 일이 없어도 그냥 들어갔을 수 있지만… 들어가지 않을 수도 있었다.

소녀는 금세 돌아왔다. 그리고 나에게 출력물을 건넸다. 거기에는 날짜와 시간이 죽 적혀 있었고, 대충 훑어보는데도 가슴이 쿵쾅거렸다.

'그래.'

내 얼트는 이번 주 내내 터미널에 드나들었다. 내 눈은 가장 최근의 정보가 있는 아래쪽으로 내려갔다. 패턴이 보였다.

사흘 전부터.

오전 (수화물 센터 1) 퇴소 0853

침대 신청 (수화물 센터 1) 입소 1817

퇴소 1856

입소 2033

퇴소 2149

입소 2213

이틀 전

오전 (수화물 센터 1) 퇴소 0927

입소 1335

퇴소 1351

침대 신청 (수화물 센터 1) 입소 1849

퇴소 1916

입소 2054

하루 전

오전 (수화물 센터 1) 퇴소 0843

침대 신청 (수화물 센터 1) 1802

퇴소 1912

입소 2235

그리고 오늘 오전

오전 (수화물 센터 1) 퇴소 0803

나의 얼트는 지난 사흘 밤을 내리 여기서 보냈다. 그게 결정적인 정보는 아니지만, 그래도 중요한 정보였다. 이제 내 인생은 168시간 안쪽으로 줄어들어 있었기 때문에, 어쩌면 여기에 인생의 모든 것이 달려 있을 수도 있었다.

소녀가 말을 했을 때 나는 깜짝 놀랐다. 나는 흥분 속에 소녀를 잊고 있었다.

"어, 돈을 줘야지?"

나는 출력물을 가방에 넣고 마지막 남은 지폐를 건넸다. 이제 남은 것은 가방 밑바닥에 굴러다니는 잔돈뿐이었다. 돈을 남기지 않은 것은 바보 같은 일이었지만 이렇게 해야 했다. 그런 이유 하나는 소녀의 순진함을 이용한 데 따른 죄책감이었다. 물론 소녀의 생존 본능이 깨어나는 것을 보는 기쁨도 있었다. 나머지는 내가 보이지 않는 선을 넘어갔다는 암담한 인정이었다.

돈을 받을 때 소녀는 나와 손이 닿지 않으려고 했다. 소녀의 손톱은 너무 씹어서 손톱 밑살이 거의 드러나 있었고, 아직도 진홍색 매니큐어가 초승달 모양으로 남아 있었다.

"좋아. 고마워."

소녀가 돈을 접어서 바지 주머니에 넣었다. 그리고 돌아서다가 멈춰 서서 숨을 훅 들이쉬고 내게 다시 손을 내밀었다.

"이거. 나보다 언니한테 더 필요할 것 같아."

나는 놀라서 천천히 소녀가 내민 룩의 시계를 받아들었다.

"정말이야?"

나는 마비된 입술로 물었다. 숨이 다시 가슴에 걸렸다.

"사실대로 말하자면 그렇다는 걸 알아."

'그러건 말건 무슨 상관이지?'

"아냐, 네가 틀렸을 거야."

나는 조용히 말하고 시계를 다시 찼다. 다시 무장한 느낌이 들었다. 그것은 그저 금속과 플라스틱과 부품들로 이루어진 시계였다. 하지만 말이 되건 안 되건 그것 이상이었다.

소녀는 어깨를 으쓱했다. 그 눈에 깃들인 동정심은 내가 소녀에게 느끼는 감정과 몹시 비슷해서 나는 불안했다.

"괜찮아. 나는 해낼 거야."

소녀는 그렇게 말하고 사람들 틈으로 사라졌고 나는 멍하니 소녀의 뒷모습을 바라보았다.

엠이 떠올랐다. 아마 소녀가 엠 같은, 그리고 데스 같은 천진함을 지녀서일 것이다. 하지만 그것은 소녀에게서 이미 사라져 갔고, 사실 거의 사라져 있었다. 그래야 했다. 소녀는 그것을 버리고 대신 잔인한 강철을 찾아야 했다. 그러니까 엠처럼 일찍 죽고 싶지 않다면, 과제를 컴플리션하고 싶다면.

그래서 나는 소녀가 나하고도 약간 비슷하다고 생각하고 싶
었다.

물론 나라면 시계를 돌려주지는 않았을 것이다.

나는 돌아서서 걸어가며 얼트를 죽일 최고의 방법을 궁리했
다. 이제 희망이 있었고 그것은 그 종이에 적힌 번호와 글자에 달
려 있었다. 그 정보는 사례가 너무 적어서 아무 의미가 없을지도
모른다. 내 절박함이 그것의 의미를 찾아내고 키우지 않는다면.

CHAPTER 7

비가 계속 왔다.

습기가 냉기와 결합해서 재킷과 스웨터와 속옷을 뚫고 내 피부에 바로 닿았다. 나는 벌써 몇 시간째 기다리고 있었다. 이렇게까지 추운 적은 없었다.

밤 11시가 가까웠고, 나의 얼트는 예상을 빗나가고 있었다. 패턴이 깨졌다.

나는 터미널 맞은편의 휴대폰 수리점 차양 아래 앉아 덜덜 떨면서 몸을 더 깊이 웅크렸다. 사람들은 눈길을 두 번도 던지지 않고 지나갔고, 사람들의 물결은 이 늦은 시각에도 누그러들 기미가 보이지 않았다. 나는 기력이 빠져서 눈 붙일 만한 장소를 찾아

두리번거렸다. 가까워야 했다. 잠처럼 사소한 것 때문에 얼트를 놓칠 수는 없었다.

먼저 옆쪽 골목을 눈으로 훑었다. 위치는 터미널 출입구가 바로 보여서 이상적이었지만, 너무 뻥 뚫린 공간이었다. 또 다른 사람도 거기서 밤을 보내려고 할 수 있었다.

상점 입구들도 아니었다. 길에서 안쪽으로 들어가 있기는 했지만 행인들에게 너무 열려 있었다.

생각의 흐름이 멈추면서 다음 순간 숨이 목에 걸리고 두 눈이 가늘어졌다. 나는 젖어서 늘어진 후드 속으로 더 파고들었다.

그때 나는 내 얼트를 보았다.

그녀는 흔들리지 않는 걸음으로 사람들 가득한 길을 뚫고 갔다. 몹시도 익숙한 그 옆모습이 터미널의 불빛에 또렷이 떠올랐다. 나는 얼트가 터미널 안으로 들어가는 모습을 지켜보았다.

창문 안쪽으로 터미널 카운터가 보였다. 카운터에는 내가 오전에 만난 그 직원이 앉아 있었다. 얼트가 직원에게 이야기하고 직원이 눈 스캐너를 집어들 때 직원의 표정이 어떤지 살펴보았다. 별로 특이한 것도, 무언가 어긋났다는 표시도 없었다. 차이점이라면 아까보다 훨씬 더 피로하고 지루해 보인다는 것뿐이었다. 설마 아까 우리가 한 대화를 잊었을까? 나는 그저 절박한 요구와 더 절박한 눈을 한 또 한 명의 얼트였을 뿐인가?

그들은 잠깐 더 이야기를 했고, 나는 몸이 마구 흔들렸다.

내가 무엇을 하려는 거지? 얼트가 어쩌기를 바라는 거지? 이 일을 할 준비가 되어 있는 건가? 아니면 그저 얼트가 안에 머물러서 나에게 시간을 약간, 아주 약간 더 주기를 기다리는 건가?

'그러면 난 준비가 되어 있을 거야. 얼트를 죽이고 과제를 컴플리션할 준비가.'

내 얼트는 직원에게 가방을 넘기더니 다시 문을 열고 밖으로 나왔다. 나는 이제 당장 준비가 되지 않으면 안 되었다.

얼트는 터미널을 나서더니 나를 향해 곧장 걸어왔다.

심장이 미친 듯이 요동칠 때 얼트는 자리에 우뚝 서더니 소리 내서 혼잣말을 했다. 시간을 확인하는 것 같았다. 그런 뒤 휴대폰을 들고 통화를 하면서 발뒤꿈치로 빙글 돌아 반대 방향으로 갔다.

나는 숨을 깊이 들이쉬며 마음을 다졌고, 피가 나올 만큼 혀를 강하게 깨물었다. 그러자 정신이 번쩍 깨었고, 입 안 가득 퍼지는 구리 동전 맛이 육체의 연약함을 일러 주었다. 그 느낌을 다시는 알고 싶지 않았다.

그래서 나는 얼트를 따라갔다.

두 손은 모두 재킷 주머니에 깊이 찔렀다. 왼손에는 접이칼이, 오른손에는 총이 있었다. 총구가 배에 든든하게 닿았다.

얼트는 네 블록을 걸은 뒤 오른쪽으로 돌아서 세 블록을 갔다. 그리고 다시 왼쪽으로 돌아서 대여섯 블록을 갔다. 도대체 누구와 이야기하며 이렇게 오래 걷는 걸까? 하지만 그 질문을 치워 버렸다. 나한테는 아무 상관없는 일이었다. 물론 통화 상대가 전화를 통해서 내 얼트가 죽는 소리를 듣는다면 끔찍한 일이겠지만 그렇다고 할 일을 안 할 수는 없었다.

몇 분 뒤 얼트는 통화를 끝냈고, 휴대폰이 시야에서 사라졌다. 이제 군중 속에 우리 둘만 남았다. 나는 사람들의 물결에 떠밀려 얼트를 놓치지 않도록 조심해야 했다.

우리는 제스로 구 서쪽을 지나서 이제 개슬라이트에 와 있었다. 개슬라이트는 커시의 네 구 가운데 가장 쇠락한 지역이다. 우리는 유리를 덮은 태양열 정수 센터를 여러 개 지났다. 이곳은 업무용이건 주거용이건 대부분의 건물 지붕에 빗물 수합 장치가 있었다. 개슬라이트 서쪽 끝에는 태평양의 물을 빨아들이는 담수화 공장의 둥근 지붕들이 총총 줄을 지어 반짝거렸다.

얼트의 걸음이 느려졌다. 이 지역이 익숙하지 않은 건지 나를 감지한 건지는 알 수 없었다. 내 본능은 거리를 벌리지 말라고 소리쳤지만 나는 속도를 늦추고 거리를 더 벌리지 않을 수 없었다. 이곳의 붐비는 군중 틈에서 얼트를 쫓는 것은 더 어려울 것 같았다. 하지만 그렇지 않았다. 그 걸음걸이, 거기 따라서 머리카락이 휘날리는 모습… 나는 그것을 너무도 잘 알았다.

하늘이 더 캄캄해져서 칠흑 같은 빛이 되었다. 개슬라이트 인도변에 죽 박힌 수증기 배출구들이 쉬익쉬익 소리를 냈고, 문과 창문들에 걸린 네온 불빛은 그것과 관심 끌기 경쟁이라도 하듯 빛났다.

그 불빛들은 행인들의 얼굴을 비추고, 길가의 낡은 상점들을 보호하는 아연 도금 셔터에서 번쩍거렸다. 이 지역 상점들은 최하급 방탄유리도 설치할 수 없었다.

이곳은 '쿼드'였다. 장소들도 각자 얼트가 있다면, 이곳은 그리드의 얼트일 것이다. 그리드가 제스로 구의 중심이듯, 쿼드는 개슬라이트 구의 중심이었다. 주택들과 소규모 가족 경영 상점이 뒤섞인 쿼드는 본래 네 개 국적 이민자들로 구성되었지만 이제 그런 사실은 잊힌 지 오래였다. 세월이 흐르는 동안 집단 사이의 구별은 사라지고 이곳은 온갖 피부색을 지닌 다양한 사람들이 산다. 처음에는 작은 블록 몇 개가 전부였지만, 이제는 그 면적이 1제곱킬로미터에 이르렀다.

쿼드에는 독특한 맥박이 있었다. 그것은 강요된 폭력과 날선 욕망이 아니라 오랜 전통과 주민의 다수를 이루는 대가족의 맥박이었다. 어릴 때 오빠들과 나는 쿼드를 그리드만큼 자주 드나들었다. 거기서 산 조잡한 장난감을 학교에 가져가서 다른 것과 교환하거나 친구에게 뇌물로 바쳤다. 마감이 거친 손가락 퍼즐, 플라스틱 딱지, 냄새 가루와 방귀 폭탄. 우리는 싸구려 길거리 음식(미성년에게도 음식을 파는 곳에서)으로 배를 채웠다. 이런저런 빵, 바다 앞을 가로막은 철책 주변에서 채집한 조개 튀김 같은 것이었다.

이런 것은 내게는 전혀 새롭지 않았지만, 얼트에게는 아주 신기한 것 같았다. 보폭이 더 느려졌다. 길거리 상인들의 외침과 사방의 전기 랜턴에 연방 고개가 돌아갔다. 몇 번은 무언가에 정신이 완전히 팔렸고, 그쪽으로 돌리는 그 얼굴의 익숙한 옆모습은 당연하면서도 이상했다.

여기도 공간은 귀했고, 사람들은 노점과 길 위에 주차한 차들을 피해 한 줄로 가야 했다. 길이 지독한 병목이 되자 나는 불안했다. 군중의 보호를 잃고 발가벗겨진 것 같았다. 양옆이 다 열렸다. 하지만 얼트를 놓칠 수는 없었다. 나는 그저 얼트가 뒤를 돌아보지 않기만을 바랐다. 내 모습이 두드러진다는 사실이 불편하게 인식되었다. 싸구려 금발 염색 머리는 후드 밖으로 검은 난초 정원의 잡초처럼 비어져 나왔다. 나는 손을 들어 뺨을 간질이는 머리카락 한 올을 도로 밀어 넣었다. 나는 아직도 내 머리에 익숙하지 않았다. 게다가 그것은 너무 짧았고, 그 사실도 내게 발가벗겨졌다는 느낌을 안겨 주었다.

나와 얼트 사이의 간격이 30미터 정도로 멀어졌을 때 얼트가 음식 노점 앞에 멈추었다. 나는 대바구니를 보고서 그녀가 먹을 것을 산다는 걸 알았다. 배 속이 요동쳤고, 나는 그 소리를 죽이려고 총 끝으로 배를 눌렀다.

움직여. 지금.

나는 얼트가 내게 등을 돌리고 있는 동안 길을 건너서 어느 사무용 건물 중간을 가로지르는 좁은 골목길로 숨었다. 업무 시간이 지나서 창문도 모두 닫히고 움직임도 없었다.

나는 텅 빈 골목의 어둠 속으로 들어가 즉시 몸을 낮추었다. 그곳은 숨기에 적합했다.

얼트는 바로 건너편에 있었다. 길 위에 주차한 차들 위로 얼트의 검고 부드러운 머리와 작고 단단한 어깨가 보였다. 넉넉하지는 않지만 그 정도면 충분했다. 이것보다 어려운 표적도 맞춘 적이 있다.

여기까지 온 것을 생각하면 이런 결말은 거의 시시해 보였다. 그 모든 것이 결국 이것을 위한 것이었나? 손톱 밑의 가시를 뽑듯 내 인생에서 얼트를 뽑아내는 것? 처음 얼트를 보았을 때가 생각났다. 그녀를 보고 길 위에 얼어붙어서 내가 질 거라고, 나는 절대 가치를 증명할 수 없을 거라고 느낀 일을.

나는 숨을 들이마셨다가 깊고 거칠게 내쉬었다. 이런 일은 더는 없을 것이다. 내가 허락하지 않을 것이다.

주머니에서 천천히 총을 꺼냈다. 총은 처음부터 내 것이었던 것처럼 이제 무게도 거의 느껴지지 않았다. 나는 바위처럼 단단하고 침착한 팔로 총을 들어올렸다. 맥박은 차분히 손목을 넘어와 목을 타고 가슴으로 내려갔다.

얼트의 등이 나의 표적이었다. 나는 오직 그것만 보이도록 눈을 영점 조준했다.

그리고 손가락이 막 방아쇠를 감아서 당기려는 찰나….

얼트가 서둘러 움직였다.

그녀가 다시 휴대폰을 꺼냈다. 그리고 통화를 하면서 짜증 섞인 기색으로 이쪽저쪽을 돌아보았다. 그러면서 정신없이 움직였고 나는 속으로 욕을 했다. 표적이 흔들리면 아무리 조준이 확고해도 주변 사람에게 위험이 된다. 특히 이렇게 사람이 많아서 누구도 몸을 낮추어 피할 수 없는 곳은 더하다. 나는 내 실력이라면 다른 사람을 쏘지 않을 거라고 생각하고 싶었다. 하지만 그것은 사실이 아니었다.

손이 떨리면서 총이 흔들렸다. 이마에서 땀방울이 흘러내려 턱에 맺혔다. 그것은 차가웠다. 주변의 공기보다도 더 차가웠다.

얼트는 왼편을 보면서 여전히 휴대폰에 대고 다급하게 통화를 했다.

그러더니 동작이 더욱 빠르고 어지러워졌다. 동작 하나하나가 미친 동물들의 포악한 난동 같았다.

얼트의 손에서 휴대폰이 미끄러져서 땅바닥에 떨어졌다. 그러더니 얼트가 고개를 돌려서(완벽한 회전 동작 속에 머리카락을 사라락 휘날리며) 나를 딱 바라보았다.

우리 두 눈이 마주쳤다. 얼트의 놀라움은 천진함에 가까웠다. 그 표정 때문에 얼굴이 실제보다 어려 보였고… 또 엠이 보였다. 나는 손을 옆으로 움직여 손가락을 당겼다. 총알이 발사되었다.

그리고 그것이 빗나갈 것을 알았다.

그것은 얼트의 뺨을 긁어 상처를 내고 뒤쪽 대바구니 탑에 박혔다. 수증기와 빵과 고기가 사방으로 튀었고, 그 사이에 얼트의 모습은 보이지 않았다.

놓쳤다.

사람들이 비명을 질렀다. 조롱 섞인 환호도 있었다. 어린 미성
년들은 실제로 몸을 낮추고 피했다. 하지만 대부분은 눈도 깜박
않고 길을 갔다. 이런 일은 그리 드물게 보는 일이 아니었다.

휘잉 소리가 내 곁을 스쳤다.

숨이 막혔다. 생각할 시간이 없었다. 나는 그 소리를 잘 알았다.

나는 반사적으로 바닥에 엎드려 다음 총알을 피했다. 엎드릴
때 나는 놀라운 모습을 보았다. 얼트는 여전히 나를 보고 있었다.
하지만 이제 그 눈에는 놀라움이 아닌 감정들이 있었다. 온 얼굴
에 역력하게 퍼진 그 감정은 만족, 안도, 우쭐함이었다.

그리고 얼트는 총이 없었다.

'이게 어떻게 된….'

혼란스러웠다.

'얼트가 아니라면 누가 나한테 총을 쏜 거지?'

다시 한 번 탕. 이번에는 다리 근처였다. 나는 자동적으로 다리
를 당겨 몸을 작게 만들었고, 내 머리는 반대로 해답을 찾아 사방
으로 뻗었다.

가능한 것은 한 가지뿐이었다.

얼트가 스트라이커를 고용한 것이다.

그 생각이 든 순간 다시 총소리가 났다. 이번에 총알은 제대로 맞아서, 내 왼쪽 어깨의 살과 근육과 힘줄을 찢었다. 고통이 어마어마했다.

나는 아무 소리도 내지 못했다. 그것은 나의 끝을 알리는 소리가 될 것이었기 때문이다. 통제력이 빠져나갔고, 무엇보다 그것이 가장 두려웠다. 나는 여기서 죽을 수 없었다. 이렇게, 땅바닥에 쓰러져, 덫에 걸린 토끼처럼 무력하게. 나는 희미한 의식을 붙들고 오른손에 힘을 주어 총이 자갈길 위로 떨어지지 않게 했다. 뜨거운 고통 속의 허약한 정신으로.

지혈이 필요하다는 것을 나는 알았다. 그것은 본능이었다. 생존을 위한 태곳적 지혜. 가장 먼저 해야 할 일이었다. 나는 어깨를 옆에 있는 건물 벽에 대고 세게 눌렀다.

새로운 고통의 물결이 팔을 훑고 내려갔다. 하지만 그 방법은 통했다. 움직일 수 있었고 머리도 맑아졌다. 나는 무릎으로 기어 골목 안쪽으로 물러갔다. 그리고 공기를 아무리 들이마셔도 부족하다는 듯 숨을 헐떡이며 일어섰다. 재킷 앞면은 피와 흙과 비가 범벅되었다. 가방은 다치지 않은 어깨에 위태롭게 걸려 있었다. 다친 어깨에서는 피가 빠르고 뜨겁게 흘렀다.

나는 내 총알이 얼트의 얼굴에 남긴 흔적을 보았다. 밤의 조명

속에 잉크처럼 검게 보이는 두껍고 붉은 자국. 그것은 흉터를 남길 것이다.

'좋아.'

나는 오른손을 상처에서 떼어서 다시 총을 조준하려고 했다. 내 팔이 약을 끊은 중독자처럼 덜덜 떨리는 게 보기 싫었고, 내 걸음걸이가 상처와 출혈과 충격으로 비틀거리는 것도 보기 싫었다. 손가락을 방아쇠에 거는 내게는 이제 오직 얼트를 없애고자 하는 소망뿐이었다.

하지만 그 일은 일어나지 않았다.

누군가 얼트 옆에 가 섰다. 내 또래, 그리고 얼트 또래의 소년이었다. 네온 불빛 아래 그의 얼굴은 섬뜩한 달 같았다. 금발 머리에 옅은 색 눈동자, 선이 굵은 코, 그리고 가운데가 팬 턱. 그는 나에게 다시 총을 겨누었다. 검고 빈 총구가 거대하게 입을 벌렸다.

하지만 그때….

길 저편에서 무언가 얼트의 눈길을 끌었다. 그러더니 얼트는 얼굴이 공포로 일그러져서 소년에게 고개를 돌리고 소리를 치며 그를 확 잡아당겼다.

그리고 그들은 사라졌다. 요정이 희박한 공기 속으로 사라지듯 군중들 틈으로 사라졌다.

나는 1분 가까운 시간이 지나서야 그 사실을 제대로 깨달았다. 아니면 그건 그저 느낌뿐이고, 실제로는 몇 초밖에 안 지났는지도 몰랐다. 시간이 흐려지고 뒤틀리고 삐걱거렸다. 그리고 그 안개 속에서 나는 온통 혼란스러웠다. 그들이 왜 도망친 건지… 무엇이 나를 구한 건지… 내가 왜 실망감 못지않게 안도감도 느끼는 건지.

나는 골목 안쪽으로 더 깊이 들어갔다. 손가락에 매달렸던 총이 떨어졌고, 나는 그 소리도 듣지 못했다. 너무 어지러워서 아무 데라도, 몇 초라도 앉아야 했다. 그런 뒤 그 날 밤을 보낼 곳을 찾아서 구할 수 있는 재료들로 어깨를 치료해야 했다. 병원은 갈 수 없었다. 거기서는 눈을 스캔할 테고 그런 일은 감수할 수 없었다.

등과 어깨가 쇠사슬 울타리에 닿았다. 그곳은 막다른 골목이었다. 강철 그물을 올라가는 것 말고는 나갈 길이 없었고, 이런 팔로 그곳을 올라갈 수 없었다. 어쩌면 잠깐 쉬면 올라갈 수 있을지도 몰랐다.

나는 미끄러져서 자갈길에 주저앉았다. 그런 뒤 얼굴을 건물 옆벽에 대고 눈을 감으며 속으로 말했다. 몇 분만 쉬자, 몇 분이면 돼.

누군가 부드럽게 내 어깨를 만지자, 나는 나직하게 욕을 하며 그 손을 밀쳤다. 상처가 너무 아팠고, 지금 겨우 눈을 감았기 때문이다. 나는 아직 더 쉬어야 했다.

나직하고 걱정에 찬 욕이 들렸다.

그런 뒤 다시 손이 돌아왔을 때 나는 그냥 두었다. 그럴 사람은 한 사람뿐이었기 때문이다.

나는 천천히 눈을 떴다. 부은 두 눈이 무거웠지만, 다시 허물어지지 않으려고 애를 썼다.

내 앞에 웅크리고 앉은 사람은 코드였다. 골목의 어둠 속에서도 나는 그의 익숙한 몸을 바로 알아보았다.

"그래도 총 쏘는 팔은 다치지 않았어."

내가 힘겹게 말했다. 그를 만나서 기쁘다는 사실을 부정할 수 없었다.

그는 잠시 아무 말도 하지 않았다. 그러더니 부드럽게 말했다.

"넌 이 일이 재미있니, 웨스트?"

나는 숨을 들이쉬었다가 내쉬었다.

"아니, 재미없다는 거 알아. 하지만 아주 심하게 아프지는 않아. 그리고 오빠하고 다시 말다툼하고 싶지도 않아."

"말다툼을 시작하는 건 내가 아니야. 도대체 어떻게 된 거야?"

나는 어깨를 으쓱하려다가 통증에 움찔했다.

"총에 맞았어."

"그래, 그건 나도 알겠다."

그는 아직도 상처에 손을 대고 있었다. 상처가 뜨거웠지만 코드의 피부는 더욱 뜨거웠다. 옷 위로도, 차가운 공기 속에서도 그것을 느낄 수 있었다.

"코드, 그 애가 쏜 게 아니야. 그러니까 내 얼트 말야."

내가 나도 모르게 말했다.

침묵.

"나도 알아."

"그게 무슨 소리야, 오빠도 안다니?"

내가 천천히 물었다.

"나도 봤어, 웨스트. 지금 너를 보는 것처럼 똑똑히. 네 얼트가 고용한 스트라이커를."

어둠 속에서 그의 눈이 탁해졌다.

나는 마지막 거미줄을 털어내려고 고개를 저었다. 무언가 잘못되었다.

"하지만 아까 내 얼트는 나를 찾고 있지도 않았어. 내가 몰래 미행하고 있었거든. 어떻게 스트라이커를 준비시킨 거지? 어떻게 스트라이커가 같이 있던 걸까? 스트라이커는 고객을 만나지 않아. 그러면 일이 복잡해지니까."

나는 인상을 쓰고 생각하면서 말했다.

"하지만 그 애는 걸으면서 내내 휴대폰으로 통화를 했어. 아마 스트라이커한테 자기 위치를 말하고 있었나 봐…."

이제 코드가 고개를 저었다.

"나는 그런 건 몰라. 내가 아는 건 어쨌건 그 남자가 너를 죽이려고 했고, 그 남자는 네 얼트와 한편이라는 거야. 네가 나도 모르는 많은 사람들과 원수진 게 아니라면 그것밖에 말이 안 돼. 두 사람은 같이 달아났어. 내가 쫓아갔을 때."

"그러니까 오빠가 두 사람을 쫓은 거구나."

그건 당연했다.

"어떻게… 알고 여기 왔어?"

'나한테 오빠가 필요했다는 걸 어떻게 알고?'

코드는 한동안 고개를 돌리고 있었다. 내 눈을 바라보기 전에 무언가를 생각해 보는 것 같았다. 후회의 기미 없는 고집스러움.

"내가 너한테 준 휴대폰 있잖아."

그가 조용히 말했다.

고개를 끄덕이는데 배 속이 새롭게 엉겼다.

"응, 그게 왜?"

"그게 우리 집 컴퓨터에 연결돼 있어. 내 휴대폰에도."

나는 숨을 삼켰다.

"나를 추적하고 있었구나!"

"그래, 맞아."

그가 꺼칠한 목소리로 말했다. 칠흑처럼 까만 그의 눈은 빛이 없이도 반짝였으며, 분노 아래 고통이 보였다.

"그렇게 해서 네 생명을 살릴 수 있다면 나는 언제라도 다시 그렇게 할 거야, 웨스트."

나는 뭐라고 할 수 없었다. 그가 도주 생활을 한다면 나도 똑같이 했을 것이다.

"왜 내가 맨날 오빠한테 고맙다고 말하는 것 같은 느낌이 들지? 실제로는 오빠 때문에 미치겠는데? 어쨌건 그동안 어떻게 지냈어? 휴대폰에서 미행 프로그램은 못 찾았는데."

"나하고 룩이 처음 그 휴대폰들을 구했을 때 그런 건 다 지웠어. 내가 너한테 준 첫 휴대폰에는 프로그램을 깔 시간도 없었지만. 그리고 프로그램이라면 네가 알아볼 것 같아서 대신 칩을 심었지."

"어쨌건 통했네. 구식 방법을 쓸 줄은 몰랐어."

"때로는 단순한 게 좋을 때도 있어."

그가 어깨를 으쓱하고 미소를 지었다.

"그리고 고마워할 거 없어. 그냥… 내가 여기 있다는 것만 알아 둬."

나는 고개를 끄덕였다. 언제까지 그를 옆에 두다가 다시 거짓 말을 할지 알 수 없었다.

"다음에 얼트를 만나면 새 친구에 대해서 물어봐."

코드가 가볍게 말했다.

나는 얼굴을 일그러뜨리며 웃었다.

"어쩌면. 하지만 오늘은 아냐. 얼트를 그렇게 금방 다시 보고 싶지는 않아."

눈이 이제 어둠에 익었고 그가 또렷이 보였다. 높은 광대뼈, 예 리한 턱선, 얇은 눈썹과 큰 눈. 그는 내 금발 염색 머리를 만지면 서 부드러운 표정으로 말했다.

"예전 머리가 더 좋았다고 말해도 될까?"

나는 당황해서 소리 내서 웃다가 통증에 몸을 움찔했다. 나는 그의 손을 잡았다. 내 상처를 덮은 손을.

"나 좀 일으켜 줘. 어딘가 들어가서 더 악화되기 전에 상처를 처치해야 돼."

코드는 내 어깨를 누르지 않도록 조심하면서 허리를 감싸 나를 일으켰다.

세상이 흔들렸고, 차가운 공기 때문에 이가 딱딱 부딪혔다. 어쩌면 다른 종류의 두려움 때문인지도 몰랐다. 어깨에서 몸 안으로 퍼지는 열기 어린 통증. 그는 내가 휘청거리지 않도록 나를 바짝 끌어당기고 말했다.

"내가 같이 갈게. 안 된다고 하지 마. 너는 걷는 건 고사하고 제대로 서 있지도 못하잖아."

나는 피곤해서 거기 반박하지 못했다. 그는 따뜻하고 튼튼했고, 나는 이번 한 번만은 약한 모습을 보여도 좋을 것 같았다.

"좋아. 어딘가 들어갈 곳을 찾을 때까지. 오빠의 생활을 흔들거나 하고 싶지는 않아. 그리고 어쨌건 이미 같이 있으니까 오빠가 나를 따라올 수는 없잖아."

"그냥 가만히 받아들이지를 못해요."

그가 말했다. 하지만 그 목소리에는 짜증 대신 안도가 깃들어 있었다.

우리는 길을 갔고, 그는 내 허리를 잡아 나를 부축했다.

쿼드는 붐볐지만 어느덧 사람들이 집으로 돌아가기 시작하면서 길이 조금씩 헐거워졌다. 주변에 빈 공간들이 생기자 불길한 느낌이 들었다. 우리를 가려 주던 몸들이 사라지자, 뻥 뚫린 공간에 노출된 것 같았다.

"빨리 들어갈 곳을 찾아야 해. 밖에 있기에는 너무 늦었어."

내가 말했다. 목소리가 낮고 흔들렸다.

나는 최대한 걸음을 서둘렀지만 죽마를 탄 듯 서툴고 아슬아슬했다. 그렇게 상처를 악화시키는 것은 바보 같은 짓이었다. 하지만 공포가 작동하자 내 머릿속 목소리는 자꾸 나를 재촉했다.

중간에 코드가 두 팔로 나를 번쩍 들어올렸다. 그리고 약간 위치를 조정한 뒤 가슴에 대고 안았다.

"코드, 내려놔. 제발."

나는 당황스러워서 팔짱을 끼고 말했다.

"이렇게 하는 게 제일 빨리 움직이는 방법이야. 너야말로 네 고집을 한 번만 내려놔 봐."

코드의 목소리가 심각해서 나는 얼굴을 찌푸렸다. 뭐라고 말해야 할지 몰랐다. 내가 뭘 원하는지도 몰랐다. 어쨌거나 억지로라도 몸에 힘을 약간 풀었다.

우리 둘 다 말이 없었다. 들리는 건 숨소리뿐이었고, 그 리듬은 위안이 되었다. 오래지 않아 나는 눈이 감겼고, 고개가 앞으로 떨어졌다. 두 팔로 그의 목을 감싸 안았다. 어깨와 팔에서는 통증이

둔하고 꾸준하게 타올랐다.

"좋아, 웨스트. 졸리면 자. 금방 갈 거야."

그 말에 나는 그의 가슴에 머리를 댔고, 그의 깨끗한 냄새가 내 코와 정신을 채웠다.

정말 오랜만에 혼자라는 느낌 없이 잠이 들었다.

창밖에 빛나는 반달이 우리의 초라한 공간을 그대로 비추었다. 작은 원룸 아파트는 낡고 더러웠으며, 가운데 침대는 푹 꺼져 있었다. 그 위에 우리 두 사람이 앉아 있었다. 전기가 끊겨서 그곳이 가장 밝았기 때문이다. 우리가 해야 할 일을 하려면 최대한 많은 빛이 필요했다.

평생 이토록 당황스럽고 초조한 적이 없었다. 코드가 이상할 만큼 조용하다는 사실은 그 역시 마찬가지라는 뜻이었다.

어쨌거나 나는 진통제를 많이 먹었고, 벌써 그 효과가 나타나고 있었다. 코드가 화장실 세면대 밑에서 찾은 의약품 상자에 진통제가 있었고, 나는 어깨에서 총알을 빼내는 작업을 위해 기쁘게 그것을 한 움큼 먹었다. 그 때문에 기운이 빠지고 바보 같은 말을 하게 된다 해도 어쨌건 그것은 진통제 탓이 될 것이다.

코드가 목을 가다듬었다.

"소매를 찢어내고 해도 돼. 그러니까 네가 원하면."

"안 돼."

내가 말했다. 머릿속이 가벼운 느낌, 진통제가 정말로 듣고 있었다.

"셔츠가 이것뿐이야."

한참 동안 침묵이 흘렀다. 생생하고 팽팽한 침묵이었다.

"그러면 침대에 누워. 내가 하는 게 더 빠를 거야."

어스름 속에 코드의 목소리가 낮게 울렸다.

그래서 나는 누웠고, 그가 셔츠 앞자락을 풀자 숨이 멈추었다. 그의 손은 셔츠 위로도 따뜻하게 느껴졌다. 내 눈은 작업하는 그의 얼굴에 고정되었고, 그의 턱을 보니 그 역시 숨 쉬는 게 어려운 게 분명했다.

단추를 다 풀자 그는 조심스레 셔츠 반쪽을 벗겨서 어깨와 팔을 총알 상처가 보일 만큼만 드러냈다. 나는 어색해서 브래지어 끈을 셔츠의 나머지 절반으로 가리려고 했다. 왜 하필 이렇게 하늘하늘한 것을 한 걸까? 내 얼굴은 불처럼 뜨거웠고, 코드는 눈을 다른 쪽으로 돌리고 침대 위의 의약품 상자를 만지작거렸다.

"준비됐어, 웨스트?"

그가 마침내 나를 보고 물었다. 손에 반짝이는 은색 물체를 들고 있었다. 핀셋이었고, 날카로워 보였다.

"응."

거짓말을 했다.

"진통제를 먹었어도 아프겠지?"

"그럴 거야. 되도록 안 그러기를 바라자. 미안해."

나는 고개를 저었다.

"오빠가 무슨 잘못을 했다고. 괜찮아."

나는 몇 분 동안 울음을 꾹 참았지만, 한 번 격렬한 통증이 일자 더 참지 못하고 신음 소리를 냈다.

"할 수 있는 거 맞아?"

"응. 할 수 있어."

나는 어깨를 후벼내는 느낌에 이를 악물었다. 진통제를 더 먹고 싶었지만, 이미 허용 가능한 최대치를 먹었다. 다시 긴 시간이 지나갔다.

"이런 거 하는 법은 어디서 배운 거야?"

내가 묻자 그는 집중한 채 나직하게 말했다.

"배운 적 없어."

"뭐라고? 설마, 농담이길 바라겠어."

"시뮬은 한 번 봤어."

"뭘 봤다고?"

"시뮬. 시뮬레이션. 룩하고 같이 이 RPG를 많이 했어."

"RPG?"

"롤 플레잉 게임. 어떻게 그걸 모르….."

"코드, 무슨 그런."

"내 캐릭터 중 하나가 응급 외과 의사였어. 걱정 마, 이건 아무 것도 아니야."

"그렇다면 비디오 게임이 시간 낭비라는 말은 틀린 거네."

내가 차분하게 말했다.

코드는 웃었지만, 손과 내 어깨가 흔들리지 않도록 조심했다.

"그러게."

나는 그와 룩이 이름도 모를 수많은 부품을 해체하고, 이렇게 붙이고 저렇게 붙이고 하면서 많은 시간을 보내던 모습이 떠올랐다. 조그만 공구, 칩, 재료를 다루는 두 사람의 손은 아주 능숙했다. 두 사람은 나는 굳이 알고 싶지 않은 이상한 말들을 주고받았다. 패럴랙스 드라이드니 클로버 케이블니 신택틱 보드니 하는 도무지 알아들을 수 없는 기술 용어들.

"하지만 핀셋으로 톱니나 철사를 만지는 게 이런 일하고 똑같은 건지는 모르겠어."

내가 말했다.

"지금 너한테는 나밖에 없어."

그가 나에게 잠시 미소를 보였다.

"물론 이 지경이 아니라면 너는 더 좋은 방법을 구했겠지만."

"그건 분명해."

내가 말했다.

"좋아. 그러니까 그만 불평해."

"지금 내 어깨에서 총알을 파내면서 불평도 못하게 하면 안
돼."

"나한테는 하지 마. 듣고 싶지 않아. 그리고 움직이지도 마."

"안 움직여."

다시 한 번 부드러운 웃음이 일었다. 나는 가만히 있다가 말
했다.

"어쨌건 고마워. 이런 일을 해 줘서."

"조금 있다가 고마워해. 거의 다 되긴 했지만."

마지막 고통의 물결이 진통제의 마비감을 뚫고 솟아올라서 나
는 팔 전체를 뒤틀었다. 나는 신음 소리를 냈고, 웅크리고 돌아눕
고 싶은 충동에, 어깨가 더 이상 망가지는 걸 막고 싶은 충동에
강력하게 저항했다.

코드는 큰 소리로 숨을 쉬고 긴장을 훅 풀었다.

"됐어. 꺼냈어."

그가 핀셋을 달을 향해 들어올렸다. 그 끝에 작은 은색 조각이 있었다. 피로 범벅되어 있지만 미끈하게 반짝였다.

나는 그 작은 살상 도구를 손에 받아들어 굴려 보았다. 한편으로는 감사와 안도가 일었고, 또 한편으로는 그런 일을 일으킨 나에게 짜증이 났다.

나는 총알을 더러운 카펫에 떨어뜨렸다. 총알은 싸구려 플라스틱 섬유 속으로 소리 없이 사라졌다.

"마무리 해 줘, 오빠."

내가 조용히 말했다.

그 뒤로는 일이 빨리 진행되었다. 의약품 상자는 놀라울 만큼 내용물이 충실했다. 진통제뿐 아니라 알코올, 항생제를 바른 면봉, 거즈까지. 나는 유통 기한이 지난 페니실린 두 알을 먹었다. 코드는 상처를 꿰매야 한다고 생각했지만 그럴 도구는 없었다. 그래서 임시로 거즈와 반창고로 마무리했다.

"웨스트, 이게 떨어지면…"

그는 마지막 반창고를 붙이다가 말을 멈추었다. 하지만 나는 그가 무슨 생각을 하는지 알았다.

'이게 떨어지면 병원에 가야 할지도 몰라.'

병원은 안 된다. 내가 다친 기록을 남겨도 안 된다. 그러면 얼트가 그것을 토대로 나를 추적해서, 내가 무력한 상태라는 걸 알게 될 것이다.

"잘 될 거야. 괜찮을 거야."

내가 말했다.

그는 아무 말도 하지 않았지만 억지로라도 내 두려움을 이해해 주었다. 그는 내 셔츠를 다시 어깨 위로 올리고 눈을 내 턱에 고정한 채 단추를 채웠다.

단추를 다 잠그자 코드는 내 지저분한 머리를 정돈해 주었다. 그의 눈은 뜨겁고 한숨은 낮았다. 그는 말없이 주변 청소를 시작했다. 어깨는 진통제에도 불구하고 쑤시듯이 아팠지만, 나는 다른 데 신경을 쓰지 않으려고 방 안을 이리저리 둘러보았다.

눈길을 줄 만한 게 별로 없었다. 이 일층 아파트는 개슬라이트 서쪽에 있었다. 이 앞을 지나갈 때 차가운 바람이 불면서, 현관 문고리에서 흰 꼬리표가 항복의 깃발처럼 우리를 불렀다. 코드는 얼트와 헤어진 곳에서 그렇게 가까이 머무는 걸 싫어할 게 분명했지만, 내가 멀리 걸을 수 있는 상태가 아니었다.

그래서 우리는 여기 들어왔다. 아파트는 몹시 낡았다. 좁고 구식이었다. 방에는 싸구려 잡동사니와 노랗게 바랜 책장, 여기저기 귀가 접힌 책더미가 가득했다. 욕실은 좁았고, 부엌도 요리는커녕 움직이기도 힘들 만큼 작았다. 전 주인은 이곳을 떠난 지 오래였고, 빈집 특유의 퀴퀴한 냄새가 났다. 하지만 그 주인이 액티브 얼트는 아니었던 것 같다. 그곳의 물건은 실습생이나 어린 학생에게는 맞지 않았다. 그저 혼자 살다가 혼자 죽은 사람 같았다. 시신은 금방 치웠지만, 아파트는 버려졌다. 개슬라이트 후처리 팀은 일이 많이 밀렸거나 일손이 딸리는 게 분명했다.

허기가 배 속을 긁었다. 배에서 꼬르륵 소리가 났다.

코드가 내 곁에 왔다.

"나가서 먹을 걸 구해 올게. 배가 차면 잠이 더 잘 올 거야."

"어디로 가려고?"

배고픔 때문인지 혼자 남는다는 걱정 때문인지 아니면 그냥 그가 떠난다는 사실 때문인지 몰랐지만, 나는 갑자기 몸이 굳었다.

"길에 24시간 가게가 있어. 따뜻한 게 있을 거야. 데워서 주는 거라도. 커피도 괜찮겠지?"

나는 그를 보았고, 그의 얼굴이 흐릿해졌을 때 그보다 내가 더 놀랐다. 나는 흐르는 눈물을 굳이 닦지 않았다. 이유는 몰랐지만, 어쨌건 그걸 코드에게서 감추려고 하는 것이 어리석어 보였다.

"왜 그레?"

그가 나직하게 물었다. 그가 당황한 걸 알 수 있었다. 그는 눈물에 익숙하지 않았다. 그의 동생 테이지도 자주 우는 유형이 아니었다. 부모님이 돌아가셨을 때에도 모든 문을 내리고 감정에 깊이 빠지기를 거부했다.

나는 그에게 말해야 했다. 그도 금방 알 것이다. 하지만 그것은 힘들었다. 어떤 핑계가 있건 내가 일을 완전히 망쳤다는 사실이.

"코드, 나 총을 잃어버렸어."

"총을?"

"룩 오빠의 총. 그러니까 내 총을."

나는 아직도 그가 내 손에 총을 쥐어 주던 느낌을 기억했다.

"흘렸어. 골목에. 얼트를 보고 나서. 그리고 그 남자. 두 사람을 보고."

말이 쏟아져 나오면서 나는 속이 텅 빈 것 같았다.

"내가 충격에 빠졌던 것 같아. 피가 나고 어쩌고 하면서. 어떻게 그렇게 됐는지 기억도 안 나… 믿을 수가 없어. 내가 어떻게…"

'룩 오빠, 미안해. 오빠는 그게 날 지켜 줄 거라 생각하며 죽었을 텐데.'

코드가 내 옆에 앉았다. 그는 어색했다. 온몸에 각이 지고 움직임이 뻣뻣했다. 그 모습을 보니 그가 어렸을 때, 지금 같지 않던 때가 떠올랐다. 지금 코드는 키가 크고 유연하고, 호리호리하면서도 근육질이었다. 그 시절에는 없던 탄력 있는 힘이 있었다.

그는 손을 뒤로 뻗어서 재킷 속에서 무언가를 꺼냈다. 그리고 그것을 내 손에 놓았다.

잠시 동안 그 무기는 거의 낯설게, 그 자리에 어울리지 않게 느껴졌다. 하지만 그 느낌은 금세 사라지고, 나는 본래의 감각을 찾았다. 총이 내 손바닥에 착 감기는 느낌이었다.

어쨌건 나는 오른팔을 맞지 않았다. 오른팔을 다쳤다면 총도 나도 소용없었을 것이다.

"고마워."

나는 총을 침대 위에 내려놓았다. 여전히 내 눈을 믿을 수 없었다. 그것을 찾을 수 없을 거라 확신했기 때문이다.

"또 오빠한테 빚을 졌네."

코드는 고개를 저었다.

"나한테 빚진 것 없어, 웨스트."

그가 거의 화난 목소리로 말했다. 그리고 내 모습을 피해 고개를 돌렸다.

"나는 룩과 약속했어. 하지만 그 이유만은 아니야."

"이러지 않아도 돼."

내가 말했다. 그가 약속에 이토록 매이는 모습은 나를 흔들었다. 나는 왜 그 일을 이토록 못 견뎌하는 것일까?

"난 오빠 없어도 돼."

거짓말이었다. 이제 우리 둘 다 믿지 못할 거짓말.

그의 입 꼬리가 뒤틀렸고, 나를 돌아보는 그의 표정에는 분노와 답답함, 그리고 안타까움이 가득했다.

"아니, 너는 내가 필요해. 다만 네가 원하지 않을 뿐이야. 나는 그게 괴로워! 네가 총을 떨어뜨리는 걸 봤을 때 무슨 생각이 들었는지 알아?"

코드의 목소리는 나직하고 위험했다.

"그냥 그걸 거기 두고 떠나고 싶었어. 바다나 아니면 장벽 너머로 던져 버리고 싶었어. 룩조차 모르는 깊은 곳에 묻고 싶었어. 네 손이 아닌 곳에. 네가 다시는 찾지 못할 아주 먼 곳에."

나는 제대로 생각하기가 힘들었다.

"왜…."

"그러면 네가 내 도움을 허락할 것 같아서. 그러면 내가 네 곁에 있기를 원할 것 같아서."

그는 떨리는 한숨을 쉬더니 내 얼어붙은 시선을 피해 고개를 바닥으로 돌리고 두 손을 머리카락 속에 넣었다. 그리고 거칠고 고통스러운 목소리로 내 이름을 불렀다.

"웨스트."

몸 안쪽이 허물어지는 느낌이었다.

"그러면 왜 그 총을 도로 가져온 거야?"

"왜냐면…."

그의 얼굴은 어둡고, 순간 늙어 보였다.

"그래도 결국 모든 게 잘못될까 봐. 네가 너를 지킬 무기를 잃고… 그래도 여전히 나를 보고 싶어 하지 않을까 봐."

"나는 계속 오빠가 보고 싶었어."

내가 나직하게 말했다.

코드는 아무 말도 하지 않았다. 내 말이 거짓인지 진실인지 알아내려는 것 같았다. 둘 다였다.

그가 다시 감정을 달래며 조심스레 말했다.

"나는 너한테 그렇게 멀리 떨어져 있지 않았어. 하지만 네가 얼트를 발견했을 때부터는 네가 아니라 얼트를 봤지. 네가 걱정되지 않아서가 아니라, 그 애가 널 보면 어떻게 할지 궁금해서."

"나는 아무 생각 없이 따라갔던 것 같아. 공격 목적 없이 그냥 궁금해서."

내 말에 그는 거칠고 냉혹하게 웃었다.

"말도 안 돼. 난 너를 알아. 너는 기습 공격 기회가 있었어. 그것을 사용하지 않는다면 네가 아니지."

코드는 말을 이었다.

"그리고 전에 받은 느낌도 그대로야. 너희 둘이 겉으로는 똑같이 생겼지만, 전체적으로 아주 다르다는 것."

그는 기억을 떠올리며 이마를 찌푸렸다.

"네 얼트가 스트라이커와 같이 서 있다가 나를 보았어. 나는 그런 사람은 처음이야. 그렇게…."

"차가워 보이는 사람. 오빠가 전에 그렇게 말했어."

내가 그의 말을 받아서 말했다.

"하지만 그 아이는 그냥 차가운 게 아니었어. 그러니까 그것 말고는 아무것도 없었어. 그 공허한 얼굴에 네 얼굴이 겹쳐 보이니까."

그가 말을 멈추었다가 다시 이었다.

"너는 사람을 죽였을 때도… 그때 한 번 봤지… 전혀 그렇지 않았어."

"하지만 나도 그래야 해."

나는 자제하지 못하고 말했다.

그는 나를 보고 눈을 깜박거렸다.

"그게 무슨 뜻이야?"

"나도 그래야 한다고."

그렇게 말을 했더니 그 말이 더 사실 같았다. 내 얼트가 의지 하나만으로도 나를 이길 수 있다는 것.

"오빠가 그 애의 얼굴에서 본 건 결연함이야. 내가 어쩌기 전에 반드시 자기가 나를 죽이겠다는. 그 애는 그걸 의심하지 않아."

"잠깐."

"코드, 내가 이 일에 실패하면 그건 우리 가족을 배신하는 일과 같아. 나는 우리 식구들 중 유일하게 살아남았어. 하지만 내가 최선을 다해도 부족하면 어떻게 해? 그 애의 의지가… 내 의지보다 강하면?"

나는 침을 꾹 삼키고 힘겹게 말을 꺼냈다.

"그 애가 정말로 살아남을 가치가 있고, 내가 약한 쪽이면?"

흐린 달빛 속에서 그의 눈이 타올랐다.

"너는 약하지 않아, 웨스트. 너는 언제나 전사였어. 내가 너를 처음 알았을 때부터. 어렸을 때부터 너는… 뭐랄까… 불독처럼 한번 문 것은 놓지 않았어."

"불독."

"그래. 너는 언제나 고집이 셌어. 지금도 나는 네가 그 고집 때문에 다칠까 봐 늘 걱정이야."

'하지만 오빠가 끼어들면, 오빠가 가까이 오면 오빠가 다칠지도 몰라.'

가슴이 조여들었다.

"여기."

나는 손잡이를 앞으로 해서 그에게 총을 건넸다.

"이걸 가지고 나가. 호신용으로. 그 애가 바깥에 있을 수도 있잖아. 아니면 스트라이커가. 그 남자애가 스트라이커가 맞다면. 오빠의 총 솜씨가 별로라고 해도."

"나는 필요 없어. 내 총도 있고."

그가 자기 재킷 주머니를 가리켰다.

나는 깜짝 놀랐다. 코드는 컴플릿이었다. 그에게는 총이 필요 없었다.

"오빠가 총을? 왜?"

그가 미소를 짓고 대답했다.

"너를 추적하면서부터 다시 가지고 다녔어. 룩 말대로 내가 '커시의 거꾸로 일등 사수'라고 해도, 어쨌건 오늘 그걸로 네 얼트를 쫓아 보냈어. 어떤 미친놈이 총을 들고 달려오면 누구라도 일단 달아날 테니까. 자기 얼트가 바로 앞에 있더라도."

나는 한쪽 눈썹을 들고 그의 이목구비를 살피며 내 얼트를 쫓아 보낼 때 그의 표정을 상상해 보았다.

코드의 갈색 눈동자는 어떤 빛 속에서는 황갈색이 되었다. 그의 입은 표정이 다채로워서 웃기도 잘하고 분노로 다물리는 일도 많았다. 각진 턱, 늘 헝클어진 검은 머리. 나는 그의 얼굴을 아주 잘 알았다. 그것은 다른 누구도 아닌 코드만의 얼굴이었다. 그 얼굴의 어떤 것도 나를 겁먹게 할 수 없었다.

배 속이 다시 꼬르륵거리며 생각을 끊었고 내가 말했다.

"빨리 돌아와."

그는 1분 가까이 나를 바라보았다. 그러더니 일어서서 문 앞으로 갔다.

"왜 그래, 코드. 뭔지 말해."

그는 하고 싶은 말이 있는 것 같았다. 하지만 말해도 좋을지 어쩔지 알 수 없는 것이.

그는 문 앞에 서서 문이 할 일을 일러 주기라도 할 듯 가만히 바라보다가 마침내 돌아서서 말했다.

"너는 네 얼트가 너보다 더 결연하다고 말했지? 그 애가 너보다 더 강하게 원한다면 컴플리션을 할 자격이 있다고."

나는 어색하고 불안하게 고개를 끄덕였다.

"그렇지 않아. 너는 내가 아는 가장 강한 사람 중 하나야. 하지만 문제는 이거야. 너와 네 얼트의 차이는 그 결연함만이 아니야. 너는 항상 모든 걸 너무 크게 느껴. 그렇게 하지 않는 방법을 모르는 것 같아. 나에게 늘 그렇게 화나 있는 거 같은 거. 그 많은 걱정, 죄책감."

잠시 말을 멈춘 사이 그의 눈이 더 어두워졌다.

"그리고 사랑도."

다치지 않은 내 손이 얇은 이불 속에서 뒤틀렸다.

나는 그가 어서 가기를 바랐다. 그가 계속 곁에 있으면 내가 무너질 것 같았다. 하지만 어쩌면 이미 늦었는지도 몰랐다. 그가 이미 내 마지막 방어선을 돌파했는데 내가 몰아내려고 하는 건지도 몰랐다. 내 마음의 절반은 이제 그만 싸우고 싶어 하는 것 같았다.

하지만 정말로 두려운 것은 그 나머지 절반이었다. 더 이상 혼자가 아니라는 생각, 모든 것이 다시 살아나서 다시 상처를 준다는 생각.

나는 그를 보지 않고 조용히 말했다.

"이따 돌아오면 깨우지 마. 팔은 이제 나아졌어. 그러니까 오빠는 이제 떠나도 돼."

길고 긴 침묵.

"웨스트, 나는…."

"나중에 봐, 코드."

나는 눈이 뜨거워져서 빠르게 눈을 깜박거렸다. 그리고 폐의 통증을 뚫고 숨을 쉬었다.

"내가 뭘…."

"오빠가 잘못한 거 하나도 없어. 언제나처럼 문제는 나야. 지금쯤이면 알 줄 알았는데."

그는 아무 말도 하지 않았다. 몇 초 후에 나는 그가 문을 부드럽게 닫고 나가는 소리를 들었다.

나는 마음이 자꾸 무너져서 결국 침대에 몸을 웅크렸다. 눈물은 밖으로 나오는 대신 안으로 흘러 형벌처럼 내 몸속을 지졌다.

CHAPTER 8

나는 코드가 돌아오기 전에 잠이 들었고, 그가 떠난 다음에 깨어났다.

그가 떠나자 좁은 아파트는 휑한 느낌마저 들었다. 그리고 너무 조용했다. 들리는 소리는 자동차 소리와 콘크리트를 두드리는 무수한 발소리뿐이었다. 그 소리는 무례한 모닝콜처럼 얇은 벽을 뚫고 들어왔다. 아침이 시작된 지 이미 오래였다.

나는 스스로에게 짜증을 느끼며 그가 남긴 음식을 살펴보았다. 그것은 이제 차갑게 식었지만 그래도 컴플릿 코너에서 산 것이라서 상관없었다. 진짜 토마토와 치즈가 든 피자. 진짜 초콜릿이 든 초코칩 머핀. 멍들지 않은 바나나. 진짜 오렌지 주스. 컴플릿의 지위를 활용해서 이 음식을 사다 준 코드에게 말없이 감사했다.

나는 주변을 정돈하면서 그가 남긴 쪽지를 찾아보고 있었다. 혹시 그가 내게 하고 싶은 말이 있을 수도 있었다. 그러니까 언제 우리가 다시 만날까 하는 것 같은.

하지만 없었다.

나는 구겨진 포장지들을 짜증스럽게 휴지통에 버렸다. 내가 왜 화가 났는지도 알 수 없었다. 쪽지를 남기는 것은 코드의 방식이 아니었다. 특히 내가 그걸 읽을 확률이 적다는 것을 알기에 더욱.

어쩌면 이번에는 읽었을지도 모른다. 어젯밤 일이 어떤 결과를 남겼건 간에, 그와 나눈 이야기들은 내게….

'그만. 움직여야 돼.'

나는 한숨을 쉬고 생각을 옆으로 밀쳤다. 나중에 이 모든 것을, 이 일의 의미를 따져볼 시간이 있을 것이다. 아마도 내가 잠을 이루지 못하고 어둠 속에 혼자 있을 때, 그의 생각을 떨치려고 애쓸 때.

나는 붕대를 살펴보았다. 코드가 아주 잘 감아 놓았다. 나라면 이렇게 잘하지 못했을 것이다. 나는 만약의 사태를 대비해서 반창고를 한 겹 더 붙이고, 팔을 살살 움직여 어깨가 어떤지 살펴보았다. 어쨌거나 뼈는 다치지 않았다.

강렬한 통증이 솟구쳤지만 놀랍지는 않았다. 총알은 새로 만든 숲을 뚫고 가는 도끼와 같다. 어린 나무들은 갈라지고 부서지고 쓰러진다. 나는 이 총알이 어떤 피해를 일으켰는지 상상할 수 있었다. 근육이 끊어지고 그밖의 여러 기관이 파열되었다. 하지만 다 내가 자초한 것이었다. 기회를 잡았으면서도 얼트를 죽이지 못했기 때문이다. 가치를 증명하지 못했기 때문이다.

다시 비가 왔다. 나는 제대로 된 우비가 필요했다. 지금 입은 것은 어젯밤의 비로 아직도 축축했다. 나에게는 남은 옷이 없었다. 나는 셔츠 앞쪽을 더듬어 코드가 만진 단추들을 훑다가 손을 아래로 툭 떨구었다. 그는 떠났고, 그것은 내가 원하던 것이었다.

휴대폰이 진동하며 문자가 왔고, 나는 쓸쓸한 생각에서 깨어났다. 나는 휴대폰을 집어들었다.

타격 의뢰였다. 상세 정보가 들어오는 동안 내 안에 의심의 불길이 밝게 켜졌다. 코드의 말이 머릿속에 빙빙 돌면서 나는 의뢰 수락을 망설였다. 그리드의 속옷 가게에서 코드가 왜 아직도 스트라이커 일을 하느냐고 물었던 일, 처음에, 그러니까 내가 베어의 교실에서 스트라이커가 되기로 결심했을 때 내게 부탁하던 일.

'가만히 있는 게 그렇게 힘드니, 웨스트? 과제를 받으면 네가

이길 거라고 믿는 게?'

그걸 말로 옮기기는 힘들었다. 얼트를 죽일 때마다 나를 떠난 사람들이 희미해지고, 그 얼굴이 흐려지고, 목소리가 작아졌다. 머릿속에 다음 타격 정보를 욱여넣는 일은 룩의 죽음에 대한 죄책감과 그 일에서 코드가 한 역할을 잊는 데 도움이 되었다. 바쁘게 움직이다 보면 시간을 보내는 일이 조금 쉬워졌다.

조금.

얼트는 늘 내 근처에 있었다. 얼트를 보고 싶다면 창문에 비친 내 모습, 거울에 비친 내 모습만 보면 되었다. 내 얼트는 아직 살아 있었고, 코드는 이제 내가 원했던 것보다 이 일에 더 깊이 들어와 있었다.

남은 시간은 6일이었다.

나는 별 감정 없이 타격 의뢰를 수락했다. 아픈 어깨는 두 번 다시 실패하면 안 된다는 걸 일깨워 주었다. 작업 정보가 금세 도착했고, 나는 그것을 읽고 숙지한 뒤 계획을 세웠다.

이제 이곳을 떠나야 했다. 밖이 환했고, 밝은 빛 속에서 이 집을 보는 것은 불안하고 불편했다. 하지만 떠나기 전에 할 일이 한 가지 있었다. 내가 무엇을 찾는지 알았기 때문에 그 일은 별로 힘들지 않을 것이다.

나는 가장 날카로운 칼끝으로 휴대폰 뒤쪽을 열었다. 그리고 작은 은색 칩을 튕겨서 카펫에 떨구었다. 그것은 어젯밤의 총알처럼 소리 없이 사라졌다. 나는 다시 뚜껑을 닫고 모든 것을 치웠다.

레이턴 구에 다다랐을 때 나는 달아나고 싶었다. 싸구려 염색 머리, 더럽고 얇은 옷, 사방을 두리번거리는 걱정스런 눈 때문에 나는 곪은 엄지처럼 눈에 띄었다.

나는 길가에 서서 사람들의 물결을 느꼈다. 차분하고 질서 정연했다. 이곳 사람들은 내가 살던 곳의 사람들과 달랐다. 여유가 있었고 덜 복잡하고 덜 거칠었다. 단순한 생존 욕구보다 모든 일을 현재 상태로 유지하려는 욕구가 더 컸다. 나는 깔끔한 길거리를 살펴보았다. 건물은 살균한 듯 깨끗했고, 상점 유리창들도 용접강, 무광 알루미늄, 황동 같은 재료로 장식되어 있었다. 이곳 상점들은 일급 방탄유리만을 썼다.

레이턴 구는 커시에서 가장 부유한 지역이었다. 제스로는 커시의 산업 지구고, 개슬라이트는 수자원을, 캘든이 농산물을 보급하는 반면, 레이턴은 스스로는 아무것도 생산하지 않았다. 이곳은 고급 사무직 구역으로, 금융과 기술이 주요 산업이었다. 그리고 돈은 그 자체의 수요가 있다. 식품은 다른 어떤 구보다 이곳에 먼저 온다. 의무적으로 시행되는 각 구별 순환 단전도 레이턴 구는 더 짧게 끝났다. 이곳은 물도 더 맑고, 불도 더 뜨겁고, 빛도 더 밝은 것 같았다.

"잠깐, 지나갑니다, 죄송합니다."

누군가의 목소리가 그 생각을 자르며 끼어들었고, 나는 내 앞을 질러서 길을 건너가는 액티브 때문에 하마터면 넘어질 뻔했다.

그는 바삐 움직였지만 내 눈을 피하지는 못했다. 그의 모든 것이 레이턴의 돈을 역력하게 보여 주었다. 확고하고 빠른 움직임은 잘 훈련된 근육을 보여 주었다. 그는 최신 섬유로 만든 옷을 입고 있었다. 겉으로는 평범해 보이고 바람이 드나들 정도로 얇지만, 칼끝을 막아 줄 만큼 강하다. 그리고 그의 주머니에서 비죽 튀어나온 총은 내가 평생이 가도 손을 댈 수 없는 로닌 정품이었다. 현장 임무와 전술 수행에 특화된 위원회의 2급 요원도 그 제품을 쓴다. 그걸 전당포에 맡기면 도주 생활을 한 달이 아니라 일 년도 여유롭게 할 것이다.

그가 모퉁이를 돌아 사라지는 것을 보면서 나는 그가 자기 얼트를 확실하게 이길 거라고 생각했다. 레이턴 구 출신은 생존 확률이 높았다. 그들은 공립학교에서 제공하는 얼트 훈련을 뛰어넘는 고급 훈련을 받을 수 있었다. 그것은 최고의 기술을 갖춘 컴플릿을 개인 교사로 쓰거나 일급 첨단 무기를 사용하는 수업에 등록한다는 뜻이었다.

그래서 위원회는 우리 스트라이커들과 다를 바가 없다. 우리가 가난한 사람을 죽이고 돈을 받듯이, 그들은 사회 계급과 돈이 얼트 게임에 관여하는 것을 방조했다. 우리도 그들도 공정하건 말건 돈이 작용하게 만들었다. 부는 돈으로 살 수 없는 것들(천부의 사격 감각, 추적하되 추적당하지 않는 본능, 심지어 폭력적 성향까지)을 방어해 주었다.

머릿속에 레이턴의 사회적 우위를 드러내는 숫자들이 떠올랐다. 이 지역 얼트의 과제 성공 확률은 평균 69퍼센트다. 이 수치는 상대 얼트의 출신 구에 따라 크게 달라진다. 예를 들어 상대 얼트가 캘든 구 출신인 경우 63퍼센트밖에 되지 않는다. 개슬라이트 출신하고는 74퍼센트까지 치솟는다. 레이턴 이외의 지역 출신끼리 맞붙는 경우는 확률이 50 대 50 정도로 훨씬 공정한 경기가 된다.

어처구니없는 것은 레이턴을 움직이는 힘은 돈이나 정보나 기술에서만 기인하는 게 아니라는 점이다. 그것은 위원회가 이곳에 소재한다는 데서도 기인한다. 커시의 네 개 구 가운데 위원회의 존재와 힘이 가장 강하게 느껴지는 곳이 바로 레이턴이다.

이곳에서는 눈만 돌리면 넓게 뻗은 건물 위로 우뚝 솟은 위원회 본부 중앙탑을 볼 수 있다. 중앙탑은 매끈한 은빛이고, 그것을 보면 나는 총알과 칼날과 피의 쇠 맛이 떠올랐다. 지붕에는 위원회의 상징인, 똑같이 생긴 두 명의 십대가 서로를 바라보는 모습이 있다. 지붕은 우아하고 섬세하면서도 거미줄처럼 튼튼하다. 그것은 장벽과 같은 재질인 검은 철로 만들었으며 직선은 전혀 없이 곡선으로만 이루어졌다. 검은 나선이 눈을 이루고, 가까이 갔을 때에만 그것이 쇠로 만든 긴 수열이라는 걸 알 수 있다. 그 모든 것이 뱃길을 이끄는 뱃머리 장식처럼 위원회의 컴플리션 제도를 설명하고 있었다.

나는 이 상징을 보고 안심은커녕 쫓기는 듯한 불안감만 들었다.

길 건너편 후처리 차량의 경적 소리에 시각을 물었다.

오후 4시 반이었다.

내 고객은 실습생으로, 퇴근하기 30분 전이었다. 그의 얼트는 그가 퇴근할 때를 노릴 것이다. 그리고 나는 그때를 노리고 그를, 그러니까 내 고객의 얼트를 기다릴 것이다. 나는 파리를 잡으려는 거미를 잡는 작은 새가 되어야 했다.

하지만 먼저 할 일이 있었다. 지금 모습으로는 타격은 고사하고 레이턴의 상업 지구로 들어갈 수도 없었다. 셔츠와 재킷의 핏자국은 이미 여러 사람의 눈길을 끌었다.

조용히 움직이고, 기억도 발자국도 남기지 말아야 했다.

나는 코드가 개슬라이트의 아파트에서 가방에 넣어 준 현금의 무게를 느꼈다. 옷가게에 들어가 그걸로 옷을 사는 것은 어려운 일이 아닐 것이다. 하지만 지금은 그 돈을 쓰고 싶지 않았다. 아직 6일이 남아 있었고, 그것은 짧고도 긴 시간이었다.

길모퉁이에 옷가게가 있었다. 그리드 상가의 옷가게들과 달리 진열도 세련되고 유명 상표가 가득했다. 반투명 유리 내벽과 바퀴 달린 은색 진열대 덕분에 나는 스웨터와 청바지와 얇은 재킷을 가방에 몰래 쑤셔 넣을 수 있었다. 얇은 철사 끝에 도난 방지표가 달려 있었지만, 그것은 내 능숙한 칼의 상대가 되지 않았다.

길 건너편에 디스트릭트 그릴 식당이 보이자 나는 그리로 갔다. 바깥은 지나칠 만큼 깨끗한 데다 불빛이 눈부셨고, 실내의 가죽 부스는 매끄럽고 흠집 하나 없었다. 그리드의 디스트릭트 그릴과는 차이가 엄청났다.

나는 화장실에서 새 옷으로 갈아입으며 조심스럽게 총과 칼도 옮겼다. 모르는 상표들이었지만, 감촉을 통해서 내가 여태껏 입은 어떤 옷보다 품질이 좋다는 걸 알 수 있었다. 신발도 하나 구했으면 좋았겠지만, 그것은 어떻게 할 수 없었다. 내가 입고 있던 옷은 쓰레기통에 버렸다. 과거의 더 많은 부분이 사라졌다. 나는 셔츠를 벗다가 잠시 망설였다. 코드의 손가락의 기억 때문이었다. 하지만 그것도 버렸다. 뒤돌아보는 일은 금지였다.

문이 열리고 한 무리의 소녀가 들어왔다. 모두 내 또래로 보였다. 그들은 길쭉한 거울 앞에 몰려들어 단장을 했고, 내게 눈길 한 번 주지 않았다.

그들의 얼굴은 눈부셨다. 너무 매끈해서 실제 얼굴 같지도 않았다. 머리도 지나치게 반들거리고 건강하고, 옷도 지나치게 깔끔하고 잘 맞았다. 그들은 제스로에 있는 내 친구들과 전혀 비슷하지 않았는데도 나는 친구들이 떠올랐다. 친구들과 함께 있는 느낌, 어딘가에 소속된 느낌이. 갑자기 깊은 외로움에 통증처럼 밀려들었다. 그런 인생이, 액티브가 아닌 평범한 삶이 그리웠다.

그들의 어깨 너머로 거울에 비친 내 모습이 힐끔 보였다.

그들과 비교해서 나는 더럽고 병들어 보였다. 망가진 것 같았다. 피부는 긁히거나 멍들었고, 그렇지 않은 곳은 창백했다. 머리는 까치집이 따로 없었고 며칠 안에 추가 염색이 필요했다.

그들은 꺅꺅 비명을 지르고 웃음을 터뜨렸지만, 그들 전부가 컴플릿은 아닐 것이다. 그럴 확률은 낮았다. 그들의 나이를 볼 때 그들 넷, 아니 다섯 전부가 컴플릿이기는 어려웠다. 그러니까 그들 중에는 미성년도 있었다. 하지만 나는 양쪽을 구별할 수 없었다. 그들은 모두 두려움도 의심도 걱정도 없는 것처럼 행동하고 있었다.

스트라이커를 고용할 수 있는 능력이 비결인가? 고액 교습이 문제를 해결해 줄 거라고 생각하는 건가? 그들이 지나치게 낙관적인 건가, 아니면 그냥 그들에게는 이 모든 일이 더 쉽고 간단한 것인가?

결국, 어쨌건 운명을 결정하는 것은 한 방의 총알, 한 번의 칼질이다. 기술이건 운이건 삶과 죽음 앞에서는 별 차이가 없다.

나는 모든 걸 제대로 했는지 다시 확인했다. 가방과 주머니를 두드려서 친구 같은 무기들이 제자리에 있는 것을 확인했다. 나는 소녀들 목소리를 뒤로 하고 식당 안으로 들어섰고, 진한 기름 냄새에 감싸였다. 그것이 얇은 막처럼 피부에 달라붙자, 잊었던 허기가 살아났다.

뭐라도 먹어야 했다.

나는 미성년용 세트 메뉴를 주문했다. 버거와 감자 튀김과 시럽 물이었다. 모든 게 밍밍했다. 만족감 없이 포만감만 주는 음식들. 이런 싸구려 음식만 먹으면서 왜 이렇게 살아 있으려고 애쓰는 걸까 하는 생각이 들었다. 그래도 나는 아무것도 낭비하지 않으려고 노력하며 그것을 욱여넣었다. 먹는 동안 쟁반 깔개 종이에 새겨진 글귀가 눈에 들어왔다.

'컴플리션이 끝나면 잊지 말고 각 구청 후처리 팀에게 연락하십시오. 감사합니다. 위원회.'

식사를 마치고 나는 남은 쓰레기와 깔개 종이를 함께 버렸다.

내 고객의 직장은 다섯 블록을 걸어가서 세 블록만 내려가면 되었다. 나는 곧 거기 도착했다.

'포레스터 파이낸스'는 내 앞의 큰 건물에 입주한 많은 사업체 가운데 하나였다. 건물은 언뜻 보아도 30층이 넘었다. 평소라면 고층에 올라갈 일을 걱정했을 것이다. 높이 올라갈수록 내려와서 나가는 데 시간이 많이 걸리기 때문이다. 하지만 이번에는 안으로 들어가지 않아도 되었다.

과제는 시작된 지 열흘이나 지나 있었다. 그것은 내 고객이 얼트를 추적하다가 스스로 컴플리션을 할 수 없다고 판단하는 데 그만큼의 시간이 걸렸다는 뜻이었다. 그렇다고 그 시간을 헛되이 보낸 것은 아니었다. 그는 내게 도움이 되는 작업 정보를 충분히 확보해서 보내 주었다. 그 내용은 잘 읽히는 책처럼 머릿속에 쏙쏙 들어왔지만 가장 중요한 것은 지난 닷새 동안의 메모였다.

그는 매일 내가 규칙적으로 다니던 모든 장소를 순회하고 있음. 그래든 로에 있는 포레스터 파이낸스, 내가 식사를 하던 길 건너 부메랑 카페, 한 블록 지나 시즈 로에 있는, 내가 퇴근길에 장을 보던 프레셔리 상점, 그리고 포티스 로의 내선 기차역, 그 기차는 레이턴구 교외로 가는 가장 빠른 수단임. 하지만 순서는 계속 바뀜. 그는 영리하게도 예측되는 경로를 만들지 않고 있음.

그가 나를 죽이러 올 테니, 그 길에서 기다려 주기 바람.

나는 그럴 것이다. 단지 그를 기다릴 좀 더 정확한 장소를 찾아야 했다.

"시각."

소리내서 묻고 주변을 한 번, 두 번 훑어보았다.

16:48.

퇴근 시간까지는 12분이 남았다. 그리고 내 타격 대상은 그토록 좋은 기회를 놓칠 리가 없었다. 예측되는 경로건 아니건, 그가 얼트를 마주할 기회를 노린다면, 그의 직장 바깥에서 기다리지 않을 리가 없었다. 그가 그날의 순례를 하고 여기서 몇 분을 보내며 얼트가 출근하지 않았음을 확인한다고 손해 볼 일은 전혀 없을 것이다.

나는 건물 정문으로 가는 길 끝의 벤치에 자리 잡기로 했다. 거기서는 길 건너편의 일이 잘 보일 것이다. 그리고 이쪽의 막히지 않은 시야를 이용하려는 사람도, 특히 포레스터 파이낸스에서 퇴근하는 특정 인물을 기다리는 사람이라면.

벤치가 비어 있다면 좋았겠지만 그렇지 않았다. 한 여자와 두 남자가 있었다. 나는 그들에게 정체를 들키지 말아야 했다. 그냥 시간이 남아도는 사람, 친구를 기다리거나 남자 친구를 기다리는 사람으로 보여야 했다. 표적을 찾는 스트라이커로 보여서는 안 되었다.

나는 걸어가면서 주머니에서 접이칼을 꺼내서 새 스웨터 소매에 재빨리 구멍 두 개를 뚫었다. 그리고 그 구멍에 엄지손가락을 걸어서 문신을 가렸다. 나를 가리고 숨어 있어야 했다.

나는 지루한 표정을 지으며 벤치에 앉았다. 가방은 한쪽 팔에 대충 걸고, 시선은 조심스레 다른 곳을 보았다. 사람들이 액티브라는 걸 알아도 문제가 되지는 않지만, 미성년인 편이 더 정체를 감추기에 좋았다. 휴대폰을 꺼내서 나에게 보내는 문자를 작성했다. 그러면서 오른쪽으로는 사람들이 느릿느릿 드나드는 회전문과 왼쪽으로는 길 건너 상점들을 주시했다. 은행, 태블릿 상점,

맞춤 휴대폰 상점, 기차 간이역.

낮게 내려온 태양은 주황색으로 타오르며 지붕들 끝에서 반짝였다. 지평선 먼 곳에 검고 거대한 장벽 모서리가 하늘로 솟아 있었다.

이제 10분도 남지 않았다.

레이턴 구 기차가 길 건너편 역에 서서 수십 명을 내려놓았다. 벤치에 있던 여자와 두 남자가 일어나서 기차를 타러 갔고, 나 혼자만 남았다. 나는 기차에서 내려 걸어오는 남녀를 바라보느라 그 사실을 간신히 알아차렸다. 남녀는 이제 빈 벤치에 앉아서 함께 속삭이고 웃었다. 남자가 여자를 안자 바닥에 쇼핑백들이 떨어졌다. 젊었지만 스무 살은 넘어 보였다. 그러면 컴플릿이란 이야기였다. 세상을 자기 발 앞에 두고 새롭게 인생을 시작하는 자들이었다.

나는 한마디 하고 싶었다. 우리가 아무리 그렇게 믿고 싶다고 해도, 그것이 앞으로 모든 일이 완벽할 거라는 뜻은 아니라고. 인생은 여전히 한심할 수 있고, 사고와 불운도 여전히 일어날 거라고.

물론 나는 아무 말도 하지 않았다. 그들을 보면서 코드를 생각하고, 우리의 가능성을 생각했기 때문이다. 내가 허락할 수 있다면.

어깨가 아팠다. 개슬라이트의 아파트에서 진통제를 챙겨 나오지 않은 게 안타까웠다. 코드 생각에 정신이 팔려 있지 않았다면 챙겨 왔을 것이다.

그런 뒤 나의 모든 생각이 다음 기회로 미루어졌다. 나는 기차역에 서 있는 마지막 사람에게 눈이 고정되었다.

그는 내 고객의 얼트였다. 이마 위로 깊이 눌러 쓴 모자로 눈을 반쯤 가리고, 뺨은 내 고객의 사진보다 약간 더 움푹했다. 그가 모자를 고쳐 쓰려고 팔을 들 때, 바지 위로 불룩 튀어나온 총의 손잡이가 보였다. 그는 감추려는 기색 없이 내 옆의 건물을 바라보았다.

나는 천천히 휴대폰을 다시 가방에 넣고 지퍼를 채운 뒤 언제나처럼 주머니를 차례로 만졌다. 모두 제자리에 있었다. 나는 일어서서 가방을 메고 양방향의 교통을 살펴본 뒤 인도에서 내려섰다.

걸어가면서도 얼른 판단이 되지 않았다. 안전거리를 유지하고 사람들의 이목을 끌며 총을 쓸지, 아니면 그가 내 접근을 허락해주기를 바라며 빠르고 확실하게 칼을 쓸지.

아니면… 칼을 던질지. 그가 혼자 있었기에 주변부 살해의 위험은 없었다. 칼을 쓰면 폭음도 없을 것이다. 오직 손목의 움직임, 칼의 돌진, 그리고 무기의 회수뿐일 것이다. 벌써 여러 번 해본 일이었다.

하지만….

하지만….

내가 할 수 있을지 확신이 없었다.

나는 아직도 첫 번째 타격 대상이었던 소녀의 눈을 잊지 못했다. 자기가 죽을 것을, 고통스럽고 느린 죽음을 맞을 것을 아는 눈.

내 손이 다리에 닿은 채 움찔거렸다. 그러다가 소매를 빠져나가 재킷 주머니로 들어갔다.

총을 찾았다.

결정은 숨결처럼 빨랐고, 새로 든 멍처럼 생생했다. 나는 이미 총을 잡고 타격 대상 3미터 앞까지 갔다. 총을 꺼내 들고 시야를 그의 방비 없는 가슴으로 좁힌 뒤 방아쇠를 당기려는 찰나….

어떤 여자가 뒤쪽 상점에서 나오더니 반갑게 내 고객의 이름을 부르며 달려와서 그의 얼트에게 뛰어들었다.

그 소리에 그가 돌아보더니(그 동작은 반사처럼 빨랐다) 여자를 잡으려고 했고 두 사람 다 몸이 앞으로 기울었다. 내 타격 대상도, 그를 부른 여자도….

그리고 나는 미처 총알을 멈추지 못했다. 그것은 여자의 옆구리를 맞혔다. 여자는 충격에 빙글 돌아 바닥으로 쓰러졌고, 내 타격 대상은 그 밑에 깔렸다.

내 얼룩진 피부 속에서 심장이 미친 듯이 뛰었다. 내 불충한 뼈와 못난 근육으로는 그걸 가둘 수 없었고, 나는 내가 저지른 일의 결과를 보러 달려갔다. 내가 주변부 살해를 일으킬 만큼 계산을 잘못한 것은 처음이었다. 테이지처럼… 우리 엄마처럼.

하지만 나는 다시 숨을 쉴 수 있었다. 여자는 죽지 않았고, 치명상도 아니고, 그저 다쳤을 뿐이었다. 살만 가볍게 다치고 생명에는 지장이 없었다. 여자는 옆구리를 움켜잡았다. 손가락 사이로 피가 흘렀지만, 이미 일어나 앉으려고 했고, 사태를 파악하려고 했다. 멍한 표정으로 나를 바라보았지만 정신을 잃지는 않았다.

내가 고개를 돌리자 타격 대상과 나의 눈이 마주쳤다. 그는 내가 누구인지, 왜 거기 있는지 단박에 파악하고 있었다.

나는 다시 총을 들어서 조준했다. 이번에는 빗나가지 않았다.

여자가 아직 살아 있다는 안도는 사라졌다. 그래야 했다. 그런 것 대신 이 컴플리션을 완수하겠다는 무뚝뚝한 결심만이 필요했다.

나는 허리를 굽혀 맥박을 확인했다. 맥박은 사라졌다. 죽음이라는 궁극의 이완 속에 그의 목은 아기처럼 부드러워졌다. 그리고 그의 눈은 다시 깨끗해졌다.

나는 고객에게 문자를 보내 남은 보수를 통보하고 후처리 팀을 부르게 한 뒤 떠나갔다.

진회색 하늘은 거의 완전한 어둠에 가까웠다. 나는 계속 움직여야 한다는 것 말고는 별 생각을 하지 않았다. 나는 상업 지구를 떠나서 레이턴 교외 지역으로 가고 있었다. 포티스 로에서 기차를 타는 편이 빨랐겠지만 그럴 수 없었다. 그곳은 현장에서 너무 가까웠다.

그리고 오늘 밤 레이턴 구 밖으로 나가기에는 너무 피곤해서 이곳에서 자는 편이 좋겠다고 판단했다. 어쩌면 더 안전할지도 몰랐다. 내 얼트가 있는 그리드에서 떨어져 있으니.

이제 잘 곳을 찾아야 했다. 이곳은 주택이 많지 않았다. 대부분 고급 아파트나 고층 건물이었다. 개별 현관이 없으면 빈집 찾기가 훨씬 어려웠다. 건물 안으로 들어갈 수 있다고 해도 여러 층을 돌아다녀야 했고, 그러고도 아무 소득이 없을 수도 있었다. 나는 계속 걸었다. 피로를 참고 제스로까지 가야 하나 하는 생각이 들었다. 그때 길모퉁이에 후처리 차량이 보였다. 그 앞에 있는 아파트 건물이 컴플리션 현장인 모양이었다.

가까이 가 보니, 두 요원이 공무 수행용 휴대폰에 현장 정보를 입력하며 이야기하고 있었다. 그들은 트럭 옆에 서 있었고, 나는 지나가다가 허리를 굽히고 신발 끈을 묶었다.

"팀이 지금 완전 가동 상태고, 다른 차량들도 모두 현장에 나가 있어요. 아침에 다시 와야 할 거 같아요."

키 크고 마른 여자가 무뚝뚝하게 말했다. 그러면서 계속 휴대 폰에 정보를 입력했다. 동료는 여자보다 나이가 많은 남자로 머리는 꽁지머리였고 팔뚝 두께가 작은 나무줄기만 했다.

"시신을 밤새 두어도 괜찮겠지요?"

남자는 바퀴 침대가 구르지 않도록 안으로 들이며 불만스럽게 말했다.

여자는 어깨를 으쓱했다.

"어디 가지는 않을 거예요. 그리고 얼트는 이미 떠났잖아요. 그냥 문을 잠가 두고 꼬리표를 건 다음에 내일 다시 와요."

"팀장님 말씀대로 하지요. 잠시만 기다리세요."

남자가 대답하고 트럭 안의 고리에서 흰 꼬리표를 빼내서 손가락에 걸고 빙빙 돌렸다.

"금세 전송이 끝나요."

남자가 로비 문으로 걸어갈 때 여자가 말했다.

하지만 나는 여자의 말을 거의 듣지 못했다. 그녀의 동료보다 한 걸음 앞서서 걸어갔기 때문이다. 머릿속에 온갖 생각이 요동 쳤다. 생각할 시간은 몇 초뿐이었다.

그가 왔을 때 나는 문 앞에 서 있었다. 가방을 한 손에 들고서 다른 손으로 안을 뒤지며, 그가 들을 수 있을 만한 목소리로 중얼 거렸다.

"어디 두었지? 안에 두었을 리는 없는데. 아, 난 정말 바보 같 아…."

내가 짜증스럽게 고개를 저었다.

"너 여기 사니?"

남자가 물었다.

나는 고개를 들었고, 놀란 척 연기가 자연스럽기를 바랐다.

"네. 하지만 열쇠를 어디 두었는지 못 찾겠어요."

"그래? 잠깐만 나는 안으로 들어가야 해."

그가 말을 멈추고 내가 비켜서기를 기다렸다.

"아! 죄송해요. 제가 길을 막고 있었네요."

내가 서둘러 비켜섰다.

"괜찮아."

그가 위원회에서 발행한 만능 암호를 입력하자 자물쇠가 열렸다. 그는 나를 위해 문을 열어놓고 안으로 들어갔다.

그에게 고맙다고 목례하고 안으로 들어가자 안도가 서늘한 물결처럼 밀려왔다. 그는 엘리베이터 버튼을 눌렀고 나는 고개를 숙이고 계속 가방 안을 찾는 척했다. 그러다 엘리베이터 문이 열렸을 때에야 그를 따라가서 문이 닫히기 직전에 탔다. 그리고 그가 먼저 버튼을 누르게 했다.

9층.

이번에도 별로 바람직하지는 않았다. 고층은 내려오는 데 시간이 많이 걸린다.

문이 닫혔다. 나는 10층을 눌렀다.

그는 뒤도 돌아보지 않고 9층에서 내렸다. 나는 신경 쓸 필요 없는 사람이었다. 컴플리션 실패자, 그래서 그 집에 꼬리표를 달아 두어야 하는 사람과 같은 아파트에 사는 주민일 뿐이었다.

엘리베이터 문이 10층에서 열리자 나는 엘리베이터에서 내려 복도를 끝까지 걸어갔다. 그리고 옆문을 열고 계단으로 한 층을 내려갔다. 9층으로 들어갈 때 엘리베이터로 사라지는 요원의 등이 살짝 보였다. 엘리베이터 문이 닫히자 나는 9층에 혼자 남아서 조용하게 탐색을 할 수 있었다.

그 집은 934호였다. 흰 꼬리표가 현관에 걸려 있었다. 코드의 암호 해제기를 두른 손목을 대니 자물쇠가 열렸다. 나는 꼬리표를 떼서 현관 문고리 안쪽에 건 뒤 보조 자물쇠를 올렸다.

오른쪽에는 부엌과 작은 거실이 있었고, 왼쪽의 짧은 복도 끝에는 침실이 있었다. 작지만 깔끔했다. 내가 발견한 빈집 중에 아주 좋은 편에 속했다.

부엌 찬장도 나쁘지 않았고, 나는 떠나기 전에 먹을 것을 챙겨 넣기로 했다. 그리고 식탁 위 과일 그릇에 멍든 사과 두 개를 먹고 냉장고에서 빵을 꺼내 먹었다. 진짜 초콜릿은 별로 없는 미니 브라우니도 먹고, 마지막에 물 탄 우유를 마셨다.

방 한 구석에 죽은 액티브의 시신이 널브러져 있었다. 이불을 대충 덮어놓아서 발만 보였다. 그녀의 얼트가 해 놓은 것이 틀림없었다. 후처리 팀은 아직 방 안에 들어오지 않았기 때문이다. 발톱에는 파란색과 검은색 줄무늬가 칠해져 있었다.

나는 그녀가 하룻밤 손님을 개의치 않기를 바랐다.

가방을 바닥에 내려놓고, 총은 베개로 쓸 쿠션 밑에 두었다. 그리고 거실 소파에 쓰러지자마자 눈을 감았다.

그 순간 휴대폰의 진동이 울렸고, 나는 눈을 뜨기도 전에 두 가지를 알았다. 하나는 한밤중이지만 잠이 든 지 몇 분밖에 지나지 않은 것 같다는 것. 둘째는 코드에게 내가 레이턴에 안전하게 있다고 말해야 한다는 것. 그는 내가 어디 있는지 알 길이 없었다. 내가 추적 칩을 빼낸 것은 이미 알았을 것이다. 그렇지 않고는 내가 아직도 개슬라이트의 아파트에 있는 현상을 이해할 수 없을 것이다.

다시 한 번 진동이 울렸고, 나는 죄의식 때문에 휴대폰을 주머니에서 꺼냈다.

'너 어디 있니?'

휴대폰 화면이 내게 소리쳤다.

코드였다.

나는 부연 눈을 비비며 답했다.

'레이턴에 있어. 내일 돌아갈 거야.'

'걱정했어.'

'난 괜찮아. 또 봐.'

나는 내가 입력한 글을 다시 읽어 보았다. 취소하기는 이미 늦었다. 내가 그를 다시 보자고 말한 이유는 잠에서 덜 깼기 때문이라 생각하려고 했다. 스트라이커가 된 뒤로는 그런 표현을 하지 않았다. 액티브가 된 뒤로는 더욱.

코드의 말이 돌아왔다.

'좋아, 이야기 좀 하자. 내일 어때?'

코드는 날 쫓아다니고 나는 도망다니는 우리의 미친 습관을 떨치고, 우리의 만남이 다시 자연스러워질 수 있을 것만 같았다. 한 번도 그렇지 않았던 적이 없는 것처럼. 나도 코드도 이제 상대를 잘라내는 일이 가능하다고 믿지 않을 것 같았다. 그러기를 바란다고 해도.

나는 잠시 휴대폰을 들고 코드의 문자를 노려보았다. 겉으로는 단순한 질문이었지만 지금 나는 그가 원하는 것을 줄 수 없었다. 나는 주먹을 피하듯 그것을 피했다.

'미안. 또 일을 받았어.'

내가 답했다. 필요한 거짓말이라도 거짓말이 아닌 것은 아니지만.

그는 얼른 답장하지 않았다. 그는 내가 하는 일 때문에, 그가 이해하지 못하는 그 일 때문에 나를 미워했다. 나도 나를 완전히 이해하지 못했다. 나는 어떻게 모르는 사람들을 살리려고 그들의 얼트를 죽이면서 정작 내 얼트에게서는 계속 도망치고 있는 걸까? 실력이 쌓인다 해도 생존의 가능성은 점점 줄어들게 하면서?

손에 들린 휴대폰이 부르르 떨며 그의 대답을 전했다.

'돌아오면 알려 줘.'

내가 새 일을 받았다는 것에 대해서는 아무 말 없었다. 나와 말다툼하는 것, 또는 내가 말하는 것 이외의 것을 알려고 하는 것은 아무 소용없다는 걸 안다는 듯이.

'응.'

나는 그 이상의 답을 할 수 없었다.

이번에는 빠르고 짧은 대답이 왔다.

'좋아.'

그가 나에게 아무리 화가 나 있다고 해도, 나보다 더 내게 화나 있을 수는 없었다.

휴대폰을 수면 모드로 하고 다시 주머니에 넣었을 때 바깥에서 무슨 소리가 났다.

엘리베이터 소리였다.

배 속이 새의 숨결처럼 나직하게 파닥거렸다.

"시각."

내가 어둠 속에서 물었다.

3:20.

나는 얼굴을 찌푸리고 일어나 앉아서 배에 손을 얹었다.

여러 가지가 가능했다. 손님, 주민, 청소부. 아파트 건물에는 그 중 어떤 사람도 가능했다.

문제는 지금이 새벽 3시 20분이라는 점이었다. 그리고 여기는 레이턴이었다. 이곳은 업무 지구의 안전을 위해 23시에 구 전체의 활동이 중지된다. 밤이면 이곳은 활동이 줄어드는 게 아니라 정지된다. 그리고 레이턴의 청결을 유지하는 청소부는 밤에는 일하지 않는다.

팅 소리를 내면서 엘리베이터가 열렸다. 9층이었다. 신중한 발소리가 카펫을 밟고 복도를 걸어서 점점 가까이 다가왔다.

소리가 내가 있는 아파트 문 앞에서 멈추자, 나는 문제가 생겼다는 것을 알았다.

CHAPTER 9

나는 나에게 30초를 주었다.

그리고 즉시 소파에서 일어났다. 어깨에 가방을 메고 총을 주머니에 쑤셔 넣었다.

문고리가 돌아갔다. 열리는지 알아보고 있었다. 거기 걸어둔 흰 꼬리표가 희미하게 춤을 추었다.

25초.

나는 오른쪽의 복도를 달려 침실로 들어간 뒤 시신을 바닥에서 들어올렸다. 체구가 작아서 침대에 올려놓는 일은 그리 어렵지 않았다. 다친 어깨가 요란하게 반항했지만 어쩔 수 없었다.

10초.

나는 시신의 팔다리를 정돈하고 그 위에 이불을 덮었다. 너무 단정하지는 않게. 그 정도면 됐다.

5초.

나는 아파트 현관 앞을 지나 부엌으로 들어갔다. 그리고 총을 꺼내 들었다.

0초.

어둠 속에서 다시 한 번 문고리 도는 소리가 들렸다. 이번에는 좀 더 공격적이었다.

와지끈 소리를 요란하게 울리면서 누가 문을 차고 들어왔다. 문틀에서 나무 조각들이 떨어졌다. 그리고 들어온 사람은 낯선 사람이 아니었다. 나는 그를 본 적 있었다. 한 번, 쿼드의 그 거리에서, 내 얼트의 옆에 있던 모습을.

그러니까 내 얼트는 정말로 스트라이커를 고용한 것이다. 그리고 그는 내가 여기 레이턴에 있는 것을 알았다. 하지만 그가 솜씨가 있었다면 벌써 나를 몇 번이나 죽였을 것이다. 오늘만 해도 내가 공격받기 좋은 시간이 여러 번 있었다. 그리고 그때 그 골목에서 나를 처음 쏘았을 때… 나라면 그렇게 실수하지 않았을 것이다.

그가 실제로도 보기만큼 어리다면 값싼 스트라이커일 가능성이 높았다. 우리는 실력에 따라 돈을 받는다. 물론 경험이 쌓이면서 대부분은 솜씨가 는다. 그래야 한다. 안 그러면 오래 갈 수 없다. 하지만 어떤 이들은 천부적인 소질이 있는데, 이 친구는 그런 부류가 아닌 것 같았다.

실제로 그는 거실을 살펴보지도 않고 침실로 갔다. 그의 손에서 총이 반짝거렸다. 나는 어둠 속에 숨어서 그의 뒤로 바짝 다가갔다. 그는 거친 숨소리 때문에 내 소리를 전혀 듣지 못했다.

동료 스트라이커로서 배움의 어려움을 겪는 그에게 약간의 연민이 들었다. 하지만 그의 타격 대상자로서는 여러 가지 감정이 복잡하게 뒤섞였다. 그의 실력이 나만 못하다는 안도, 타격 대상이 되었다는 놀라움, 그리고 다시 살아나서 소리 지르는 생존의 욕구.

컴플리션 실패자의 시체가 그를 속였다. 그는 시신을 한 번, 두 번, 세 번 쏘았다. 총알이 살과 뼈를 관통하는 소음이 깊고 요란하게 울렸다. 커튼 없는 창문으로 가로등 불빛이 비쳐들었고, 그가 총을 쏠 때마다 시신이 침대에서 튀어오르는 것이 보였다.

그에게 내가 죽었다는 걸 확인할 기회도 주지 않고 나는 그의 목에 총을 댔다. 귀 바로 밑, 부드러운 부분에.

그는 얼어붙었다. 거친 숨이 목에 걸리고, 모든 것이 조용해졌다.

"어때, 놀랐어?"

내 목소리는 유리처럼 연약했다.

그는 아무 말도 하지 않았다.

"총을 침대에 내려놔. 지금."

그는 잠시 생각하더니 총을 내려놓았다. 그것은 한 번 튀어올
라 침대 반대편 바닥에 떨어졌다. 손이 닿을 수 없는 거리였다.

"그 애가 고용한 스트라이커지?"

내가 물었다.

여전히 아무 말이 없었다.

나는 그의 침묵에 화가 나서 총구를 더 깊이 박았다. 그는 어쨌
건 꼿꼿한 기백이 있었다.

"맞지?"

천천히 그가 고개를 끄덕이고 말했다.

"너도 배짱은 있군."

강인해 보이려고 했지만 그의 목소리는 떨렸다. 너무 애송이였
다. 다이어는 무슨 생각으로 그를 받아들인 걸까?

"누가 누구 배짱을 말해? 그날 도망친 게 누구더라?"

내가 말했다.

"기회를 잡고도 얼트를 못 쏜 사람은 누구더라?"

내 손은 끈끈하고 축축했고, 소매를 잡아 내린 탓에 불편했다. 나는 그가 들어오기 전에 소매구멍에서 엄지손가락을 빼지 못했다.

"아직 시간이 있어."

그는 웃었지만 그 소리는 너무 높았다. 여전히 겁에 질려 있었다.

"별로 많지는 않아. 너는 이제 그만 도망 다녀야 해."

이제 내가 침묵할 차례였다. 그의 말은 진실이었다.

그의 이야기가 끝나지 않았고, 목소리는 아까보다 차분해졌다. 내 무응답이 힘을 주는 것 같았다.

"너는 그 애를 못 이겨. 너는 언제나 뒤처져 있었어. 그 애가 너를 쫓았어, 그리드에서부터 죽. 그리고 너를 관찰하고 있어."

"너는 나를 몰라."

내가 내뱉었다. 더 이상 그의 말을 들을 수 없었다. 팔이 떨려서 왼손으로 진정시켰다. 다친 어깨에서 통증이 요란하게 솟구쳤다. 고통에 손가락 끝까지 떨렸다.

"너는 나에 대해 아무것도 몰라!"

"그럴 필요 없어. 그 애를 아니까."

"너는 그 애도 몰라!"

내 목소리가 높아졌다. 내가 자제력을 잃고 있다는 것을 알려 주는 안 좋은 신호였다.

"그 애는 네 고객에 불과해! 네가 고객을 만난 것 자체가 잘못이야! 다이어가 그 일을 알아?"

필요 이상으로 긴 침묵.

"알아."

거짓말이었다. 나는 그가 그 말을 하기 전부터 알았다. 그리고 그때 한 가지 생각이 들었다. 그를 처음 봤을 때 알아야 했던 것.

그때 그들은 같이 있었다. 하지만 스트라이커는 누구에게도, 심지어 동료들에게도 얼굴을 알리지 말아야 했다. 그것은 스트라이커와 고객의 안전을 위해서였다. 위원회가 부당 컴플리션을 의심할 경우를 대비해서. 다이어는 그 말을 해 주었을 것이다.

다이어를 떠올리자 무언가, 비어 있던 퍼즐 한 조각이 생각났다.

"나를 어떻게 찾았어?"

내가 물었다. 불안이 밀려들었다. 이미 대답에 다가간 것 같았기 때문이다.

다시 한 번 침묵 후에 그가 대답했다.

"다이어의 사건 의뢰 기록을 봤어."

배신 같은 것이 목구멍 뒤쪽에 쓴 맛을 일으켰다.

"다이어가 그걸 보여 줬을 리가 없어."

"다이어가 아니라 헤스터가 보여 줬어."

헤스터의 불만스런 모습이 머리에 떠올랐고 나는 조용히 욕을 했다.

"그날 네 손목의 문신을 보았어. 쿼드의 골목에서."

그가 말했다.

"이걸 봤다고?"

내가 천천히 말했다. 새로운 생각이 떠올랐다.

"그 애는 어때? 그 애도 자기가 바보같이 스트라이커한테 스트라이커를 붙인 걸 알아?"

"그 애는 몰라. 말하지 않았어. 그랬으면 이 일을 안 시켰을 테니까."

그 목소리가 나에게 반항하는 듯 우쭐한 기미를 띠었다.

내 얼트의 눈이 떠올랐다. 그 깊은 곳의 결연함.

"과연 그럴까? 네가 봤는데 그 애가 못 봤을 확률이 얼마나 되겠어?"

내가 말했다.

두 사람이 길 건너편에 서 있던 모습이 떠올랐다. 그리고 그들이 함께 어둠 속으로 사라지던 모습이. 요정이 희박한 공기 속으로 사라지는 모습 같다고 그때 나는 생각했다. 하지만 지금 보니 그 이상이었다. 그들은 그냥 친구 사이가 아닐지도 몰랐다.

"너희 둘은 무슨 사이야?"

그는 내 말에 아무런 반응을 보이지 않았다. 이전까지 생각해보지 않은 무언가를 생각하는 것 같았다. 내 총구는 그의 목에서 꼼짝하지 않았다.

내가 물었다.

"내가 평범한 얼트가 아니라는 걸 그 애가 안다면, 그러면서도 너를 위험에 빠뜨리는 게 무슨 의미일까? 어쩌면 네가 생각하는 그 애하고 그 애가 생각하는 네가 서로 다르…"

그러자 그가 빙글 돌아섰다. 그 입술에 외침이 걸려 있었다. 가로등 불빛에 그의 접이칼이 반짝였다. 주머니에서 꺼낸 것인지 처음부터 왼손에 들고 있던 것인지 파악할 겨를도 없이 나는 급히 옆으로 피했다.

중심이 흔들리고 다리가 비틀거렸다. 총이 소매 위로 미끄러지다가 제자리로 돌아왔다. 그러느라 너무 많은 시간이 낭비되었다. 그의 칼이 내 목 바로 앞에 왔을 때에야 나는 겨우 그를 쏘았다.

그는 나무처럼 쓰러졌고, 내가 뒤로 물러선 뒤에도 조금 더 구르다가 멈추었다.

거친 숨소리가 아직도 벽에서 울리는 총소리와 뒤섞여 공중을 채웠다. 나는 그의 옆에 앉았다. 그리고 갑자기 무거워진 눈으로 그를 내려다보았다.

그는 소매가 접혀 있었고, 손목에 박힌 문신을 보니 진짜 스트라이커였던 것이 분명했다. 나는 그의 손목에 손을 대보았다. 아직도 상처가 다 낫지 않아 살이 부풀어 있었다. 그가 제도를 뒤틀고 죽음을 무릅쓴 증거였다. '그녀'를 위해.

나는 멍하게 그가 그녀를 사랑했을까 생각해 보았다. 그런 것 같았다. 그것도 많이. 그녀도 그를 사랑했을까? 내가 누구인지 알고도 그를 끌어들였다면 그에게 보여 주는 만큼은 아니었을지 모른다. 아니면 너무 사랑한 나머지 이 일을 그에게서 떼어 놓지 못한 것인지도 모른다. 머릿속이 뒤엉켰고, 엉뚱한 장소들로 마구 달려갔다.

나는 그의 몸을 지렛대 삼아 일어났는데, 그를 밀칠 때 그의 목에 걸려 있던 것이 바닥에 짤그랑 소리를 내며 부딪혔다.

목걸이였다. 단조 가공한 작은 금속판들을 검은 끈에 꿰어 만든 것이었다.

나는 그 판들의 가벼운 무게를 느끼며 그것을 떼어냈다. 아직도 따뜻했다. 나는 어깨에서 가방을 내려 목걸이를 안쪽 주머니에 쑤셔 넣고 다시 가방을 멨다.

이걸 왜 가져가는지 나도 몰랐다. 나를 죽이려는 사람을 죽인 만족감 때문인지도 몰랐다. 아니면 나와 똑같이 생긴 사람이 사랑하는 사람을 죽였다는 뒤틀린 죄의식 때문인지도 몰랐다. 나는 내 얼트도 아니고 고객의 얼트도 아닌 사람을 죽였다. 하지만 죽음의 위협 앞에서 달리 선택의 여지가 없었다.

이유가 무엇이건 나는 변화를 느꼈다. 나와 얼트 사이의 마지막 완충 장치가 사라지고, 내가 그토록 벌리려 애쓰던 거리가 줄어들면서, 우리는 이제 불가피한 마지막 만남을 향해 다가가고 있었다.

나는 그가 누구인지 실마리를 찾아보려고 그의 주머니를 뒤져 보았다. 있는 것은 내 옆에 떨어진 접이칼 뿐이었다. 어둠 속에서도 아주 좋은 칼이라는 것이 보였다. 손잡이는 내 손에 잘 맞았다. 누가 쓰던 칼이건 두고 가기 아까웠다. 그게 나를 죽이려던 무기였건 말건 어쨌건 지금 그것은 내 손 안에 있었다. 나는 그것을 접어 가방의 단도 띠에 넣었다.

아파트 현관을 나간 뒤에는 문을 최대한 잘 닫고 (닫는다기보다 세워두는 것 같았다) 꼬리표를 바깥 문고리에 걸어두었다. 그리고 엘리베이터를 타고 내려와 텅 빈 로비로 나갔다. 바깥에 나오니 바람이 머리를 휘날리며 옷 속을 파고들어서 몸이 부르르 떨렸다. 바람은 기차역에 도착할 때까지 내 등을 밀었다. 제스로행 기차에 타자 바람은 더 이상 닿지 않았지만 몸속은 여전히 추웠다. 나는 늘 그러듯 비상구 옆에 앉아 몸을 웅크리고 가방을 옆자리에 놓았다.

기차가 차츰 속도를 높이자 휴대폰을 꺼냈다. 그리고 여태껏 외면하던 파일을 열었다.

파일이 화면을 채웠다. 내 과제의 세부 정보. 나는 그것을 읽고 판단하고 결심했다.

그런 뒤 휴대폰을 다시 수면 모드로 돌리고 바지 뒷주머니에 넣었다. 머리를 창문에 기대고 새로운 하루가 세상의 끝을 넘어와 도시의 장벽 위로 떠오르기를 기다렸다.

이제 닷새 남았다. 그 안에 끝내야 했다. 하지만 그 전에 먼저 내가 준비가 되어 있다는 것을 스스로에게 납득시켜야 했다.

그리드에 돌아와 보니 하늘은 며칠 만에 개어 있었고, 거리는 평소보다 더 붐볐다. 나는 전당포에서 허전해진 손목을 문지르며 나와서 기차역으로 갔다. 지난 몇 달 동안 차고 있던 룩의 시계가 사라졌다.

점원은 내 절박한 상태를 감지한 게 분명했다. 값을 형편없이 쳐주었으니까. 하지만 달리 방법이 없었다. 터미널에서 만난 소녀의 말이 맞았다. 나한테는 그게 필요했다. 한 가지 이상의 이유로. 이제 주머니에 얇은 지폐 다발이 들었다. 그것이 끝까지 버텨 주어야 했다. 룩도 내가 그렇게 하기를 바랐을 것이다.

하지만 슬픔 없이 떠올릴 수 있는 추억의 물건을 보내기는 힘들었다.

나는 기차 표를 사기 위해 줄을 섰다. 그리고 내 차례가 되자 필요한 정보를 입력해서 갈 곳을 선택했다. 나는 액티브 얼트를 위한 무료 티켓을 택하지 않았지만, 우연히라도 찍힐까 봐 스캐너에서 눈을 피했다. 기계에 돈을 넣고 화면에 티켓 번호가 뜨자 휴대폰을 들어 표 두 장을 받았다. 한 장은 지금 쓸 것이고, 또 한 장은 캘든까지 가는 두 번째 교외선 기차용이었다. 캘든은 커시 남동부에 있는 구로, 외곽 지역이 짐승 발처럼 길게 뻗어 있었다.

그리고 거기서 그녀가 자랐다. 내 얼트가.

어렸을 때 나는 세상이 아주 큰 줄 알았다. 그게 도시 하나일 뿐이라고 해도, 두꺼운 장벽으로 더 큰 세상에 둘러싸여 있다고 해도. 얼트라는 것은 막연하고 먼 미래의 위협일 뿐이었다. 하지만 과제를 받을 나이가 가까워지면서 장벽은 점점 갑갑하게, 그리고 얼트는 점점 현실적으로 느껴졌다.

하지만 얼트의 출신지를 읽고 그녀가 사는 곳을 알아낸 지금에야 나는 세상이 얼마나 좁은지를 깊이 실감했다. 내가 얼트를 생각하던 그 오랜 시간 동안 그녀도 나를 생각했을 것이다. 내가 무엇을 하고 있을지, 어떤 생각을 할지 상상해 보았을 것이다.

그녀는 이제 터미널로 가지 않을 것이다. 내가 거기서 쿼드까지 그녀를 추적했기 때문에, 그녀는 동선을 바꿀 것이다. 그러니 나는 처음부터 다시 시작해야 했다. 맨처음부터. 그녀의 처음부터.

나는 계속 현실을 외면하고 도망다니는 대신 그곳부터 가 봐야 했다. 물론 그녀는 그곳을 떠난 지 오래 됐지만, 거기 어떤 흔적, 자기 생각을 남겼다면 그걸 찾을 수 있을지도 몰랐다. 나는 그녀처럼 생각해야 했다. 그녀가 되어야 했다.

기차는 절반 정도 차 있었고 나는 비상구 근처에 앉아서 옆자리에 아무도 앉지 못하게 가방을 놓았다. 그리고 사람들이 천천히 기차에 타는 모습을 살펴보았다. 돌쟁이 아기를 안고 큰 가방을 든 엄마가 있었고, 짧고 기름진 머리를 한 십대 소년이 있었다. 겨드랑이에 낀 총으로 액티브임을 알 수 있었다. 그리고 손을 꼭 잡고 벤치석에 붙어 앉은 남녀.

그런 뒤 기차가 움직였고, 나는 코드에게 문자를 보냈다.

'일하러 가는 중. 내 걱정은 하지 마. 돌아가면 연락할게.'

꽤 오래 기다렸지만 그는 답이 없었다. 나는 실망과 안도를 동시에 느꼈다. 기차가 그에게서 멀어질수록 나는 그에 대한 생각을 강하게 밀어두었다.

제스로 구와 캘든 구의 경계 지점은 아주 뚜렷했다. 공장과 공산품 창고들이 농장과 곡식 창고, 콤바인들로 바뀌었다. 밀밭과 채소밭 등은 갈색으로 잠들었고 아직도 비에 젖어 있었다. 사방에 비닐하우스가 있었으며, 투명한 벽 안쪽에서 농부들과 그 그림자가 바삐 움직였다. 기차 안까지 거름 냄새가 들어와서 나는 코를 찡그렸다.

캘든의 상업 중심지에는 식품점, 제과점, 정육점들이 있었다. 교외선 기차가 종점에 도착하자 나는 다른 모든 사람들과 함께 내렸다. 배가 고팠다. 무언가 먹어야 했다.

세 번째 식품 판매대에 이르러서야 눈 스캔 없이 주문을 할 수 있었다. 점원은 젊은 컴플릿으로 전면 유리창에 건 아마포와 씨름하느라 정신이 없어서 그런 것에 신경을 쓰지 못했다. 우윳빛 아마포가 시야를 가려서 가게 안의 액티브를 바깥에서 볼 수 없었다. 거기서 컴플리션이 일어나지 않게 하는 하나의 장치였다.

이곳 가게들은 상점 유리창을 보호하기 위해 절반은 아마포를 쓰고, 나머지 절반은 중급 방탄유리를 썼다.

나는 그를 신경 쓰지 않고 점심을 먹었다. 캘든 농장에서 키운 진짜 닭 요리였다. 오늘 아침에 도축해서 신선한 감자와 함께 볶았지만, 레이턴에 갈 만한 품질은 못 되는 것이었다. 나는 컴플릿 전용 식사를 위해 돈을 많이 내야 했고, 그것은 레이턴에 갈 만큼 좋은 것도 아니었지만, 음식은 따끈하고 맛있었고, 나는 몇 분 동안 내가 얼마나 추운지… 거기 왜 왔는지를 잊을 뻔했다.

나는 상점 벽에 기대어 사방을 오가는 군중을 살펴보았다. 이 곳은 풍요로웠다. 레이턴처럼 호사스런 분위기는 아니지만 어쨌거나 모두 각자의 삶에 만족하는 느낌이었다. 여기 살면서 배를 주리는 사람은 아무도 없을 것이다. 캘든의 생산품이 멋지지는 않다 해도 인간의 기본 욕구는 충족시켜 주었다. 그것도 아주 잘.

친구도 있고, 가족도 있고, 부부도 있었다. 건너편 빵집에는 기차에서 본 부부가 있었다. 그들의 몸짓은 그 자체로 풍성한 대화였다. 서로에게 몸을 기울인 모습, 손을 대지 않고도 어루만지는 모습, 대화에 빠져서 말과 말 사이의 침묵마저 이해하는 모습.

부부는 모퉁이를 돌아 사라졌다. 그밖에는 아는 얼굴이 없었고, 그건 당연한 일이었다. 하지만 그 많은 행인을 보자니 또 한 가지 생각이 들었다. 내 얼트의 부모님이 지금 내 앞을 지나간다면, 내가 그들을 알아볼까? 내가 그들을 얼마나 닮았을까? 우리 부모님보다 더 닮았을까?

내선 기차가 모퉁이에 섰고, 나는 서둘러 남은 음식을 쓰레기통과 재활용 수거함에 분리해 넣었다. 그리고 '컴플리션을 하는 동안 사려 깊은 행동으로 공공시설 및 개인 재산에 피해를 주지 않기 바랍니다. 감사합니다. 위원회.'라고 쓰여 있는 놋쇠 판을 습관적으로 힐끔 보고 기차에 올라탔다.

나는 뒤쪽 자리에 앉아서, 기차가 이끄는 대로 내 세계에서 점점 멀리, 그리고 얼트의 세계로 더 깊이 들어갔다.

얼트의 집은 캘든 교외에 있었다. 우리 집이 제스로의 교외에 있는 것과 마찬가지였다. 하지만 여기는 길이 더 넓고 집도 덜 낡았으며, 전체적으로 우리 동네보다 생활 수준이 약간 높았다. 우리 동네 차고들은 공업용품이 가득한데, 이곳 마당의 헛간에는 온통 농기계와 농기구들이었다.

얼트의 집은 이층이었다. 앞쪽에서는 흰색 시멘트 외장 벽과 전망창이 보였다. 오래 전에 수확을 마친 앙상한 과일 나무들이 마당에 보초처럼 줄지어 서 있었다. 마당 저편에는 녹색, 미색, 보라색이 뒤섞여 소용돌이치는 넓은 겨울 채소밭이 있었다.

모든 것이 잘 정돈되어 있었다. 그렇다면 내 얼트의 집은 빈집이 아니었다. 부모님, 형제… 가족이 있을 것이다.

자동차 진입로에 차는 없었고 차고 문은 닫혀 있었다. 어둠이 밀려드는 데도 아직 불 켜진 창문이 없었다. 어쩌면 나는 오늘 운이 좋은지도 몰랐다.

집 옆쪽에 있는 대문은 잠겨 있었지만, 자물쇠가 세 집 중 두 집은 쓰는 흔한 종류였다. 손을 안으로 넣어 빗장을 푸는 일은 아주 쉬웠다. 문이 열렸고, 나는 그 문을 통해 뒷마당으로 들어갔다.

뒷마당의 작은 툇마루에는 파라솔과 의자 세트가 있었지만, 계절이 맞지 않아 모두 덮여 있었다. 방수포를 뒤집어쓴 그 모습은 거대한 그림자처럼 섬뜩했다. 화단에는 흙뿐이었지만, 봄이 오면 시장에 내다팔 꽃들이 가득 피어날 것이다. 뒷문 옆에 있는 큰 창문은 커튼이 열려 있었다.

나는 사람이 있는 집에 침입한 적이 없었다. 불안해서 가슴이 벌떡거렸다.

'움직여. 아무것도 아냐. 아무것도.'

나는 가방 바깥 주머니를 더듬어 코드의 해제기를 찾아서 손에 들었다.

그리고 간신히 발을 움직였다.

집 앞 6미터 정도까지 갔을 때 뒷문 위쪽의 등이 켜져서 나는 자리에 얼어붙었다. 집 전체가 환한 빛에 감싸였다. 집안에 있는 사람이 지금 밖을 내다보면 모든 걸 알 수 있을 것이다.

등에 움직임 탐지 기능이 있는 게 분명했다. 나는 누가 보기 전에 얼른 저 등을 꺼야 했고, 그러려면 소리가 날 것을 각오하고 전구를 깨뜨리든지 최대한 빨리 안으로 들어가든지 둘 중 하나를 택해야 했다.

내가 이미 결심했다는 사실을 깨달을 새도 없이 문 앞으로 달려갔다.

손에 쥐고 있던 검은 띠를 자물쇠에 강하게 댔다. 시간이 너무 천천히 흘렀다. 나는 숨도 쉬지 못하고 자물쇠가 철컥 딸깍 스윽 풀리는 소리를 들었다. 그 소리는 아주 조용했지만, 누가 안에 있다면….

안쪽에서 툭 소리가 나면서 자물쇠가 풀렸다. 나는 해제기를 손바닥에 꽉 잡고 다른 손으로 문고리를 돌려 안으로 들어갔다.

부엌에 있는 물건들이 창문으로 들어오는 빛에 반짝거렸다. 리놀륨 바닥, 싱크대에 높이 쌓인 지저분한 그릇. 그 오른쪽이 식당이었고, 식탁은 아직도 그릇을 안 치웠으며, 그 옆에 가족실이 있었다. 앞쪽의 짧은 복도 끝에 다른 방이 있었는데, 거실 같았다.

그 날 요리한 음식의 냄새가 공중에 남아 있었다. 커피, 양념, 고기 모두 정상적인 냄새, 평범한 냄새, 제스로 교외에도 맡을 수 있는 흔한 냄새였다. 이 집과 그곳의 집들 사이에 큰 차이는 없었다. 차이는 사람들뿐이었다. 내 가족이면서 가족이 아닌 사람들, 나이면서 내가 아닌 사람. 이 집은 나에게 얼트의 집일 뿐이었다.

바깥의 등이 꺼지면서 실내도 어둠에 잠겼다. 하지만 어둠은 완벽하지 않았다. 복도 옆 탁자에 태블릿이 열려 있었다. 화면에 이미지들이 반짝거리며 천장에 아른아른한 문양을 새겼다.

억누를 수 없는 강렬한 호기심이 일었고 나는 해제기를 가방에 넣고 태블릿 앞으로 다가갔다.

가족사진이었다.

내 얼굴이 내가 모르는 사람들과 내가 모르는 장소에 있는 모습은 정말로 이상했다. 혼란스러웠다. 자기 자리 없이 세상을 떠도는 유령이 된 것 같았다. 내 것이라고 알던 인생이 갑자기 비현실적으로 느껴졌다.

이 인생에서 나는 사랑을 독차지하는 외동딸이었다.

2학년 때는 반에서 일등이었고, 봄에 멋진 식당에 가서 그 일을 축하했다.

지난해 겨울 댄스파티 때는 귀여운 남자애를 데리고 갔다. 착하고 순박해 보이는.

학교 축구 경기에서는 포워드로 맹활약해서 트로피를 받았다.

잠깐.

내 눈이 다시 뒤로 돌아가서, 댄스파티 사진이 다시 나타나기를 기다렸다. 그리고 마침내 그 사진을 보자 강펀치를 맞은 것처럼 숨이 목에 걸렸다.

'그 애'였다. 얼트의 스트라이커. 내가 죽인 소년. 그녀의 친구, 남자 친구, 그녀가 사랑한 사람.

깊고 고통스러운 후회에 눈 안쪽이 뜨거워졌다. 우리끼리의 일인데 그녀는 왜 이런 일을 만든 걸까? 그와 같은 일이 혹시라도….

내 마음은 어린 시절 길에 팬 틈새를 건너뛰듯 얼른 그 생각을 건너뛰었다. 아니, 그런 일은 없을 것이다. 이렇게 끝이 바짝 다가온 지금은 아니다. 나는 눈을 감고 천천히 숨을 내쉬었다. 그리고 다시 눈을 뜨고 사진을 보았다.

거기 집중했다.

모든 사진에서 그녀는 똑같은 미소, 똑같은 표정이었다. 밝고 활기차고 거리낌 없었다. 머리는 언제나 단정하고, 옷에 주름 하나 없었다. 자세도 흐트러짐이 없었다.

"훌륭해. 완벽해."

내가 나직하게 말했다.

그녀는 내가 가장 두려워하는 유형, 끈질긴 노력으로 원하는 것을 이루는 유형이었다. 내가 얼마나 느리고 서툴고 재주가 없는지를(내가 아무리 감추려고 해도) 반드시 보여 주고 마는 학교 친구 같은, 그런 유형의 아이였다.

이길 자격이 있는 얼트였다.

나는 몸을 떨고 다른 곳으로 눈길을 돌렸다. 배 속이 뒤엉켰다. 과제 수행이라는 이 경기장에서 그것이 사실이건 어쨌건 지금은 균형이 잡혀 있었다. 그녀의 스트라이커는 내 손에 죽었다. 나는 그녀가 나보다 낫다는 것을 믿지 않기로 했다. 그럴 수 없었다.

이럴 시간이 없었다. 되도록 빨리 여기를 나가야 했다. 어느 쪽이 더 나쁠까? 누가 들어와서 내가 그녀인 줄 아는 것과 누가 들어와서 내가 그녀가 아니라는 걸 아는 것 중.

위층, 내 머리 바로 위에서 끼이익 소리가 났다. 다시 한 번 끼이익, 그러더니 나무널을 밟고 걸어가는 소리가 났다.

누군가 집에 있다.

배 속의 울렁거림을 달래려고 해 봐야 소용없었다. 신경이 쨍그랑거리며 핏줄 속을 달렸다. 그것은 내가 이 장소에서 할 일을 마쳐야 사라질 것이다.

바깥은 이제 완전한 어둠이었고, 실내도 더 어두워졌다. 나는 벽을 안내 삼아 손으로 짚으며 조용히 위층으로 올라갔다.

위층은 조금 더 밝았다. 지붕에 큰 지붕창이 있었고, 밖에는 다시 비가 오고 있었다. 빗방울이 둥근 지붕을 흘러내렸다. 그 소리는 나직하고 부드러웠지만, 그 소리가 울릴 때마다 나는 더 바짝 조여들었다.

네 개의 방 중 하나는 욕실이었고 또 하나는 서재였다. 열린 문 안으로 책상이 보이고, 등받이 높은 의자도 윤곽이 희미하게 보였다.

서재 옆에 침실로 보이는 방은 문이 닫혀 있었다. 문틈으로 희미한 빛이 새어 나왔다. 안에서 티비 소리가 들렸고, 그보다 조금 더 큰 소리로 두 사람의 대화 소리가 들렸다.

그녀의 부모님이었다.

얼트의 방은 복도 끝에 있었다. 그곳은 이미 고요가 느껴졌다. 그녀는 진작에 이곳을 떠났다. 아마 과제를 받자마자 떠났을 것이다.

나는 복도의 금색 나무 바닥이 부드러운 카펫으로 이어지는 문턱을 넘어 그 방 안으로 들어갔다. 나는 코를 찌푸렸다. 그녀의 방은 아직도 꽃향이 강했다. 램프를 켜고 싶었지만 들킬 위험을 감수할 수는 없었다. 그리고 어둠 속을 탐색하는 일이 처음도 아니었다.

그 방은 어느 면으로 보아도 평범한 열다섯 살 소녀의 방이었다. 침대에는 베개와 쿠션이 여러 개 있었고, 밝은 색 벽에는 포스터와 사진이 잔뜩 붙어 있었다(그 소년의 사진도 곳곳에 있었다). 화장품과 장신구도 화장대에 빼곡했다.

특이한 점은 모든 것이 지나치게 깔끔하다는 점뿐이었다. 베개는 뒹굴지 않고 질서 있게 놓여 있었다. 벽에 붙은 포스터와 사진은 각이 조금도 어긋나지 않았다. 화장품도 규칙적으로 놓이고 장신구는 종류별로 쌓여 있었다.

아래층에서 남자 친구의 사진을 보았을 때도 그런 느낌이 들었다. 한기가 몸을 훑고 지나가면서 이곳은 내가 죽기만을 바라는 한 사람의 집이라는 것을 거듭 상기시켜 주었다.

'됐어, 이제 그만해, 웨스트.'

나는 탐색을 시작했다.

찾는 게 무언지 모를 때에는 찾는 일이 어렵다. 그 방에 들어갈 때 나는 통화 목록이 있는 옛 휴대폰, 연락하고 지내는 친한 친구들의 명단, 심지어 나를 추적할 계획의 메모 같은 것을 찾겠다는 환상적인 기대를 품고 있었다. 그녀가 나를 어떻게 없애려고 하는지 실마리를 줄 만한 것, 어떤 것이라도.

나는 서랍을 열어보고, 책상에 깔끔하게 쌓인 종이들을 살피고, 망가진 태블릿을 켜 보려고 하면서 나 자신을 욕했다. 나는 그녀의 얼굴을, 그 눈을 보았다. 그러면서 어떻게 그녀가 이런 중요한 시기에 함부로 실마리를 흘릴 거라는 기대를 했단 말인가?

옷장 문이 열려 있었다. 손으로 옷들을 훑다 보니 나의 땀 젖은 셔츠와 흙투성이 바지가 떠올랐다. 내 옷들이 얼마나 지저분한지, 내가 얼마나 지저분한지가 냄새로 확연하게 느껴졌다. 옷을 바꿔 입을까 하는 생각이 잠시 들었다. 그 옷들은 아주 잘 맞을 게 분명했다. 하지만 그 생각을 금세 떨쳐 버렸다. 그것은 너무… 잘 맞을 것이다. 그것은 이미 흐릿해진 경계선을 넘어가는 일이었다. 한 사람에서 다른 사람으로 넘어가는 일이 그렇게 쉬워서는 안 된다. 여기는 내 얼트가 살고 잠자고 꿈꾸던 곳, 그녀의 인생이 있었고 아직도 있는 곳이다. 내가 여기서 많은 시간을 보내면 나도 나보다 그녀와 더 비슷해질까? 그 생각은 즐거우면서도 혼란스러웠다.

잠깐.

아까 그 방에서 들리던 목소리가 커졌다. 문 열리는 소리가 났다. 빛이 확 밝아졌고 복도에 발소리가 났다.

나는 얼른 가방을 대고 벽에 기댔다. 눈이 동그래지고 숨이 가빠졌다. 나는 옷장으로 숨어들어 몸을 웅크렸다. 재킷들이 얼굴을 쓸고, 구두와 운동화가 울퉁불퉁한 바닥이 되었다. 나는 옷장벽을 짚고 중심을 잡았다.

발소리가 더 가까워졌다.

나는 소매에서 손을 빼서 총을 찾았다. 그리고 차가운 강철을 느끼며 총을 손에 잡았다. 그 안도감은 옳고도 그른 느낌이 들었다. 나는 천천히 일어서서 옷장 문틈에 기댔다.

침실 문 앞에 큰 그림자가 나타나더니 둘로 갈라졌다. 지붕창으로 들어온 빛에 부모님의 모습이 보였다. 그들은 잠시 그 방의 예전 모습을 기억하듯 문 앞에 서 있었다. 그것이 다시 예전 모습으로 돌아오기를 바라는 듯.

식은땀이 흘렀고, 그 시큼한 냄새가 코에 닿았다. 두려움에 입안이 얼얼했다.

한 사람이 안으로 들어왔다. 발소리는 가볍고 조심스러웠다. 어머니였다. 어머니는 책상 위의 물건을 만졌다. 그 손길은 그림자들 속의 유령처럼 가벼웠다. 그녀는 내가 만진 무언가를 다시 제대로 놓고 있었다. 나는 숨을 참았다. 이 방에 다른 사람이 있다는 걸 감지하는 건 아닐까. 다른 누구도 아닌 나… 자기 딸의 얼트가.

아니, 그런 걱정은 필요 없었다. 순간은 지나가고, 그녀는 문 앞의 남편을 돌아보았다. 그 옆모습은 섬뜩했다. 내 얼트의 메아리… 나의 메아리였다.

얼트의 어머니가 조용히 말했다.

"당신 아까 우리 애가 한 말을 믿는 거지? 그 애가 우리를 위해 거짓말했다고는 생각하지 않지?"

"그 애는 제 할 일을 아는 애야. 곧 집에 돌아올 거야."

남자의 긴장된 목소리였다. 아버지였다.

그 말을 들으니 부모님이 떠올랐다. 그러니까 그 분들이 살아 계시다면 나에 대해 그 분들도 똑같은 말을 할 것이다. 내 머릿속에서 잠시 네 개의 목소리가 겹치고 섞였다가 다시 분리되었다. 나는 얼트의 부모님에 대한 안타까운 마음을 눌렀다. 그들을 둘러싼 슬픔이 나 때문이 아니라는 것을 잠시라도 잊는 것은 나약함일 뿐이었다.

어머니가 말했다.

"여기까지 왔으니 우리 애가 이길 거야. 글레이드는 어때? 글레이드 소식은 들었대?"

'글레이드.'

스트라이커. 얼트의 남자 친구.

아버지가 무겁게 한숨을 쉬었다.

"아직 못 들었다는군."

"글레이드에게 스트라이커라 되라고 부탁하는 일은 다시 생각해 보라고 내가 말했는데. 일이 끝났을 때 위원회가 그것을 협력 살해로 분류하지 않는다고 해도…."

어머니가 책장 앞으로 가서 건성으로 책을 정돈하며 말했다. 우리 엄마도 그렇게 했을 것이다. 손을 바쁘게 움직여서 자신이 하는 말의 의미를, 자식에게 닥친 운명을 가볍게 만들려고 했을 것이다.

"그리고 그 여자애랑 같이 있던 남자애 말야. 그 애가 스트라이커가 아니란 것을 어떻게 믿지?"

어머니의 말에 나는 주먹을 꽉 쥐다가 총을 떨어뜨릴 뻔했다. 입 안이 확 말랐다.

'코드, 코드 이야기야.'

머릿속에서 수많은 이미지가 터져 올랐다. 그녀의 뺨을 스친 내 총알. 코드에게서 달아나려고 돌아서던 그녀의 표정. 그리고 내 상처에 붕대를 감아 주던 코드의 걱정 어린 얼굴. 그의 속마음을 일러주던 부드러운 손길.

"얼트의 집에서 사진을 봤다고 했잖아. 손목에 문신은 없다고."

아버지가 말했다.

우리 집. 지금 내가 이 집에 있듯이 얼트는 내 집에 있는 것인가?

"그 여자애는 거기 없을 거야. 그렇게 어리석지는 않을 거야."

어머니의 목소리에는 미움이 가득했다. 나는 혼란스럽고 어지러웠다. 내 몸에는 그녀의 피도 우리 엄마의 피만큼 흘렀기 때문이다. 내 가슴에 솟는 깊은 통증은 당연해 보이기도 하고 잘못된 것 같기도 했다. 그리고 그 아픔은 코드에 대한 커져가는 두려움 옆에 자리를 잡았다.

"그 애가 어디로 갈 건지 당신한테 말했어?"

어머니가 물었다.

"말했어. 하지만 우선 글레이드에게서 소식이 있을 때까지 개슬라이트에 있겠다고 했어. 타격을 마치면 내일 전화하기로 했다더군."

"마냥 기다릴 수는 없어! 시간이 없어!"

그 목소리에는 히스테리가 비쳤고, 그것은 자식을 걱정하는 모든 어머니에게 당연한 일이었다.

"곧 알게 되겠지. 뭘 좀 먹어야 될 것 같아. 아래층에 내려갑

시다."

아버지가 아내를 달래며 말했다.

그리고 그들은 복도로 나갔고, 발소리가 곧 계단 아래로 사라졌다.

나는 잠시 꼼짝하지 않고 정신을 추슬렀다. 사방에서 정보가 거세게 밀어닥쳐서 나를 익사시키려는 것 같았다. 나는 그것들을 얼른 판별할 수 없었다.

글레이드. 내 얼트가 기다린다. 우리 집. 코드.

나는 그녀가 다음에 어디로 갈지 알아내야 했다. 그리고 그것은 그녀의 아버지가 알고 있었다.

나는 천천히 옷장을 나가서 문 앞으로 갔다. 그리고 귀를 기울여 그들이 아직 아래층에 있는 것을 확인했다. 스토브에 냄비와 팬이 부딪히는 소리가 나자 나는 복도로 나가 서재로 갔다.

등 뒤의 지붕창이 서재 안을 살펴볼 만한 빛을 던져 주었다. 카펫이 깔린 바닥, 한쪽 벽의 책장, 다른 벽의 커다란 화이트보드.

나는 책상으로 갔다. 거기에는 서류 가방이 있고 또 이런 것도 있었다.

빈 커피 잔.

태블릿.

책 두 권.

휴대폰.

그리고 펜과 종이.

종이 위에 무언가 적혀 있었다.

두 줄이었다. 흰 종이 위에 잉크가 두드러졌다.

내 맥박이 빨라지고 귀에 천둥소리를 울린 것은 현명한 일이 아니었지만 어쨌건 그랬다. 심장과 배 속이 요동을 쳤다. 나는 덜덜 떨리는 손으로 종이를 집어 들었다.

잘 보이지 않았다. 나는 다른 손으로 휴대폰을 꺼내서 켜고 불 켜진 화면을 글 앞에 댔다. 처음에는 알아볼 수 없었다. 의미 없는 낙서, 나와 상관없는 숫자와 글자 같았다.

하지만 상관이 있었다. 상관이 아주 많았다.

아카디안 로 77513. 우리 집 주소였다.

하지만 그 밑에 적힌 것은 이해할 수 없었다.

아카디안 로 77561. 우리 집에서 다섯 번째 집이었다.

'그 애가 어디로 갈 건지 당신한테 말했어?'

얼트의 어머니가 물었다.

'말했어.'

아버지가 대답했다.

깨달음이 왔다.

'코드.'

나는 갑자기 우리가 이렇게 멀리 떨어져 있다는 사실을 참을 수 없었다. 바로 이 순간만큼 그가 내게 간절했던 적은 없었다.

나는 종이를 책상 위에 놓고 서재 창가로 걸어갔다. 이곳은 이층이었지만, 들어온 길로 나갈 수는 없었다. 나는 서두르라는 머릿속 외침을 억누르고 천천히, 조용히 블라인드를 올렸다.

창밖은 앞마당이었다. 아까 본 앙상한 과일 나무들은 작고 멀고 연약해서 타고 내려갈 수 없었다.

그러면 지붕을 타고 내려가 뛰어내려야 했다. 지붕은 경사가 급했다. 그리고 흐르는 빗방울들로 미끄러웠다.

자꾸 다른 방법을 찾다가는 시간을 낭비하게 될 것이다. 그래서 나는 생각을 누르고 코드의 얼굴을 떠올렸다.

창문이 금속 레일 위에 드르륵 열렸다. 두 손으로 방충망을 밀자 방충망 전체가 툭 소리를 내며 떨어져 나갔다. 그것은 일층 지붕에 탕 떨어져서 미끄러지다가 가장자리 너머로 날아갔다. 공포에 맥박이 춤을 추었지만, 떨어지는 소리는 들리지 않았다. 적어도 그것은 행운이었다.

나는 창틀에 올라갔다. 그리고 숨을 깊이 들이쉰 뒤 두 발이 몸을 지탱해 주기 바라며 엉금엉금 기어갔다.

하지만 나는 중력을 그리 오래 견디지 못하고 금세 굴러 떨어졌다.

지붕은 엉덩이, 무릎, 팔꿈치를 긁었다. 거친 아스팔트 널, 어둡고 흐린 하늘, 희미한 달빛이 보였다. 나는 이어 지붕 가장자리의 배수관을 잡았다. 숨이 목에서 타올랐고 내 두 다리는 자동차 진입로 위로 덜렁거렸다. 나는 필사적으로 끝이 하얘진 손가락을 펴 배수관을 잡았다. 어깨는 심장 박동에 박자를 맞추어 욱신거렸다.

그 뒤로는 비교적 쉬웠다. 땅까지 4~5미터 거리를 뛰어내리면 되었다. 나는 무릎을 살짝 구부리고 조심하면서 뛰어내렸다. 신체운동학 수업에서 배운 대로 체중을 앞으로 기울여 데굴데굴 구르자 턱이 세게 덜거덕거렸다.

어깨는 요란하게 비명을 지르다가 천천히 잠잠해졌다. 그게 다였다. 뼈가 부러지지도 않고 근육이 뒤틀리지도 않았다. 믿기 힘들 지경이었다.

나는 앞을 똑바로 바라보며 잔디밭을 지나 도로로 달려 나갔다. 그가 있는 집으로 가야 했다.

CHAPTER 10

우리 동네가 위험 지대가 되어 있었다. 캄캄한 어둠 속에서 그곳은 전혀 모르는 곳 같았다. 나는 울타리와 덤불에 바짝 붙어서 최대한 몸을 숨기려고 했다. 얼트가 내일까지 개슬라이트에 있을 거라는 사실은 그렇게 안심이 되지 않았다. 일이 어디서 잘못될지 몰랐다. 아버지가 잘못 들었을 수도 있다. 내 얼트는 글레이드의 행방을 알아내고, 그의 시신을 찾고, 나를 두 번 죽이러(두 사람 각각의 몫으로 한 번씩) 제스로로 돌아올지 몰랐다.

우리 집 뒷집의 뒷마당에 들어서니 오래된 나무 놀이집 아래 땅이 부드러웠고(제스로 구의 지반은 점토층이었다), 나는 덜 마른 빗물 웅덩이를 밟아 발이 젖었다. 나는 우리 집과 이 집을 가르는 울타리 위로 몸을 굽혔다. 이번에는 반대 방향에서 갔기에 오른쪽에서 세 번째 널을 찾았다. 그리고 헐거운 널을 옆으로 밀고 마당 안을 들여다보았다.

우리 집은 아주 조용했다. 잠들어 있었다. 이상한 것은 아무것도 보이지 않았다. 불빛도 없고, 문도 다 닫혀 있었다. 하지만 내 눈은 이미 어둠에 익숙해졌고, 아주 작은 것들을 통해 사람의 흔적을 알아차렸다.

부엌 창문의 블라인드가 끝까지 닫히지 않았다. 거의 닫혔지만, 다 닫히지는 않았다.

나는 얼트가 남긴 그림자를 느꼈다. 공기가 무거웠다. 그것은 거칠고 낯설고 당당했다. 그녀가 규칙적으로 여기 온 것일까, 아니면 그냥 문득 와 보았을까? 그녀가 지금 안에 있을지도 몰랐다. 부모님이 잘못 알고 있었다면, 그녀의 계획이 바뀌었다면.

나는 가방을 어깨에서 내려 끈으로 잡고 울타리 틈새로 밀어 넣었다. 가방은 쉽게 들어갔고, 나는 지난번에 이 틈새로 나가다가 가방에 막혔던 일이 떠올랐다. 가방은 미련하게 채워 넣은 과거의 물건들로 뚱뚱했다. 지금 가방은 그때보다 헐렁했지만, 여러 면에서 그 안에 남은 것들은 그 의미가 그때보다 무거웠다. 그 내용물은 내 인생을 압축한 것이었다.

울타리를 빠져나온 뒤 헐거운 널을 밀어서 틈새를 도로 막았다.

나는 집에 왔다.

나는 내 입에서 하얀 온기의 깃털이 솟아 내가 여기 있다는 사실을 고자질할까 봐 숨도 쉬지 않았다. 그러다 아무 움직임이 감지되지 않자, 집 옆을 지나 앞마당으로 나갔다. 벽에 바짝 붙어서 몸을 문지르다시피 했다.

앞마당에 이르자 집 모퉁이에 기대서 천천히 오십까지 세었다. 그래도 움직임이나 신호는 전혀 없었다. 멀지 않은 곳에서 내선 기차가 제스로의 교외 도로를 달리는 끊임없는 소음이 들렸다. 야간 조업을 하는 공장들의 기계 소리도.

여기서 앞마당 끝까지는 10미터도 되지 않았고, 거기에는 우리 집과 도로를 구분해주는 산울타리가 있었다. 나는 마당 끝까지 간 뒤 산울타리 뒤에 몸을 웅크리고 근육과 등뼈의 긴장을 풀었다. 그런 뒤 다시 오십까지 세고 천천히 돌아서서 우리 집을 돌아보았다. 몸은 계속 낮게 유지했다.

집은 옛날과 똑같아 보였지만, 얼트의 손길이 닿은 이상 전과 같을 수는 없었다. 내가 나와 너무도 닮은 이에게 쫓기는 꿈을 꾸지 않고 다시 내 침대에서 잘 수 있을까?

강철제 차고 문이 탁하게 반짝였다. 현관 앞 콘크리트 계단과 나무 난간. 일 층의 큰 전망창 하나, 이 층의 전망창 두 개. 모두 검고 조용하고, 커튼을 드리우고 있었다. 달빛 속에 커튼은 수의처럼 보였고, 집 전체가 상복을 입은 것 같았다.

여기서는 코드의 집도 보일락 말락 했다. 다섯 집 건너 있는 그의 집.

나는 얼트의 집에서 들은 말을 그에게 문자로 보낼 뻔했다. 교외선 기차에 앉아 떨리는 손에 휴대폰을 들고 있을 때 내 가슴은 그에 대한 걱정과 순수한 공포로 쿵쿵거렸다. 나는 문자를 쓰고 '전송' 단추를 누를 뻔했지만, 코드에게 위험을 알리면 오히려 일이 복잡해질 것 같았고, 그런 일은 내가 원하지 않는 일이었다.

그의 반응을 생각하면, 내 머릿속에는 최악의 상황만이 그려졌다. 그는 아무 생각 없이 그녀를 찾아 돌격할지도 모른다. 그저 내 얼트가 자신을 찾아온다는 것만을 생각하고. 만약 그녀가 내게 오기 전에 코드가 그녀에게 갈 기회가 있다면, 그는 망설이지 않고 그 기회를 잡을 것이다.

아니면 최선을 다해 모든 게 똑같은 척할 수도 있었다. 자기 손에 수류탄이 들려 있는 걸 모르는 척할 수도 있었다. 그녀를 속일 수만 있다면. 하지만 그가 실패하면 그녀는 빠져나갈 테고, 사냥은 다시 시작될 것이다. 그리고 이제 5일도 남지 않았다.

그래서 나는 내가 할 수 있는 유일한 일을 했다. 그것은 아무것도 하지 않는 것이었다. 얼트는 어쨌건 그를 이용해서 나에게 다가오려 했다. 그녀가 원하는 것은 그가 아니라 나였다. 나는 문자를 취소한 채 휴대폰을 넣어두고 긴 기차 여행이 끝나기를 고통 속에 기다렸다. 기차에서 내려 집으로 달려갈 때, 나는 온몸의 신경을 곤두세우고 만반의 준비를 하고 있었다.

나는 코드의 집으로 다가가다가 길가의 자동차 뒤에 몸을 숨기고 휴대폰을 꺼내서 코드의 번호를 눌렀다. 벨이 평소보다 더 오래 울렸다. 늦은 시각이었다. 하지만 나는 그를 깨우는 데 아무런 죄책감이 없었다. 그가 무사한지 아침까지 기다릴 수가 없었다.

"웨스트? 무슨 일이야?"

잠이 묻은 목소리가 대답했다. 안도감이 온몸을 훑었다. 그는 무사했다.

"나 오빠 집 앞이야. 문 열어 줘."

내가 전화에 대고 말했다.

"뭐? 어디라고?"

"오빠 집 앞이라니까. 문 열어 줘."

나는 천천히, 참을성 있게 말했다.

"알았어. 금방 나갈게."

그는 전화를 끊었다.

나는 깊은 숨을 쉬고 차 뒤를 떠나 현관 앞으로 갔고, 현관 계단에 오르자 코드가 이미 나를 기다리고 있었다. 그는 한 팔을 내 허리에 감아 나를 끌어들인 뒤 꼭 끌어안았고, 나는 그대로 있을 수밖에 없었다. 잠시뿐일지라도 그에게 몸을 기댈 수 있다는 것은 기분 좋았다.

그의 숱 많은 흑갈색 곱슬머리가 부스스했다. 그의 눈에는 기쁨, 걱정, 분노가 섞여 있었다.

"안녕."

그가 한 말은 그게 전부였다.

몸을 떼고 싶지 않아서, 나는 그저 내가 여기 있다는 사실만을 빨아들였다. 우리 둘 다 무사히… 아직까지는.

거실은 코드가 청소를 싫어하는 것을 생각하면 예상보다 깔끔했다. 소파, 두 개의 안락의자, 텔레비전. 거실 탁자에는 학교 숙제 같은 것이 있었다. 코드와 룩이 함께 만든 거대한 스테레오 시스템. 우리 엄마가 몇 해 전 여름 중고 상점에서 사다 준 무거운 철 테를 두른 거울이 벽난로 선반에 놓여 있었다. 무늬가 새겨진 낡은 깔개가 흠집 가득한 바닥을 덮고 있었다.

집 안쪽은 가운데 계단 양옆으로 부엌과 식당이 있었다. 모든 것이 다 마음을 푸근히 해 주는 모습이었고, 코드의 일부 같았다.

나는 고개를 젖히고 그의 얼굴을 보았다.

"오빠가 알아야 할 게 있어. 내 얼트, 그 애가…"

"나도 알아. 나를 관찰하고 있는 거. 말했잖아. 나도 그 애를 관찰하고 있다고."

나는 입이 벌어졌다. 그는 알고 있었다.

"그러면 왜 아무 말 안…"

"내가 하고 싶은 말이 있다고 하지 않았어? 네가 레이턴에서 돌아올 때?"

그가 대답했다.

그때 코드의 말이 다시 떠오르자, 나는 그의 가슴을 밀고 가방을 바닥에 떨어뜨렸다.

"억지로라도 듣게 했어야지."

"듣게 해? 그러려고 했어, 웨스트. 하지만 너는 여전히 뭔가를 알아내고 싶어 하고 있었어. 그래서 나는 네가 마음의 준비가 되기 전에는 이 근처에 오지 않을 거라고 생각했어."

그는 한숨을 쉬었다. 그리고 내 어깨 너머로 손을 뻗어 전등을 켰다. 천장의 노란 등이 우리를 비추었다.

"거기다 그 애가 여기 있으면 어쨌건 네 근처에는 갈 수 없다고 생각했지. 어쨌건 너는 내게서 떨어져 있으려고 했으니까."

나는 그의 말에 담긴 진실에 몸이 움찔했다. 그가 옳았다. 적어도 그때는 내가 그를 볼 마음의 준비가 되어 있지 않았다. 간절하게 원하면서도.

마지막 통화 이후 일어난 일들이 머리에 떠올랐다. 그녀의 스트라이커가 아파트에 침입한 일. 침대 위의 시신에 총을 쏜 일. 내가 글레이드의 머리에 총을 쏜 일.

코드가 내 얼굴을 읽고 눈이 가늘어졌다.

"너 어디 있었니, 웨스트?"

거짓말해 봐야 소용없었다.

"캘든에 갔었어."

내가 조심스럽게 말했다.

"캘든이라고? 일을 하러 간 건 아니지?"

그가 즉시 의심을 품었다.

나는 고개를 저었다.

"그 애가 사는 곳을 보고 싶었어."

그는 어안이 벙벙해진 듯했다.

"너 미쳤니?"

"알아, 바보 같고 위험한 일이었어. 나는 바보야. 나도 잘 알아. 하지만 가야 했어. 그리고 거기서 그 애의 계획을 알아냈어."

"나를 이용해서 너를 찾으려 한다고?"

그는 겁이 난다기보다 나에 대한 화가 풀리지 않은 것에 가까웠다.

나는 고개를 끄덕였다. 목이 너무 조여서 말을 할 수 없었다. 우리 두 사람 몫도 넘는 과도한 공포에 싸여 있었기 때문이다. 그동안 나는 코드가 내 곁에 있다가 다치면 안 된다는 생각에 빠져 있었다. 무의미한 주변부 살해를 당하면 안 된다고. 내 얼트가 그를 이용할 거라는 생각은 하지 못했다. 가족과도 같은, 내게 남은 유일한 그를.

코드가 내 손을 잡았다. 나도 반사적으로 꽉 움켜잡았다. 그런 일이 자연스러운 것은 정말 오랜만이었다. 다른 사람, 나를 해칠 생각이 없는 사람, 또 내가 해칠 생각이 없는 사람과 피부를 접촉하는 일은.

"그 애는 내일 올 거야. 나는 그것도 알아냈어. 여기 아니면 우리 집에. 어딘지는 모르겠어."

내가 갈라진 목소리로 말했다. 그 말을 소리 내서 하기는 어려웠다.

그는 나를 다시 바짝 끌어안았고 나는 저항하지 않았다.

"그러면 내일까지는 쉴 수 있겠네. 하지만 지금은 피곤할 테니 잠을 좀 자 둬."

그가 조용히 말했다.

하지만 우리는 이제 사태가 천천히 풀려나간다는 생각에 예민해져 있었다. 일이 어떻게 펼쳐질지는 몰라도 곧 벌어질 게 분명했다.

그리고 나는 배가 고팠다. 코드는 저녁 먹고 남은 것을 냉장고에서 꺼내 주었다. 포장도 뜯지 않은 반쪽 샌드위치와 파스타 샐러드였다.

나는 샌드위치 빵(곡물이 가득한 빵으로 아직 부드러웠다) 위쪽을 들어 안에 무엇이 있는지 보았다. 진짜 채소, 진짜 마요네즈. 그리고 기계로 갈지 않은 고기. 나는 포크로 샐러드를 휘저어서 여러 가지 채소와 베이컨을 보고 또 묵은 냄새 안 나는 소스를 보았다.

"합격이야?"

코드가 물었다. 그는 예상과 달리 식탁 맞은편에 앉지 않고 내 옆에 와서 앉았다.

그가 내 옆에 붙어 앉은 것이 몹시 어색했고, 또 지금의 여러 가지 일에 신경이 바짝 곤두서서 나는 음식을 천천히 삼켰다. 먹는 일에 몰두해서 다른 어떤 것도 알아차릴 수 없는 척했다.

"당연하지."

나는 어깨를 으쓱하며 말하고, 마지막 베이컨을 포크로 찍었다. 부엌에 불을 켰으면 더 잘 보였겠지만, 우리는 굳이 그러지 않았다. 어두운 곳에 함께 앉아 있는 일은 이상하게 편안했다. 유일한 불빛인 복도의 램프가 우리를 고치처럼 감싸 주었다.

"네가 여기 계속 있으면 내가 늘 이런 음식을 구해다 줄 거야."

그가 말했다.

나는 그가 그럴 것을 알았다. 위원회에서 경고를 받는다 해도.

"괜한 일을 해서 말썽에 휘말리지는 마, 코드."

"이게 왜 괜한 일이니?"

그가 부드럽게 말했지만, 말 속의 뼈를 감추지는 못했다. 규칙이 아니라 나에게 지친 것 같았다. 숙일 줄 모르는 나에게.

나조차 굽히지 못하는 나에게 짜증이 나면서 식욕도 사라졌다.

"미안해, 내 말뜻은 그게 아니었어."

내가 말했다. 나는 샌드위치 포장지를 구기고 샐러드 그릇을 닫았다. 손이 할 일이 없어지자 나는 손을 허벅지 아래 깔았다.

그리고 마침내 그의 얼굴을 바라보았다.

"내가 한 말 그대로야. 오빠가 말썽에 휘말리는 게 싫어."

나는 숨을 깊이 마셨다가 천천히 내쉰 뒤 머뭇거리며 말을 이었다.

"여기… 오빠 곁에 있기 싫다는 뜻이 아니야."

코드는 계속 나를 바라보았다.

"네 말뜻은 알았어. 굳이 설명 안 해도 돼."

그가 낮은 목소리로 말했다.

나는 몸속이 싸늘하게 얼어붙는데도 뺨이 후끈해졌다. 머릿속이 텅 비었다.

"어쨌건 말해 줘서 고마워."

이제 희미한 미소가 그의 입꼬리에 떠올랐다.

나는 그를 보며 눈을 깜박거렸고, 그의 얼굴에는 이제 미소가 퍼졌다.

"내가 말을 마치게 해 줘서 고마워. 정말이야."

그가 내 어깨에 손을 얹었고, 나는 그가 나를 몹시 잘 알아서 그쯤에서 주제를 바꿔 주는 것이 고마웠다.

"진통제 더 필요하지 않아? 원하면 붕대를 갈아 줄 수도 있어."

그의 손이 내 몸에 얹혔을 때가 기억났다. 그가 그 침대에서 내게 몸을 굽힐 때의 표정이.

"아니, 필요 없어. 괜찮아."

내가 조용히 말했다.

코드는 고개를 저었다.

"그러니까 내 도움을 받느니 한손으로 하겠다는…?"

"진통제가 필요 없다는 거야."

나는 너무 성급하게 굴지 않으려고 하면서 그의 말을 잘랐다.

"지금 기운을 빼고 싶지는 않아. 하지만 오빠가 어깨 붕대를 갈아주는 건 좋아."

그의 눈에 놀란 불꽃이 튀었고, 이어 더 뜨거운 것이 보였다. 하지만 그가 한 말은 "좋아." 한 마디였다.

"하지만 먼저 샤워를 해야겠어."

"좋아."

"티셔츠나 뭐 그런 거 빌려 입을 수 없을까? 이 옷은 이제 입을 수가 없어."

"좋아."

작은 발걸음들이 차근차근 더해져 갔다.

"네 얼트가 다른 사람을 구할까?"

코드가 내 등 뒤의 소파에 앉아서 물었다. 그는 반창고를 더 잘라서 내 상처에 새로 덮은 거즈 가장자리에 댔다.

나는 셔츠 소매를 어깨 위로 접어 올렸다. 그것은 코드의 셔츠였다. 내 셔츠는 이미 쓰레기통에 들어가 있었다. 코드의 셔츠를 입을 때 나는 강한 세제 냄새 속에서도 그의 냄새를 맡았다.

"다른 스트라이커를?"

내가 물었다. 샤워한 지 얼마 되지 않아 아직 따뜻한 내 피부에 그의 손은 이제 시원하게 느껴졌다.

"응. 왜냐면 글레이드가 죽은 걸 금방 알게 될 테니까. 그러면 다른 스트라이커를 구하지 않을 이유가 뭐가 있어?"

나는 그가 가까이 있다는 사실을 무시하려고 최선을 다하며 말했다.

"그럴지도 모르지만 안 그럴 것 같아. 내가 볼 때는… 이제 자기가 직접 끝내고 싶어 할 것 같아. 본래 그래야 하는 일이니까."

코드는 반창고 또 한 조각을 부드럽게 붙였다.

"너도 그쪽을 원해?"

나는 천천히 고개를 저었다. 그녀에 대해 알게 된 것에 따르면, 내가 아니라 그녀가 승리자가 될 게 분명하다는 사실을 그에게 말할 수는 없었다.

"모르겠어."

"어쨌건 이제 그 애가 혼자일 거라고 생각하면 곤란해. 어떤 일이 생길지 몰라."

나는 웃지 않을 수 없었다.

"그건 오빠도 마찬가지야. 내 곁에 계속 있으면."

"그 애가 죽여야 하는 상대는 내가 아니야."

코드가 말하고 반창고를 다시 한 조각 끊어서 붙였다.

"나야 그저 우연이지. 부차적 피해. 흔한 주변부 살해."

그의 말에 나는 오한이 일었다.

"내가 지금 여기 있는 것도 잘못이야. 내가 오빠를 피해 다녔다면 그 애는 오빠를 알지도 못했을 거야."

"너는 나를 피해 다녔어. 내가 널 따라다녔지. 그 애가 나를 본 그날 말이야. 그러니까 욕하고 싶다면 나를 욕해."

그가 등 뒤에서 가위를 접고 남은 반창고를 의약품 상자에 넣는 소리가 들렸다. 그는 허리를 굽혀 상자를 거실 탁자에 놓고 소파에 앉았다. 아까처럼 내 곁에 아주 바짝. 그리고 소매를 내려주었다.

나는 콧방귀를 뀌었다.

"좋아. 오빠가 날 따라와서 내 생명을 구해준 걸 욕하겠어."

"나도 그런 일을 하고 싶지는 않아. 너 스스로 할 수 있다면."

코드가 부드럽게 말했다.

나는 잠시 아무 말도 하지 않고, 아직도 통증으로 쿵쿵 울리는 내 어깨를 생각했다. 이어 얼트의 차가운 눈을 떠올리자 새로운 의심이 밀려들었다.

"그때 나는 과다 출혈로 죽었을 수도 있어."

내 목소리에는 낙심이 가득했다. 나는 갑자기 그의 얼굴이 보고 싶어 고개를 돌렸다.

"내가 망쳤어."

그의 눈이 램프 불빛 아래 예리하게 번쩍였다.

"그러지 마."

"뭘?"

"네가 죽을 사람인 것처럼 말하지 말라고."

"그러면 좀 어때? 나도 인간이야."

내가 반박했다.

"그리고 스트라이커지."

그가 말했다. 그러더니 어깨가 살짝 뻣뻣해져서 뒤로 살짝 물러났다.

"네가 스트라이커라서 생기는 장점이 있다면, 지금이 그걸 발휘할 때야."

"내가 이 일을 더 일찍 시작했다면 상황이 어떻게 되었을까? 누가 아직까지 살아 있을까?"

"그건 모르는 일이야, 웨스트. 하지만 어쨌건 그들은 너한테 일을 맡기지 않았을 거야."

나는 무릎을 끌어당겨 안고, 그의 절망과 내 생각을 밀어내려고 했다.

"나는 룩의 일 때문에 오빠의 얼트를 미워했어. 처음에는 오빠마저 미웠어. 하지만 룩을 죽인 건 오빠의 얼트만이 아니야. 내가 그 집에 안 들어갔다면… 내가 룩이 시킨 대로 차에 계속 있었다면… 룩은 아직 살아 있을 거야."

내 숨이 위험하게 덜컹거렸다.

"아무리 생각을 달리해 봐도 결론은 늘 똑같아."

침묵.

"그러면 내가 아직 살아 있지 않을지도 모르지. 그쪽이 더 편했겠니?"

코드가 마침내 말했다.

"그럴 리 없다는 걸 알잖아."

내가 갈라진 목소리로 말했다.

"그렇다고 네가 과제를 받지 않을 수도 없었어. 웨스트, 나는 처음에는 나를 비난했어. 그리고 너도. 하지만 우리 잘못이 아니야. 룩도 우리가 그렇게 생각하기를 원할 거야. 자책과 자학은 그만두고 지금 네 인생이 위험에 처했다는 것만 생각해."

그의 묵직한 말에 나는 눈이 뜨겁고 아프고 흐려졌다.

"내가 다시 가장 중요한 순간에 일을 그르칠까 봐 겁 나."

"네가 너를 그렇게 못 믿는데 나는 어떻게 너를 믿는 걸까?"

그가 나직하게 말하고 나를 보았다. 그 얼굴의 고뇌와 분노는 나를 겁나게 했다.

"웨스트, 제발."

나는 심장이 목구멍에 치받혔다.

"코드…."

하지만 그 이상 말할 수는 없었다. 나에 대한 그의 기대, 내 능력에 대한 그의 기대에 가슴이 먹먹했다.

"너를 위해서 못한다면 나를 위해서라도. 그걸로는 부족한 거니?"

그가 거칠게 말했다.

말 한 마디 한 마디가 나를 찔렀다. 코드를 컴플리션의 포화에 휘말리지 않게 하는 것은 처음에는 아주 간단해 보였다. 그리고 그가 내 곁에 있으려는 건 오직 죄책감과 약속 때문이라고 생각했다. 하지만 이제 내가 그를 사랑하게 되었고, 그 때문에 약해 졌다는 걸 어떻게 인정할 수 있을까? 그리고 어쩌면 그것 때문에 강해졌다는 것을.

내 침묵에 그는 숨을 훅 쉬었다. 나와 끝없이 씨름한 데 지친 것 같았다. 하지만 그가 일어서서 주머니에 손을 넣고 떨리는 목 소리로 나직하게 말했을 때, 그 목소리에서 느껴지는 것은 강렬 한 슬픔이었다.

"내가 너를 싸우게 만들 수는 없어, 웨스트. 또 네가 살아남을 자격이 있다고 설득할 수도 없어. 하지만 반 푼짜리 고백이라고 해도, 어쨌거나 나는 너를 사랑해."

그런 뒤 그는 내 곁을 떠나 계단을 올라갔다.

그의 방문이 쾅 하고 닫혔다.

그의 말소리가 내 머리에 울렸다.

'나는 너를 사랑해.'

그리고 얼트는 내일 여기 올 것이고, 시간은 나흘 남았다.

상황이 이토록 명백한 적은 없었다. 요소요소가 제자리를 찾아 갔고 앞뒤가 착착 맞았다. 내가 어떻게 잠시라도 다른 것을 생각 할 수 있었는지 의아할 지경이었다.

휴대폰이 울리며 새 타격 의뢰가 왔지만 나는 반응하지 않았다. 벨소리를 듣지도 않고, 화면을 보지도 않았다. 머릿속으로 일을 계획하느라, 모든 것을 펼쳐놓고 동선을 짜느라 다른 데 신경 쓸 겨를이 없었다. 그것은 어쨌건 내 평생 가장 중요한 타격이었다. 그것을 하는 데 내가 가진 모든 능력을 써야 할 것이다.

뒷문으로 나가 보니 차갑고 하얀 달은 아직도 밝았다. 지평선 멀리, 새로운 하루의 분홍빛이 희미하게 떠올랐다. 그 위를 빙 두른 장벽의 거친 가장자리는 이렇게 먼 거리에서는 가늘고 섬세해 보였다. 바깥은 아주 추웠다. 입김이 하얗게 얼어붙었다.

코드가 내가 간 걸 알아챈다 해도 소파에 남기는 메모면 될 것이다. 그저 그가 놀라기 전에 그것을 보기를 바랐다.

나는 내게 5분을 허락했다. 집 안에 들어가서 필요한 물건을 챙겨 나오는 데. 그리고 그녀가 아직 개슬라이트의 어딘가에서 죽은 이의 소식을 기다리고 있다는 믿음을 유지하는 데는 다시 5분이 더 필요했다.

나는 길에 나서자마자 달렸다. 총을 손에 들고 있었다. 위협이 되거나 되지 않을 어떤 움직임에도 반응할 준비가 되어 있었다. 이제는 집이나 창문들도 속임수를 감춘 얼굴들 같았다. 나무나 덤불도 열다섯 살 소녀가 완벽하게 숨을 은신처 같았다. 그녀의 검은 머리는 그림자 속에 녹아들 수 있을 것이다. 내 타오르는 금발 머리와는 달랐다.

과제를 받고 도피 생활을 시작하면 인생은 이전과는 180도 달라진다. 이제 인생의 질문은 오늘은 무엇을 할까, 무엇을 먹을까, 무엇을 볼까 하는 게 아니다. 그것은 내일까지 어떻게 살아남을까가 된다. 시험이나 숙제의 스트레스는 아무 의미 없어진다. 대신 우리는 극도로 예민해진다. 등 뒤에서 들리는 희미한 소리를 구별하게 된다. 구걸하고 숨어들고 어둠 속을 다니는 법을 배운다.

우리는 다시 집에 돌아갈 수 없다는 것을 깨닫는다. 적어도 컴플릿이 되기 전까지는.

집 앞에 오자 나는 잠시 그 안에 생명의 흔적이 있는지를 살폈다. 무턱대고 들어갈 수는 없었다. 우리 집인데도가 아니라 우리 집이라서였다. 집이 덫이 되었다. 실패 확률 97퍼센트의 합류점. 집을 떠나지 않는 것은 포기 선언이고, 거기 돌아가는 것은 자살 선언이다.

불빛은 없었다. 시도해 봐야 했다.

나는 집 옆을 지나 뒷마당까지 달렸다. 그리고 뒷문에서 익숙한 동작으로 암호를 눌렀다. 자물쇠가 풀리자 문고리를 돌려 문을 열었다. 문이 열리는 도중 나는 암호를 누를 필요가 없었다는 것을 깨달았다. 문은 잠겨 있지 않아야 했기 때문이다.

방법은 알 수 없지만 그녀는 어쨌건 이 집에 들어갔다. 그렇다면 사람들 눈에 뜨이지 않는 이곳 뒷문으로 들어가지 않았을까? 그랬다면 어떻게 다시 이 문을 잠그고 나간걸까? 그것은 불가능한 일이었다. 암호를 알거나 내가 오래 전에 잃어버린 수동 열쇠가 없이는….

답은 떠오르지 않았지만, 의아해하고만 있을 시간이 없었다. 적어도 지금은. 나는 안에 들어가 문을 잠근 뒤 내가 참고 있는 줄도 몰랐던 숨을 내쉬었다. 퀴퀴한 공기가 흔들렸다. 퀴퀴함 말고 다른 냄새는 똑같았다. 우리 집 고유의 냄새들이었다.

부엌에 서서 그 모든 것, 친숙한 모든 것, 내가 알던 모든 것의 그림자와 모양에 나를 맡기고 서 있자니 눈에서 눈물이 흐르는 것을 막을 수 없었다. 바로 이럴 때, 기억이 고통만을 안겨줄 때 나는 너무도 쉽게 안전한 무감각에 빠져들 수 있었지만… 나에게는 다시 코드를 이 일에서 빼놓아야 하는 일이 남아 있었다. 이제는 그에 대한 사랑을 포기해야 한다고 해도 무감각 상태로는 돌아갈 수 없었다.

나는 식탁 앞을 지나가며 아빠가 자주 앉던 자리를 보았다. 아빠는 거기 앉아 총을 닦으며 우리에게 그 사용법을 설명해 주고,

그것을 분해했다가 다시 정교한 퍼즐처럼 조립해 보여 주었다. 오랜 세월에 모서리가 둥글어진 식탁에서.

다음은 거실이었다. 나는 추억에 사로잡힌 채로도 손에 총을 꽉 잡고 있었다. 어디서도 안전을 장담할 수 없었다. 지금은, 아직은.

한쪽 벽의 책장에는 부모님의 종이 책과 다양한 플렉시리더가 가득했다. 두 오빠의 친구들이 막차를 놓치고 쓰러져 자던 줄무늬 소파. 아빠가 다리를 고치려고 하다가 너무 낮게 만들어 버린 거실 탁자.

그런데 거기 무언가가 있었다….

나는 탁자에 고개를 숙이고 먼지가 한 겹 덮인 반들거리는 표면을 살펴보았다.

동그란 물 자국이 있었다. 컵을 아무렇게나 놓았던 자국. 그것이 먼지 속에 자국을 냈고, 생긴 지 얼마 안 된 것이었다.

나는 허리를 폈다. 심장이 약간 더 크게 뛰었고, 머릿속에 새로운 생각이 피어났다. 그녀가 여기서 편안히 지냈다는 사실에 대한 충격에서 벗어나자 나는 현관문으로 갔다.

문은 잠겨 있지 않았다.

나는 현관문을 열고 바깥에서 자물쇠를 살폈다. 엄지손가락으로 수동 열쇠 구멍 주변을 만져 보았다. 어두워서 잘 보이지 않았고, 특히 꼬챙이나 스크류드라이버로 낸 흠집이라면 더욱 보기 힘들었다.

구멍 주변에 우둘투둘 팬 홈이 그 물음에 대답이 되었다. 나는 코드가 준 암호 해제기가 떠올랐다. 그녀도 당연히 자신만의 진입 방법이 있었다. 우리는 서로의 이점에 이점으로, 장점에 장점으로 맞서며 천천히 겨루었다.

나는 문을 닫았지만 잠그지는 않고 처음 상태 그대로 두었다. 달라진 흔적을 남길 이유는 없었다. 그녀가 아침 일찍 온다면, 내가 발견한 이점을 취하지 않을 이유가 없었다.

방은 모두 깨끗했다. 부모님 방은 아빠가 떠났을 때와 똑같았다. 침대에는 두 분의 이불이 덮이고, 바구니에는 개지 않은 빨래가 한가득이었다. 아빠의 침대 옆 협탁에는 책이 아직도 펼쳐져서 아빠가 읽다 만 곳을 일러 주었다. 아직 1/4이 남아 있었다.

에이브와 룩의 침실에서 룩의 공간은 여러 물건들로 어지러웠다. 나는 그 사건 이후 그 방에 들어가 보지 못한 채 집을 떠났다.

그리고 내 방(내가 엠과 함께 쓰던 방)에 들어가니 침입자의 흔적이 있었다.

엠이 죽은 뒤 나는 엠의 침대에 그 애가 쓰던 노란 이불을 펼쳐

놓고, 엠이 가장 좋아하던 동물 봉제 인형들을 베개 옆에 나란히 놓았다. 엠은 그러는 걸 좋아했다. 그러면 좋은 꿈을 꿀 수 있다고 했다. 그 뒤로 나는 그 침대에 손을 대지 않았다. 제대로 바라보지도 않았다. 무덤에 묻혀서 먼지와 머리카락과 뼈밖에 남지 않은 엠이 아직도 그 침대에 누워 있는 환상은 너무 고통스러웠다.

하지만 거기에 누가 손을 댄 흔적이 있었다. 동물들이 밀려나고 베개가 비뚤어지고 이불도 살짝 흐트러져 있었다.

그리고 내 침대에는 사람이 잔 흔적이 있었다. 엠의 침대는 그냥 앉았다 일어난 흔적뿐이었지만, 내 침대는 이불이 젖히고 베개가 그녀의 머리 형태로 패어 있었다. 심지어 베갯잇에 검은 머리칼도 한 올 있었다. 서둘러 자르고 염색하기 전의 내 머리카락보다 길었다.

나는 그녀가 무엇을 더 망쳐놓았을지 급하게 사방을 살폈다. 책상 위의 어수선함도 전과는 달랐다. 내게 익숙한 통제된 어지러움이 아니라 부주의한 흐트러짐이었다. 펜과 붓과 물감이 엉뚱한 필통들에 들어 있었다. 미술 책과 스케치북도 엉터리로 쌓여 있었다. 서랍들이 살짝 열려 있었고, 그 안에서 테레빈유 냄새가 희미하게 났다.

분노가 내 눈에 붉은 막처럼 내려왔다. 얼트가 여기 내 물건들

곁에서 잠을 자고, 아직 엠의 냄새가 남은 곳에서 쉬었다는 사실은 인격 모독 같았다. 분노의 흐느낌이 새어 나왔고, 그 소리에 고요가 갈라졌다.

'숨 쉬어.'

나는 숨을 쉬어야 했다. 5분이 다 되어가고 있었기 때문이다.

나는 부모님 방에 딸린 욕실로 갔다. 욕실 카운터에 쓰다 만 치약이 있고, 아빠의 면도기, 엄마가 특히 아끼던 구슬 목걸이가 아빠가 치우지 않은 작은 쟁반에 놓여 있었다.

그 평범한 풍경에 아련한 통증이 느껴졌다. 그것은 조금만 부주의해도 금세 부풀어 오르는 통증이었지만, 나는 그것을 누르고 마약을 찾는 중독자처럼 의약품 캐비닛을 뒤졌다.

약병들이 욕실 카운터에 쩔그렁거리며 떨어졌다가 내용물을 쏟으며 바닥으로 굴러 내렸다. 알약이 싸구려 사탕처럼 쏟아져 나왔다. 그것은 여기 있어야 했다. 나는 분명히 기억….

그때 나는 보았다. 아빠의 수면제. 엄마가 죽은 뒤 처방을 받아 먹던. 작은 병이라서 얼른 눈에 띄지 않았다.

뚜껑을 열어 안을 보았다. 그 정도면 충분했다. 많지는 않았다. 아빠가 마지막에 그것을 과용했기 때문이다.

자살을 위해.

커시에서 자살이란 죽은 말, 낯설고 폐기되다시피한 말이었다. 내가 아무리 아빠의 죽음을 이해해 보려고 노력해도 그것은 헛바늘처럼 불편했다. 전투술의 기본이 없는 미성년도 있을 수 있고, 무기력에 빠진 액티브도 있을 수 있었다. 하지만 컴플릿이 생존의 가치를 부인하는 것은 그와는 다른 일이었다.

아빠는 그렇게 결론을 내리고 이 약을 삼켰다. 나와 룩이 있는 인생은 엄마와 엠과 에이브가 없는 인생을 보상해줄 수 없었다. 그리고 그 때문에 나는 아빠가 미웠다. 그때는. 지금 내가 처한 이 위험을 생각하면 아직도 이해하기 어려웠다. 어쩌면 영원히 이해 못할지도 몰랐다. 하지만 이제는 그렇다고 아빠가 밉지는 않았다.

나는 남은 알약을 손에 털어 청바지 주머니에 넣었다. 코드는 예리했다. 내가 돌아갔을 때 그가 깨어 있다면 불룩한 병을 못 볼 리 없다. 내가 아무리 조용히 들어간다고 해도.

이제 시간이 없었고, 나는 들어온 길 그대로 계단을 내려가서 부엌을 지나 뒷문으로 나갔다. 그런 뒤 앞마당으로 가서 바깥 길로 나왔다. 아침이 천천히 비쳐들면서 그림자가 물러갔다. 확연한 표적이 되고 싶지 않다면 서둘러야 했다.

코드의 집에 다시 돌아와서 나는 문 앞에 잠깐 섰다. 그는 내가 나갔다 온 것을 분명 알 것이다. 내 마음의 절반은 그가 어디 갔었냐고 물을 것이 두려웠다. 나머지 절반은 차라리 그가 묻기를 바랐다. 그런다면 내가 이 일을 할 필요가 없을 것이다. 그가 나에게 다른 방식을 설득할지도 몰랐다.

하지만 코드는 아직 자고 있었다. 그의 방문은 닫혀 있었다.

나는 일을 시작했다.

* * *

아침 식사를 준비하는 데 아주 오랜 시간이 걸렸다. 내가 마지막으로 요리를 한 게 언제인지도 기억이 안 났지만, 본래도 그렇게 눈부시지 않던 내 요리 솜씨를 생각하면 집을 불태우지 않은 것도 다행이었다.

나는 음식의 겉모습을 보았다. 먹을 만해 보였다. 계란, 토스트, 베이컨, 오렌지 주스. 까맣게 타거나 덜 익은 것은 없었다. 이만하면 될 것이다. 나는 오렌지 주스를 한 번 더 저어서 알약을 부순 가루를 녹였다. 이미 젓고 또 저었지만 어쩔 수 없었다. 코드가 내 계획을 의심하면 더 일을 진척시킬 수가 없었다.

나는 숨을 깊이 쉬고, 쟁반을 최대한 차분하게 든 뒤 그의 방으로 올라갔다. 노크도 하지 않았다. 그럴 수 없었다. 망설임이나 의심이 스며들 틈을 만들 수 없었다.

창문으로 흐린 잿빛이 들어왔다. 책상에는 그와 룩이 함께 가지고 놀던 낡은 태블릿과 휴대폰, 그들이 고쳐 쓰거나 부품을 빼내려고 재활용 쓰레기통에서 가져온 물건들이 쌓여 있었다. 학교 용품들은 따로 있었다. 그가 쓸 태블릿, 교과서, 종이, 플렉시 리더.

그는 아직도 침대에 있었지만 깨어 있었다. 한 팔을 들어 눈을 가리고 있어도 알 수 있었다. 그가 실제로 잠을 잤는지가 의심스러웠다.

"코드."

갈라지고 머뭇거리는 그 목소리는 내 목소리 같지가 않았다. 나는 목을 가다듬고 다시 불렀다.

"코드."

침묵이 나를 맞았다. 그런 뒤 조용한 대답.

"무슨 일이야, 웨스트? 괜찮아?"

그는 팔을 내리고 천천히 일어나 앉았다. 겨울인데도 셔츠를 입고 있지 않았다. 그의 어깨는 내 예상보다 넓었고, 부드러운 동시에 예리한 각을 이루었다. 그가 나를 향해 몸을 돌릴 때 그 근육과 뼈의 느리고 나른한 움직임을 감지하지 않을 수 없었다.

나는 잠시 그를 바라보았다. 그가 나를 원하고 사랑한다는 사실에 가슴이 먹먹했고, 내가 실제로 거기 응답하려고 한다는 사실이 아직 어리벙벙했다.

"응, 괜찮아."

내가 말했다. 몸 안쪽이 이렇게 흔들린 적이 언제였던가. 타격을 할 때보다도 더 떨렸다. 그것은 내가 하려는 일 때문이 아니었다. 그가 나를 바라보는 모습 때문이었다. 그의 눈을 읽을 수 없었다.

"잘 잤어?"

"응. 그럭저럭."

코드가 가볍게 말했다. 거의 가볍게, 어젯밤 일을 잊었다는 생각이 들 만큼. 뭐라고 말해야 할지 몰라 숨만 꾹 참고 있는데, 그가 내 손의 쟁반을 가리켰다.

"그게 뭐야?"

그가 의심 서린 목소리로 물었다.

나는 어깨가 뻣뻣해졌다.

"아침 식사지 뭐겠어?"

그가 웃었다.

"네가 내 아침을 차려서 침대로 가져다준다고? 그런 일은 불가능해, 웨스트 그레이어."

그가 고개를 저었다.

"그런 소리 하지 마."

내가 말했다. 마음이 너무 불편해서 이런 당연한 반응에 웃을 수가 없었다. 평소라면 나는 이런 일을 절대 하지 않았을 것이다. 하지만 오늘은 선택의 여지가 없었다.

나는 침대 앞으로 가서 그의 앞에 쟁반을 내려놓았다. 너무 세게. 나는 음식이 위험하게 흔들리는 것을 보고 거의 욕을 할 뻔했다. 다행히 주스는 흐르지 않았다. 나는 다시 한 번 숨을 깊이 들이쉬고 냉정을 찾으려고 했다.

"먹어. 그냥… 오빠가 배고플 것 같아서."

그는 쟁반을 내려다보고 나를 올려다보았다.

"너는?"

"나는 일어난 지 좀 됐어. 배가 고프길래 미리 먹었어. 미안해."

"아, 그래, 어쨌건 고마워. 맛있어 보인다."

그가 포크를 집어 들었다. 나는 일이 제대로 되는 걸 확인할 때까지 그의 곁을 떠날 수가 없었다. 그는 쟁반을 옆으로 치우고 내 손을 잡아당겨서 나를 자기 옆에 앉혔다. 그의 몸이 열기를 뿜었고 나는 그에게 기댔다. 내 안의 냉기를 녹이고 싶었다. 그것이 내가 이 일을 해내게 만드는 것이라고 해도.

"미안해. 어젯밤 일 말이야."

코드가 갑자기 아주 부드럽게 말했다. 그의 눈은 어두우면서도 밝았고, 벌써 오래된 슬픔이 가득했다.

"괜찮아."

"그렇지 않아. 내가 너한테 그런 식으로 강요할 권리는 없어."

그의 눈을 마주볼 수가 없어서 나는 그의 어깨만 보았다. 하지만 조용히 그의 손을 잡아서 내가 그의 말을 듣고 있음을 알렸다. 말은 할 수 없었다. 그리고 그가 나에게 이제 얼트를 죽일 용기를 내라고 말하는지, 아니면 나에 대한 감정을 말하는지, 둘 다인지도 몰랐다. 하지만 지금은 나에게 어떤 생각도 허락할 수 없었다. 나는 그냥… 그 일을 해야 했다.

"웨스트, 이제 시간이 얼마 안 남았어."

그의 목소리가 낮았다. 내가 겁먹을까 봐 절박함을 감추려 했다. 그는 나를 너무 잘 알았다. 하지만 완벽하지는 않았다. 아직은. 그는 내가 어떤 일까지 할 수 있는지 몰랐다.

"알아."

"자폭 시한이."

"알아."

"모든 게 네 손을 또는 그 친구 손을 떠날 때까지."

"알아."

코드는 무슨 말인가 하려다 말고 긴장된 목소리로 물었다.

"그래서 오늘은 어떻게 할 거야? 가만히 앉아서 기다리지는 않 겠지? 타격 의뢰가 또 들어왔어?"

목울대가 울컥했다. 서글픔과 그에게 말하고 싶은 모든 이야기 가 가득 치밀었다. 나는 그것을 최대한 감추고 오렌지 주스를 그 에게 내밀었다.

"그 비슷해. 여기. 마셔."

그것은 완벽한 반응이었다. 그가 여러 해 동안 알고 지낸 무응 답 소녀 웨스트. 그는 불안한 얼굴로 내 손에서 컵을 받아들고 주 스를 쭉 삼켰다.

"됐어?"

그가 빈 컵을 쟁반에 내려놓았고, 컵은 쓰러졌다.

나는 부드럽게 그것을 바로 세웠다. 분량을 제대로 계산했기를 바랐다. 양이 너무 적으면 그것은 코드의 기운을 빼는 것 말고 아 무 효과도 없을 것이다. 너무 많으면 그는 다시 깨어나지 못할 혼 수상태에 빠질 것이다.

슬픔과 가까운 감정이 이미 내 마음을 어둡게 덮었다. 그것이 심장을 가차 없이 조여서 나는 아팠다. 나는 그를 바라보지도 않고 쟁반을 들어서 침실 바닥에 내려놓았다.

코드가 나를 바라보았다.

나는 나도 모르게 이불 속으로 들어가 그의 옆에 누웠다. 그리고 그도 끌어내려 눕게 했다. 그에게 몸을 바짝 붙이고 그의 목에 얼굴을 대고 그의 피부의 냄새를 맡았다. 최대한 오래 안전한 느낌을 받고 싶었다.

"너 왜⋯."

그는 나를 향해 돌아누워 두 팔로 나를 끌어안고 손가락을 내 목덜미의 머리카락 속에 넣었다.

"너 괜찮아?"

그가 물었다. 다시 갈라진 목소리였지만 이번에는 잠 때문이 아니었다.

나는 간신히 고개만 끄덕였다. 나를 믿지 못해 말도 할 수 없었다. 그리고 내게는 이것이 필요했다. 폭풍 전의 고요가.

'이건 작별이 아니야, 코드. 조금 있다 다시 만나는 거야. 정말이야.'

우리 둘 다 잠시 동안 아무 말도 하지 않았다. 내 귀에 들리는 것은 오직 바깥의 바람 소리와 그의 가슴 속 심장 소리뿐이었다. 그 소리는 아직도 강했다.

"말해 봐, 웨스트. 이렇게 말이 없으니 이상한데."

그가 말했다.

나는 한숨을 쉬었다. 그리고 노력에도 불구하고 차분한 것과 거리가 먼 소리로 말했다.

"미안해. 그냥… 피곤해서."

"나도 피곤해."

그가 말했다. 그리고 그 목소리는 정말 피곤한 것 같았다. 내 착각이 아니었다. 확실했다.

"그러면 자."

내가 그에게 말했다.

코드가 고개를 저었다. 희미한 빛 속에서도 그의 눈에 혼란의 기미가 떠오른 것이 보였다. 그의 말이 느려졌다.

"안 돼. 늦기 전에 움직여야 해. 여기는… 안전하지 않아. 그 애가 정말로… 돌아오려고… 한다면."

그는 인상을 쓰고 일어나 앉으려고 했다. 그렇게 하면 갑자기 밀려드는 안개를 떨칠 수 있다는 듯이.

나는 그를 다시 잡아 내렸다.

"일어나지 마, 코드. 나는 아직 일어나기 싫어."

그가 눈을 찌푸리고 나를 보았다.

"뭐? 우리는… 미적거릴 시간이… 없어…."

그가 손으로 눈을 문질렀다.

"아, 왜 이렇게 피곤하지. 기분이… 이상해."

나는 가만히 있었다. 다리를 그의 다리 위에 걸고. 손을 그의 뺨에 대고 그의 얼굴을 내게 돌려서 나를 마주 보게 했다. 그의 눈은 이미 흐려졌고, 그는 감기는 눈꺼풀과 싸우고 있었다.

나는 손으로 그의 턱을 훑고 말했다.

"이건 나를 위해서, 그리고 오빠를 위해서야. 우리 둘 다를 위해서."

나는 그가 이해하지 못한다고 생각했지만, 그의 눈이 점점 감기면서도 놀란 듯이 밝아졌다. 나는 그의 입술에 내 입술을 댔다. 그의 입술의 부드러움에 가슴이 아팠다.

"반 푼짜리 고백일지 모르지만 나도 오빠를 사랑해."

그가 내 말을 들었는지 이미 잠들었는지 나는 몰랐다. 어쩌면 모르는 게 나을 것 같았다. 돌아와서 물어볼 것이 생길 테니.

코드의 체중에 대한 눈대중이 크게 빗나가지 않는다면 이제 내게는 12시간 정도가 있었다. 나는 그녀가 때맞춰 나타나기를 기도하는 것밖에 할 일이 없었다.

나는 그에게 다시 한 번 키스하고 침대를 내려갔다.

그리고 그의 이불을 매만져 주면서 다시 나 자신을 차가움에 맡겼다. 스위치를 내려 나를 차단하고 지난날의 무감각을 되찾았다. 내가 나 자신을 잃고… 코드도 잃을 뻔했던 그 시기의 감각으로. 남은 것은 스트라이커 웨스트와 상대를 죽여야 한다는 순수한 본능뿐이었다.

내가 물에 빠졌을 때마다 나를 건져 올린 것은 코드였다. 그는 내가 아무리 저항해도 아랑곳하지 않았다. 이번에는 내가 우리 두 사람 모두를 구해야 했다.

CHAPTER 11

빠르지만 철저하게 집을 점검하고, 그녀가 거기 없다는 것을 확인했다.

나는 뒷문을 잠그고 내가 부엌에 혼자 있는 걸 확인했다. 그러고는 게을러 보일 만큼 천천히 움직였다. 시간이 흘러넘치기라도 하는 것 같았다. 시간은 이제 정상적인 경계선이 없었다. 지금 여기서 벌어지는 일 말고 그 어떤 것도 중요하지 않았다. 우리 두 사람, 얼트와 나만이 함께하는 이 시간의 덩어리 말고는.

나는 부엌 창문이 보이는 자리에 앉았다. 거기서는 뒷마당이 내다보였다. 나는 식탁 앞으로 가서 가방을 내려놓았고 집을 떠난 적이 없는 것처럼 자연스럽게 의자를 빼내 앉았다.

과거가 숨어들려고 했다. 살짝 열린 블라인드 틈새로 들어오는 새벽빛을 보니 다시는 일어나지 않을, 가족들과 함께한 무수한 아침 식사가 떠올랐다. 하지만 나는 그것을 쉽게 밀쳐 버렸고, 그런 나에게 놀라움과 안도감을 느꼈다.

나는 가방에서 총과 접이칼을 꺼내놓았다. 그것들의 모양, 섬뜩한 선과 죽음의 곡선이 낡은 소나무 식탁의 따뜻한 갈색 결 위에 도드라졌다.

나는 이제 내 인생의 동반자가 된 그것들을 내려다보았다. 코드말고 내 곁을 지키는 것은 그것들뿐이었다. 내가 살아남게 된다고 해도 그것들을 떠나보낼 수 있을까 하는 생각은 겁이 났다. 내 인생의 구명보트, 닻… 그것들이 내게 무엇인지 나도 알 수 없었다. 내게 선택의 여지가 생긴다 해도.

나는 손을 빠르게 움직여 총을 장전했다. 남은 총알은 다시 가방에 넣었다.

다음은 접이칼 차례였다. 서늘한 회색 빛 속에 그것들을 살펴보았다. 손잡이는 더러웠고, 말라붙은 피로 거뭇거뭇했다. 하지만 그런 것은 중요하지 않았다. 겉모습은 아무것도 아니었다. 내가 필요할 때 그것들이 나를 저버리지 않는다면. 나는 차례차례 칼날을 펴 보고 이가 빠진 곳이나 구부러진 곳은 없는지 칼날은 잘 펴지는지를 살폈다. 아무 문제없었다.

마지막 접이칼은 글레이드의 것이었다. 그것은 확실히 두드러졌다. 일단 거의 새것이었기 때문이다. 그리고 그의 손목에 갓 새겨진 문신으로 판단해 보건대 나는 그의 첫 과제였던 게 분명했다. 그게 제대로 된 과제건 아니었건 간에. 그리고 그 일에 대한 내 감정도 정확히 알 수 없었다. 내가 그녀의 코드를 없애 버렸다는 것은 어떤 면에서는 그녀를 앞질렀다는 만족감을 주었다. 하지만 슬프기도 했다. 그녀에게 최악의 방법으로 상처를 입혔다는 것이… 나와 몹시도 비슷한 그녀에게.

칼날 상태가 아주 좋아서 판단하기는 전혀 어렵지 않았다. 나는 그것을 총이 실패할 경우에 대비해서 청바지 오른쪽 앞주머니에 넣었다. 다른 칼은 언제나처럼 바지 오른쪽 뒷주머니에 넣었다. 왼쪽 어깨는 아직 아파서 평소처럼 거기 의존할 수 있을지 의문스러웠다. 그래도 어쨌건 만약을 대비해서 왼쪽 재킷 주머니에도 칼을 넣었다.

마침내 나는 식탁에서 일어섰다. 그리고 어지러움 속에 천천히 돌아서서 부엌의 구조와 창문의 위치를 살폈다. 나는 평생토록 이 집에 살았지만, 처음으로 액티브로서, 스트라이커로서, 그리고 내 인생뿐 아니라 다른 인생까지 위험에 놓인 사람으로서 이

집을 살펴보고 있었다.

싱크대 위의 창문이 가장 좋았다.

그것은 부엌에서 가장 작은 창문이었고, 장점과 단점이 각각 있었다. 장점은 그 창으로 그녀가 보이면 즉시 실수 없이 쏠 수 있을 거라는 점이었다. 단점은 그녀가 거기 나타나기 전까지는 움직임을 추적하는 데 한계가 있다는 점이었다. 그녀는 난데없이 튀어나오는 것 같을 것이다. 상자 안에서 뒤틀린 웃음을 짓고 튀어나오는 용수철 인형처럼.

하지만 다른 방법은 없었다. 이 일을 되도록 깨끗하게 끝내고자 한다면.

나는 그 창문 앞에 가서 블라인드 끈을 당겼다.

가짜 나무 판으로 만든 블라인드가 끼이익거리며 말려 올라갔다. 나의 무례한 방해에 되살아난 먼지들이 사방을 날면서 섬세하게 반짝였다. 나는 지난 세월 동안 그랬듯이 창밖을 내다보고 익숙하디 익숙한 풍경을 바라보았다.

우리 집 뒷마당은 뒷집 뒷마당과 닿아 있었다. 뒷집은 예전과 똑같았다. 흰색 벽에 암적색 벽돌 장식, 페인트가 벗겨진 갈색 창틀. 나는 그것을 오래 살피지 않았다. 대신 그 집 마당 구석의 한 지점에 초점을 맞추었다. 중심부에서 오른쪽으로 약간 치우친

곳에.

나무 위 놀이집. 아주 오래되고, 아주 잘 썼고, 완벽하게 자리를 잡고 있는 놀이집.

그것이 아직도 내 몸무게를 지탱해 주기를 바랐다.

나는 식탁으로 돌아가서 가방 안주머니를 뒤졌다. 내가 찾던 물건은 곧 내 손에 들어왔다. 아주 가벼운 물건이지만 거기 담긴 의미는 묵직했다.

검은색과 은색 끈과 얇은 금속판. 그것을 보자 나는 이유도 모른채 그것을 글레이드의 목에서 떼어낸 일이 생각났다. 아니, 마음 깊은 곳에서는 이유를 알았는지도 모른다. 이제 그 목걸이를 손에 들고 있으니. 그것은 내가 짐작했던 것 이상으로 부적 같은 느낌을 주었다.

레이턴 구에서의 마지막 타격은 자칫 실패할 뻔했고, 거기다 수백만 배 더 끔찍한 실수를 저지를 뻔했다. 느닷없이 나타난 여자가 시선을 분산시켰기 때문이다.

하지만 그런 시선 분산 요소를 미끼로 만들 수도 있었다. 그리고 이번에는 그것이 나에게 유리하게 작용할 수도 있었다.

나는 싱크대 앞으로 가서 목걸이를 창문 앞에 내려놓았다. 그것은 그녀를 소리쳐 부를 것이고, 그녀를 내가 원하는 곳으로 정확히 이끌어 줄 것이다. 그가 그녀에게 의미 있는 사람이었다면 그것은 통하지 않을 리 없었다.

그런 뒤 나는 마지막 할 일을 위해 거실로 갔다. 도로가 내다보이는 전망창 앞으로. 얼트가 이리로 올지 코드의 집으로 갈지는 몰라도, 어쨌거나 이번에도 그 방향으로 올 것이 분명했다. 그녀는 내 침대에서 자고, 소파에 앉아 물을 마셨다. 그런 자신감이라면 당연히 가장 빠른 길을 택할 것이다.

그리고 그녀가 오늘 코드를 찾는다면, 나는 그 길목에서 그녀를 막을 것이다.

나는 창가에서 커튼 한쪽을 당겨서 가운데에 틈을 냈다. 한뼘 정도 폭이었다. 밖에서 안이 충분히 들여다보일 만한 크기… 하지만 의도적이라기보다 그저 부주의하다고 여겨질 만큼 작은 크기.

그녀가 내가 마음이 약해져서 여기 숨어 있다고 생각하게 만들어야 했다.

안에 들어오면 나를 찾을 수 있다고 믿게 만들어야 했다.

그녀가 코드의 일을 완전히 잊을 수 있게 만들어야 했다.

나는 부엌 옆 식품실로 가서 곡물 바, 건과일, 주스 농축물 등서서 먹을 수 있는 음식을 아무것이나 먹었다. 동작은 기계적이었다. 음식은 하나같이 아무 맛없는 영양 보충물에 지나지 않았다. 먹기를 마치자 식탁에서 가방을 들어 지퍼를 채우고 어깨에 멨다. 커튼 없는 창문 앞 싱크대에 올려놓은 글레이드의 목걸이를 마지막으로 돌아보니 무대가 아주 잘 꾸며졌다는 것을 알 수 있었다.

나는 뒷문을 통해 밖으로 나갔다. 아침이 밝았다. 모든 것이 초겨울 아침 특유의 잿빛 안개에 싸여 있었다. 나는 뒷마당 양옆의 좁은 풀밭을 밟지 않으려고 노력했다. 그곳은 서리에 덮여 있었고, 발자국이 사라지는 데 시간이 얼마나 걸릴지 알 수 없었다.

뒷마당 울타리 앞에서 나는 다시 한 번 헐렁한 나무판을 밀고 빠져나간 뒤 그것을 본래 자리로 돌려놓았다. 주변을 돌아보니 우리가 사다리처럼 쓴 낡은 합판이 아직도 울타리 한 구석에 기대 있었다. 시간을 거슬러 올라가는 듯한 느낌이 들었다. 다시 아이가 되어 여기 놀러 온 것 같았다. 사람을 죽이러가 아니라.

나는 그 합판을 끌어다가 놀이집 아래쪽에 댔다. 합판은 여기저기 갈라지고 곰팡이가 슬었지만 온전했다. 머릿속에 어린 시절 오빠들의 목소리가 들렸다. 서로 먼저 올라가겠다고 다투는 소리. 그들이 올라가는 모습도 보였다. 젖은 땅바닥에 서로를 떨어뜨리지 않으려고 조심하면서 빨리 못 올라가느냐고 소리치던 모습.

이제 거기 올라가는 데는 몇 걸음이면 되었다. 그리드의 비상 계단이 떠올랐다. 그것은 내게 깨끗한 시야를 확보해 주었다. 놀이집 안에 들어서자 나는 즉시 몸을 낮추고 바닥이 튼튼한지 확인해 보았다.

나무 위에 지은 놀이집은 흔하지만, 이 집은 책에서 보는 것과는 달랐고, 인터넷으로 주문하는 조립 세트와도 거리가 멀었다. 바닥은 틈새가 넓게 벌어진 삼나무 널빤지 일곱 개가 전부였고, 그 위에 다시 널빤지들을 세로로 박아 120센티미터 높이의 벽을 만들었으며, 거기 창문용 구멍을 작게 뚫었다. 그게 전부였다.

하지만 그 정도면 충분했다. 나는 우리 집 쪽으로 난 창문 앞으로 가서 적을 내다볼 수 있는 가장 깨끗한 시야를 확보했다.

모든 것이 선명한 하나의 점으로 좁혀들었다. 들리는 소리라고는 내 고른 숨소리뿐이었다. 나는 집 안의 그림자들을 파악해 보려고 했다. 식탁 위에 매달린 조명 설비가 보였다. 부엌 찬장의 둥근 손잡이도.

움직임은 없고 모든 것이 고요했다. 이제 그녀는 언제라도 제 스스로 돌아와서 내 집에 들어올 것이다.

나는 총을 삼나무 창턱에 내려놓았다. 팔 근육이 배 속 근육처럼 오그라들었다.

나는 기다렸다.

시간은 우리를 놀리고, 우리 정신을 희롱한다. 그것은 때로는 느슨하게 흘러가지만 때로는 한순간에 모든 것을 놓칠 정도로 빠르게 흘러간다.

그리고 마음먹기에 따라 그것은 아플 수도 있었다. 나는 목에 이는 날카로운 경련과 다른 것을 모두 침묵시키겠다는 듯 울리는 머릿속의 통증을 생각할 수도 있었다. 총을 너무 세게 잡아서 생기는 손의 강직과 아직 낫지 않은 어깨의 상처에 빠져들 수도 있었다. 나는 제스로의 집 덤불 뒤에 웅크리고 앉아 몸의 저항을 억누른 채 기다리고 또 기다리던 최초의 타격 일을 떠올릴 수도 있었다.

하지만 나는 이제 알았다. 그래서 충분히 먹었기에 허기는 의미 없다고, 근육, 뼈, 사지의 통증은 진짜 통증이 아니라 유령 통증일 뿐이라고 나를 달랬다.

'무감각해져야 돼. 너는 스트라이커야.'

태양은 평소처럼 하늘을 올라갔다. 시계가 없어서 몇 시인지는 짐작만 할 수 있었다. 코드를 떠난 지 시간이 좀 지났고, 우리 집 안도 더 밝았다.

10시. 태양의 위치를 보고 짐작했다. 태양이 떠올랐지만 기대되는 온기는 없었다. 하지만 내 피부는 튼튼했다.

안 왔어. 아직은.

그리고 시간은 흘렀다. 어정거리고 비틀거리는 걸음이라도 어쨌건 흘러갔다. 10시는 11시가 되고 12시가 되고 2시가 되었다. 어쩌면 3시, 4시인지도 몰랐다. 어느덧 태양이 내려오기 시작했다. 느리지만 분명히 내려왔다. 저무는 겨울 하루의 창백한 회색빛은 얼룩덜룩한 화강암 빛이 되어 구름과 섞여들었다. 단풍나무에 아직 매달려 있는 마지막 이파리들 그림자가 머리 위를 지나 사라졌다.

아무리 정신을 차리려고 해도 점점 피곤해졌다. 감각은 둔해지고 반사는 느려졌다. 그것은 실수를 일으켰다. 어느 순간 총이 미끄러져서 고요 속에 둔탁한 소리를 크게 울리며 떨어졌다. 그걸 제자리에 돌려놓는 데 필요 이상으로 많은 시간이 걸렸다. 공포가 사냥감을 꿰뚫는 화살처럼 내 탈진을 뚫고 들어왔다. 온갖 생각이 가시밭을 헤매어 다니며 고통과 불확실성의 피를 흘렸다. 그런데 그것을 멈출 수가 없었다. 무감각을 유지할 수가 없었다.

두 시간 후면 그가 약에서 깨어날 것이다. 어쩌면 한 시간 후일지도 몰랐다.

컴플리션을 해내면 나는 무엇을 할까? 스트라이커가 아닌 존재로 살 수 있을까? 지금 내가 아는 것이 그것뿐이고, 그 그림자가 다른 것을 모두 지우고 있는데? 내가 거기 등을 돌린다고 다른 사람들이 내게 등을 돌리는 것을 막지는 못할 것이다. 최악의 경우는 코드마저 돌아설 수 있었다. 그는 스트라이커와 함께 있는 것을 견디지 못할 것이다. 아니면 내가 일을 망쳐서 얼트가 도망을 가면 어떻게 하지? 그녀와 내가 살아 있는 매 순간 그도 위험했다. 그는 컴플릿인데도 머리 위에 사형 선고가 걸려 있다. 나 때문에. 우리 둘 다 시간 안에 일을 끝내지 못하면 어떻게 하나? 만약….

'코드.'

내가 그를 이토록 원한다는 사실이 가슴 아팠다. 나는 우리 둘 다 컴플릿이 된 새로운 삶을 간절하게 원했다.

하지만 그 생각은 바람처럼 사라지면서, 내 머릿속에 더 이상 생각할 공간이 없어졌다.

우리 집에 누군가 있었기 때문이다.

사람의 그림자가 부엌 한쪽에서 움직였다. 보이는 것은 창틀 한쪽 끝에서 가볍게 까딱이는 머리뿐이었지만 그녀라는 걸 알 수 있었다. 그녀가 틀림없었다.

거리는 7미터 정도였다.

나는 자동적으로 총을 기울였다. 총알은 총구를 떠나자마자 하강할 것이다.

차가운 바람이 뺨을 스쳤다. 부드럽지만 따귀를 맞는 듯한 느낌이었다.

지난 타격의 기억이 머리에 번쩍 떠올랐다. 트위드 문구점 뒷골목의 소년. 한 개의 총알로 끝내야 했지만, 거리와 바람을 제대로 판단하지 못해 빗나갔던 일.

이번에는 그럴 수 없었다. 나는 총을 다시 살짝 기울였다.

그러자 손이 다시 떨리면서 총이 나무 턱에 탁탁 부딪혔다. 나는 왼손으로 총을 진정시켰다. 어깨의 통증은 무시했다.

머릿속에 코드의 목소리를 떠올렸다.

'숨을 쉬어, 웨스트. 숨 쉬어.'

간격은 이제 6미터로 줄어 있었다. 우리 사이의 간격, 지옥의 언저리에서 새 생명까지, 액티브에서 컴플릿까지의 간격이.

'너 거기 있는 거 알아. 이리 가까이 와.'

내 말을 듣기라도 한 듯 얼트가 앞으로 다가왔다. 그녀는 이제 창틀 안에 들어왔다. 익숙한 옆얼굴이 보였다.

그 날 쿼드에서 그녀의 뺨을 스친 총알은 자주색 상처가 되어 있었다. 그것을 보니 기뻤다. 덕분에 나하고 비슷한 점이 조금 줄 어들어 있었다.

그녀는 싱크대에서 목걸이를 집어 들었고, 나도 그녀의 혼란을 느낄 수 있었다. 어지러운 생각이 물결칠 것이다. 그녀에게는 너무도 뜬금없는 물건이었다.

'글레이드의 목걸이 아냐? 이게 왜 여기 있지? 왜?'

깨달음은 파도처럼 닥칠 것이고, 눈앞의 캄캄함이 부풀고 겹치고 진해질 것이다.

나는 전에 그가 그녀를 얼마나 사랑했을지, 그녀 역시 그를 사랑할지 궁금했다. 어쩌면 그녀가 그를 이용하기 위해 속이는 걸지도 모른다고 생각했다. 하지만 이제는 그 답을 알았다. 그리고 내가 그녀의 슬픔에 역할을 했다는 것은 우리가 얼트 사이건 아니건 감당하기 쉽지 않았다.

구름이 걷혔다. 희미한 빛이 매끈한 금속 총신에 닿아 반짝였다. 그것은 눈길을 끌었다. 그녀가 은색 불빛에 창밖으로 눈길을 돌렸다.

내 눈과 마주친 순간 그녀는 충격에 휩싸여 눈빛이 굳었다.

내 손의 근육이 나약함을 드러내며 경련했고, 총이 살짝 움찔거렸다.

총신에서 다시 햇빛이 튀어 올랐다. 첫 번째 빛의 쌍둥이 불꽃처럼.

그녀는 고양이처럼 달아나려 했다.

나는 방아쇠를 당겼다. 총알은 공기를 뚫고, 유리창을 뚫고 날아가 그녀의 목 옆에 박혔다.

나는 그녀가 쓰러지는 것도 보지 않았다. 눈물이 솟구쳤기 때문이다. 숨이 막혔고, 절제되지 않고 쏟아지는 흐느낌에 목구멍이 타올랐다.

모두 끝났다.

CHAPTER 12

나는 전문 스트라이커답게 과제의 완수를 확인해야 했다.

나는 떨리는 다리로 놀이집을 내려왔다. 운동화가 젖은 땅에 무겁게 떨어졌다. 내 발은 진흙 위에 찍찍 소리를 울리며 울타리를 지나고 마당을 지나 부엌으로 들어갔다.

죽음을 확인해야 했다.

그 장면은 머릿속에 생생하게 재생되었다. 너무 많은 색깔을 쓴 요란한 유화처럼. 나는 총알이 그녀의 목에 맞는 것을 보았다. 혈관과 조직이 복잡하게 얽힌 연약한 부위였다. 나는 해냈다. 의심할 나위 없이.

그런데….

그런데….

그녀는 없었다. 부엌에 있는 것은 타일 바닥의 핏물뿐이었다. 예상을 뒤엎고 그녀는 거기 없었다.

나는 핏물을 내려다보았다. 어떻게 생각해야 할지 알 수 없었다. 내 머리는 미친 듯이 답을 찾아 달렸다. 결승점을 향해 맹목적으로 질주하는 말처럼.

어떻게 이런 일이 가능하지? 말도 안 돼. 그곳에 총을 맞고 살아남았을 리가 없어.

혼란과 공포 속에 머리가 빙빙 돌았다. 내가 서 있는 이 공간은 내게 너무도 익숙한 곳이었지만, 그래서 오히려 더 나빴다. 나는 이 집 안 모든 것의 위치를 잘 알았지만, 단 한 가지 내가 지금 찾고 있는 그것의 위치를 몰랐다.

'웨스트.'

이번에는 코드의 목소리가 아니라 룩의 목소리였다. 그것은 머릿속에 날뛰는 폭풍 속의 오아시스 같았다. 너무도 차분한 목소리, 죽어가면서도 차분한.

'웨스트, 침착해. 넌 너무 빨리 움직여. 너는 늘 그랬어.'

첫 번째 실수.

나는 눈을 꼭 감았다.

'이제 봐. 제대로 봐.'

그러자 보였다. 너무도 명백해서 내가 그것을 바로 알아보지 못한 것이 어이없었다.

흥건한 핏물 옆에 작은 핏방울들이 떨어져 있었다. 그것은 어디론가 가고 있었다. 그 모습은 혼란스럽고 비틀거렸다. 부엌 밖으로 나간 뒤 그것은 가늘고 띄엄띄엄해졌다.

그녀는 빠른 속도로 움직이고 있었다.

얼트의 모습은 쉽게 상상할 수 있었다. 비틀비틀 일어나서 한 손을 목에 대고 피를 막는 모습. 그녀는 마지막 순간에 고개를 돌린 것이 기적이라고 생각할 것이다. 덕분에 간신히 중추 기관의 손상을 피했다. 대신 그녀가 죽는다면 그 원인은 살에 입은 심한 총상일 것이다. 그녀의 얼굴이 고통으로 일그러졌다. 이것이 끝이라는 걸 알았다. 그녀는 아직 글레이드의 목걸이를 손에 쥐고 있을지도 몰랐다.

이제 그녀는 집 밖으로 나가야 했다. 내가 오고 있었기 때문이다. 그녀는 비틀거리며 현관으로 달려가서 문을 확 열었다. 이 일을 끝내고 싶은 열망과 분노가 나 못지않게 강한 그녀는 밖으로 달려 나가서….

그 사실이 거인의 주먹처럼 나를 강타했다. 뜨겁고 시큼한 액체가 목구멍으로 올라왔다. 그것은 부정할 수도 논박할 수도 없는 진실이었다.

나라고 해도 그렇게 했을 것이다.

"안 돼."

나는 조용한 부엌에 대고 속삭여 말했다. 비명을 지를 수가 없었다. 그저 간신히 서 있을 뿐이었다.

나는 최대한 빠른 속도로 달려 나갔다. 부엌을 나가서 짧은 복도와 거실을 지나 현관으로 나갔다. 홀렁 열어젖힌 문이 등 뒤에서 흔들렸다. 내 발이 길바닥을 두드리는 동안 내 머릿속에는 한가지 생각뿐이었다. 차가운 겨울 공기가 얼굴을 때렸고, 거기 섞인 희미한 공장 냄새가 코를 그을렸다.

'코드.'

다섯 집 거리. 가까우면서도 믿을 수 없을 만큼 먼 거리.

'코드!'

중간쯤 갔을 때 나는 소리를 들었다. 유리 깨지는 소리, 유리 조각이 콘크리트 바닥에 떨어지는 소리. 그녀가 안에 들어가려고 유리를 깨고 있었다.

하지만 그는 그 소리에도 깨어나지 않았다. 약 기운이 떨어질 때가 다 되었어도. 나는 그가 위험에 휘말리지 않게 하려다가 어느 때보다 더 큰 위험에 빠뜨렸다.

두 번째 실수.

'서둘러, 서둘러야 해.'

이제 내 머릿속에는 누구의 목소리도 아닌 내 목소리뿐이었다. 나는 딱딱하고 차갑고 아무런 감정 없었다. 나는 스트라이커로서 표적을 향해 움직였다. 이 일을 할 때 늘 그랬듯이.

코드의 집 현관문이 열렸다가 내가 거기 도착할 때 흔들리며 닫혔다. 현관 계단에도 피가 있었고, 흩어진 핏방울이 작은 웅덩이와 얼룩을 남겼다. 그녀가 깬 현관 옆 창문 앞, 문고리를 찾아 손을 넣은 곳 근처에는 피가 더 많이 뿌려져 있었다.

현관 계단을 달려 올라갈 때, 내 머리에는 다시 내 목소리가 울렸다. 흥분하지 마, 신중하게 행동해, 잘 생각하고 움직여.

하지만 그 말을 듣고 싶었다 해도 그럴 수 없었다.

나는 발로 문을 차고 현관 옆쪽에 몸을 붙였다. 어떤 일이 닥칠지 알 수 없었다. 총알, 칼, 얼트….

하지만… 아무것도 오지 않았다.

숨이 목구멍에 타오르고 총은 땀으로 미끄러웠다. 나는 몸을 살짝 내밀어 현관 안쪽을 들여다보았다.

정적이 가득했고 사방이 컴컴했다. 하루의 마지막 빛이 빠르게 사라져 갔다. 아무것도 보이지 않았고, 한순간 나는 움직일 수가 없었다. 순간의 무게가 나를 짓눌렀다.

싸우거나, 도망치거나, 얼어붙거나. 처음에 액티브가 되면 대부분 일단 얼어붙는다. 하지만 나는 이제 더 이상 신출내기가 아니었다. 그리고 남아 있는 선택지는 한 가지뿐이었다.

나는 문턱을 넘어 아직 열려 있는 문 안으로 들어갔고, 전등 스위치를 찾아 벽을 더듬었다. 그리고 스위치를 찾자 손바닥을 눌러 불을 켰다.

천장에 등이 켜졌고, 그 은은한 빛이 거실과 부엌 가장자리, 안쪽의 계단 초입을 비추었다. 어젯밤 그 빛은 담요처럼 포근하고 따뜻했다. 지금은 그렇지 않았다. 그것은 허약하고 부족해서 불길한 기운을 막을 힘이 없었다.

얼트는 여기 어딘가 있었다. 이곳이 그녀가 나에게 가장 큰 상처를 입힐 수 있는 곳이었다. 두려움은 이제 짐승이 되었다. 그 이빨과 발톱과 악취가 배 속에서 날뛰었다. 그 얼굴은 그가 굴복할 때의 표정, 사랑과 공포와 배신감이 섞인 표정이었다.

'코드, 아냐. 이런 식은 아냐. 이런 식으로 끝날 수는 없어.'

나는 한 발, 또 한 발, 또 한 발을 디디면서, 뜨거운 눈으로 그림자에 덮인 오른쪽의 거실을 훑었다.

그곳은 아침에 내가 나간 때와 똑같았다. 소파 위에 내가 덮고 잔 이불, 밤새 궁리하며 뒤척인 자국이 팬 베개. 거실 탁자 위의 의약품 상자는 위험할 만큼 가장자리에 놓여 있었다. 벽난로 위의 거울에는 내 그림자가 비쳐 보였다.

그리고 그녀의 그림자가 내 그림자 뒤에서 움직였다.

내가 왼쪽 다리로 현관문을 뻥 차서 그녀를 문과 벽 사이에 가둔 것은 오직 아드레날린이 일으킨 반사 작용이었다. 그녀는 거기 숨어서 나를 기다리고 있었다. 나는 생각도 못한 곳이었다.

세 번째 실수.

나는 문을 다시 차서 그녀의 머리를 한 번, 두 번, 세 번 찧었다. 소리와 소리 사이에 덜거덕 소리가 일었다. 그녀의 총이 바닥에 떨어져서 부엌을 향해 미끄러졌다.

두 손이 자유롭게 되자 그녀는 문을 세게 밀었고, 내 다리는 그녀와 그녀의 분노의 무게를 이기지 못했다. 그녀가 튀어나와서 내게 뛰어들었다. 우리는 거실 탁자 모서리에 부딪혀서 바닥에 뒹굴었다. 왼쪽 어깨가 경련했다. 맥박 하나하나마다 불길이 일었다. 의약품 상자가 내용물을 쏟으며 떨어졌다. 은색 도구들과 붕대가 날았고 그 충격에 내 총도 미끄러운 손에서 빠져 나갔다. 얼트의 총처럼 그것은 바닥 위를 주르륵 미끄러진 뒤 안쪽 벽에 부딪혀서 멈추었다. 내가 손을 뻗기에는 너무 멀었다. 그것은 쓸 수 없었다.

네 번째 실수.

그녀는 미움과 욕망이 끓어 넘치는 망가진 몸뚱이로, 손가락을 갈고리처럼 구부려 내 눈을 향해 뻗었다. 그녀의 목에서 흐르는 피 냄새는 새로 솟은 땀처럼 구리 냄새와 소금 냄새가 났다. 그녀가 피를 철철 흘리고 있다는 사실은 내게 희망을 안겨 주었다. 아직 늦지 않았다. 아마도.

우리는 숨을 헐떡이며 뒹굴었다. 할 말은 전혀 없었다.

그녀가 내 몸을 타고 앉았지만 그녀의 목을 잡으려는 나의 눈에 보이는 건 일그러진 이목구비, 사방이 엉킨 길고 검은 머리, 내 옷을 적시는 그녀의 피뿐이었다. 이 순간, 우리는 전혀 닮지 않았지만 그러면서도 하나이고 똑같았다. 우리 둘 다 이 순간을 넘어서 살아남아야 한다는 생각에 미쳐 있었다. 최악의 전투였다. 근육 대 근육, 의지 대 의지, 신경 반응의 속도가 모든 것을 결정했다.

그녀가 내 머리 옆의 무언가를 향해 손을 뻗었다. 그러더니 의학용 가위가 내 관자놀이에서 뺨까지 긁으면서 내 얼굴 옆면이 불타올랐다.

나는 비명을 지르며 한 손을 얼굴로 가져갔다. 더 이상 다치지 않기 위한 본능이었다. 다른 손은 그녀를 향해 맹목적으로 휘두르다 그녀의 목 옆을 쳤다. 그녀가 이미 총을 맞은 곳이었다. 나 역시 그곳을 다친 듯 그 상처의 열기가 내 목에도 느껴졌다.

그녀의 입에서 짧은 말이 튀어나왔다. 탄원인지, 누군가의 이름인지 알 수 없었다. 그리고 그 소리에 나는 머리카락이 쭈뼛 일어섰다. 혼란스럽고 피에 젖은 소리였다. 내가 그녀의 목소리를 들은 것은 그때가 처음이었지만 어쨌건 이미 아는 목소리였다. 다른 사람이 듣는 내 목소리가 그럴 것이다.

그러더니 그녀가 움직였다. 비틀거리며 자기 총을 찾아 갔다. 총은 아주 가까이에 있었다. 멍하니 그 모습을 바라보는데 공포가 몸속을 휩쓸면서 입 안에 아린 맛을 가득 채웠다.

나는 무릎으로 일어나 앉아 오른손으로 허벅지를 훑으며 내 바지 주머니의 홈을 찾았다.

시간은 1초뿐이었다.

마지막 기회.

'가치를 증명해야 돼.'

그녀가 총을 들고 내게 돌아설 때 접이칼이 내 손에서 부드럽게 날아갔다. 그리고 그녀의 가슴에 정확히 박혔다.

길고 고요한 한 순간이 흘렀다. 숨이 멈추고 눈길이 얽혔다. 우리 사이에 시간이 길게 늘어졌다. 얼트와 나는 서로를 완벽하게 이해했다.

그런 뒤 그녀는 쓰러진 살 더미가 되었다. 차가운 열기가 내 눈을 뚫고 지나갔고, 나는 눈이 다시 맑아졌다는 것을 알았다. 과제 번호가 사라진 것이다. 그녀의 인생이 끝나면서 나는 남은 인생을 허락받았다.

하지만 나 역시 몸을 지탱할 수 없었다. 믿을 수 없을 만큼 피곤하고 지쳐 있었다. 나는 털썩 쓰러져서 눈을 감고 몸을 웅크렸다. 이제 아무 데도 아프지 않다는 것만이 희미하게 의식되었다. 얼굴, 어깨, 그토록 힘겹게 싸운 내 몸 어느 부분도.

정적이 깨어졌을 때, 나는 내가 얼마나 오래 누워 있었는지 몰랐다. 스위치가 딸깍 하더니, 더 밝은 빛이 눈꺼풀을 뚫고 쏟아져 들어왔다. 머뭇거리는 발걸음이 다가왔다.

나는 눈을 떴다. 아주 조금. 아직 너무 무거웠다.

코드였다. 그는 무사했다.

"웨스트?"

그 목소리는 기진맥진하고 혼란스러웠다.

나도 이제 무사했다.

"웨스트!"

나는 눈을 최대한 크게 떴다. 이제는, 다시는, 아무것도 놓치고 싶지 않았다. 지금 나에게 오는 것이 다른 누구도 아닌 코드였기에.

CHAPTER 13

내 손가락은 코드의 손가락과 꽉 얽혀 있다. 교실에 가까워질 때 나는 그를 잡은 손을 꽉 잡지 않을 수가 없었다. 나는 불안했다.

"아야. 웨스트, 이러다 손 으스러지겠다."

코드가 웃으며 말했다.

"미안."

나는 손에 힘을 풀었지만 놓지는 않았다. 겁먹지 않고 그의 곁에 이렇게 가까이 있는 것이 너무도 좋았다.

코드가 종이 울리기 전에 바삐 교실에 들어가는 학생들의 물결을 가르고 나를 복도 옆으로 밀고 가더니 빈 교실의 그늘진 문간에 들어섰다. 사람들은 계속 지나갔지만 거기는 우리 둘뿐이었다. 몇몇 얼굴이 우리를 돌아보았지만 나는 무시했다. 나는 코드에게 완전히 사로잡혀 있었고, 우리 둘 다 살아남아 이렇게 함께 있다는 사실에도 마찬가지였다.

그가 나를 끌어당겨서 내 허리를 감싸 안고 물었다.

"준비된 거 맞아? 너도 알겠지만 서두를 필요 없어. 선생님은 네가 나을 때까지 얼마든지 기다리시겠다고 했어."

나는 왼쪽 어깨를 들어 보였다.

"아냐, 괜찮아. 이제 안 아파."

"거짓말."

나는 얼굴을 찌푸렸다. 그는 나를 너무 잘 알았다.

"좋아, 하지만 가끔씩 아플 뿐이야. 비오는 날 같을 때."

"이곳은 일 년 중 아홉 달이 비가 와."

"코드, 정말 괜찮아. 문제가 생기면 그때 다시 생각하면 돼."

그가 뜨거운 눈으로 고개를 숙이더니 내게 키스했고, 우리 둘 다 숨 쉴 공기가 필요 없는 사람들 같았다. 우리를 갈라놓은 것은 종소리뿐이었다.

"망할 놈의 종."

그가 부드럽게 말하고 내 관자놀이에서 턱으로 이어진 상처에 손을 댔다. 자주색 칼자국, 그것은 평생 사라지지 않을 것이다. 하지만 상관없었다. 그걸 보면 나는 내가 이겼다는 생각만 날 뿐이었다.

"괜찮아?"

그가 물었다.

"응. 좋아."

"좋아."

그의 손이 내 머리 뒤를 잡아 내 얼굴을 기울이고 다시 키스하려 했지만 내가 웃으며 옆으로 뛰어갔다.

"코드, 종 쳤어. 어서 가."

그는 한숨을 쉬고 내 정수리에 키스했다.

"이제 시간이 좀 지나긴 했으니까."

그랬다. 지금은 겨울이 아니라 봄이었고, 내가 과제를 컴플리션한 지 여러 달이 지나 있었다.

상처는 거의 다 나았고, 나는 누군가를 죽일 필요 없이 금속과 강철을 다시 잡는 느낌이 어떨지 궁금했다.

나는 코드의 얼굴 양옆을 잡아서 부드럽게 끌어내렸다. 우리끼리만 있으면 나는 소매를 내리지 않고 맨살을 드러냈지만, 문신을 가리는 일은 선택 사항이 아니었다. 나는 평생토록 그래야 할 것이다. 나는 그의 입에 가볍게 키스했다. 지금은 그것으로 충분했다. 신경이 다시 춤을 추기 전에 가야 했다.

"수업 끝나고 올 거지?"

내가 그에게 물었다.

"데스가 새 휴대폰 사러 가는 데 오빠하고 같이 가 주겠다고 했거든. 아직도 뭐가 좋은지 모르겠대."

데스는 기한이 일주일도 더 남은 상태에서 혼자서 컴플리션을 했다. 데스는 내 인생에 자신의 특별한 공간을 만들어 놓았고, 그 애를 보면 나는 전처럼 지독한 고통 없이 가족을 생각할 수 있었다.

"어디? 그리드로 나가는 거야?"

코드가 물었다.

나는 고개를 끄덕였다.

"그렇겠지. 데스가 원하면 학교로 데리러 가자."

그가 말했다. 그는 마지못해 내가 그의 가방을 다시 어깨에 메주는 걸 허락했다.

"하지만… 너는 잘할 거야, 웨스트."

"알아."

나는 미소를 짓고 말했고, 그걸로 내 불안을 감출 수 있기를 바랐다.

나는 새 가방을 어깨에 고쳐 메면서 부드러운 낙타 가죽을 느꼈다. 가방은 언제나처럼 무거웠지만, 토요일만큼 무겁지는 않았다. 토요일은 레이턴 미술관의 인턴 일을 위한 도구가 가득했다. 코드는 고개를 숙여 다시 한 번 키스했고, 이번 키스는 빠르고 가벼웠지만 그 느낌까지 가볍지는 않았다.

"사랑해. 이따 보자."

그는 내 가슴을 아프게 하는 느린 미소를 보냈다.

"그리고 아무도 다치게 하지 마."

그리고 그는 떠났다. 이미 수업에 늦었다.

내 수업은 모퉁이만 돌면 되었다. 문 앞에 이르자 나는 깊은 숨을 쉬고 문을 열었다.

베어가 교실 앞에 있었다. 예전 그대로 강인하고 퉁명스러운 모습이었다. 그는 한 손 끝에 접이칼 끝을 세우고 있었다.

"그러니까 무기의 사용법뿐 아니라 무기 자체를, 그것의 속성을, 그것의 작동 원리를 배우는…."

서른 쌍의 눈이 베어를 떠나 문 앞에 나타난 사람에게 향했다. 모두 미성년이었다. 천진하고 미숙한 그 표정을 보니 나는 아주 늙은 기분이었다. 그 눈길에 담긴 질문들을 보자 얼굴이 뜨거워지고 입이 말랐다.

베어가 고개를 돌렸다. 그리고 나를 보자 들어오라고 손짓했다. 그의 파란 눈동자는 처음 보는 온기를 띠고 있었다.

그는 아무 말도, 어떤 경고도 없이 접이칼을 나를 향해 가볍게 던졌다.

내 손은 내가 잡고 싶은 곳으로 칼을 잡았다. 칼을 잡은 지 몇 달이 지났다는 게 거짓말 같았다. 하지만 그것은 내 기억보다 가벼웠다. 그토록 무겁지 않았다. 그냥 칼이었다. 삶과 죽음이 아니었다. 적어도 내게는. 나는 이제 다른 할 일이 있었다.

나는 손에 잡은 접이칼을 보았다. 내 동작은 완벽했다. 칼끝이 정확히 베어를 겨누었기 때문이다.

그는 미소 띤 얼굴을 학생들에게 돌리고 말했다.

"여기는 웨스트 그레이어, 우리 무기술 수업의 새 조교다."

베어가 다시 나를 돌아보며 짧고 흡족하게 고개를 끄덕여 보였다. 그것으로 나는 그가 한 번도 의심한 적이 없다는 것을 알았다.

내가 살아남아서 가치를 증명할 거라는 것을.

듀얼드

1판 1쇄 인쇄 2015년 03월 18일   1판 1쇄 발행 2015년 03월 24일

글 엘시 채프먼   **옮긴이** 고정아
펴낸곳 (주)중앙출판사
주소 경기도 파주시 문발동 520-9 2층

펴낸이 이상호
편집책임 한라경   **디자인** 박미림
마케팅 이홍철

등록 제406-2012-000034호(2011.7.12.)
구입 문의 031-955-5887   **편집 문의** 031-955-5888   **팩스** 031-955-5889
홈페이지 www.bookscent.co.kr   **이메일** master@bookscent.co.kr
ISBN 978-89-97357-90-1 44800
ISBN 978-89-97357-33-8 (세트)